LES AMANTS DE LA PETITE REINE

DU MÊME AUTEUR

Romans

La Kermesse du diable, Presses de la Cité, 1994. Prix Bernanos 1994, Prix Gabrielle-d'Estrées 1994, Prix de la Renaissance française 1994 (sous le nom d'Annie Sanerot-Degroote)

Le Cœur en Flandre, Presses de la Cité, 1996. Prix Madame Europe 1996 (A. Sanerot-Degroote)

L'Oubliée de Salperwick, Presses de la Cité, 1998 ; Pocket, 2001. Grand Prix de la Société des Arts, Sciences et Lettres de Lille 1998 (A. Sanerot-Degroote)

Les Filles du Houtland, Presses de la Cité, 2000 ; Pocket, 2002

Le Moulin de la Dérobade, Presses de la Cité, 2001 ; Pocket, 2003

Les Silences du maître drapier, Presses de la Cité, 2002 ; Pocket, 2004

La Splendeur des Vaneyck, Presses de la Cité, 2004 ; Pocket, 2006, Prix de la littérature, Lions' Club international 2005

Contes et nouvelles

Le Colporteur d'étoiles, Presses de la Cité, 2003

Annie Degroote

LES AMANTS DE LA PETITE REINE

Roman

Production Jeannine Balland
Romans Terres de France

PRESSES DE LA CITÉ

ISBN 978-2-258-06539-0

Les Amants de la petite reine est un roman. Les faits d'histoire sont avérés, le reste est pure fiction.

à
Louis, grand-père de cœur

à
Lucie, que j'aurais tant aimé connaître

Prélude

A cette heure crépusculaire, prélude aux rêves, les oiseaux s'égosillent, l'air est paré de douceur. J'aperçois les silhouettes de jeunes gens à bicyclette, et je me rappelle ces deux-là...

Elle est belle, elle est installée devant lui, sur le cadre. Il la tient fermement. Il a si peur de la perdre...

I

Une précieuse alliée

Que serais-je sans toi qui vins à ma rencontre…
Que serais-je sans toi que ce balbutiement ?

ARAGON

1

Deux bonheurs en un mois, c'était beaucoup. Céline osait à peine y croire.

« Et si c'était trop ? » se demandait-elle, du haut de son nouveau vélo. Ce qui lui arrivait semblait tellement irréel ! « Au diable les appréhensions ! C'est fini, tout ça, bien fini ! »

Les larmes n'avaient pas détruit son robuste appétit de vivre. Elle fuyait la tristesse comme la peste. Elle avait assez pleuré.

Et pourtant, Céline Baert avait débarqué dans le monde chapeautée d'une petite membrane.

« Née coiffée, c'est un signe de bonheur ! » lui répétaient les voisines, les vieilles surtout. Qu'en savaient-elles ?

Céline ne s'en était pas aperçue durant son enfance, jusqu'au jour béni de la rencontre avec monsieur Alexandre. L'instant magique, celui d'un regard, d'un sourire échangé avec un grand monsieur aux cheveux bruns ondulés, aux doux yeux noisette. Une seconde, brève et mystérieuse, qui allait renverser sa vie et celle de sa mère.

Dès ce jour, un espoir s'était profilé dans la petite

tête blonde. Non, les adultes n'étaient pas tous armés de mauvaises intentions. Monsieur Alexandre lui avait donné l'amour de la vie, et le sujet d'un rêve. Le rêve obstiné d'une fillette. Son secret. Son fabuleux secret. Peu à peu, tandis que son corps se muait de chrysalide en papillon, leur complicité s'était développée, son rire s'était délivré. La chance, désormais, s'autorisait à rendre visite à Céline Baert.

Deux bonheurs en un mois, et pas des moindres : le remariage de sa mère, Hélène, avec monsieur Alexandre – son grand rêve bientôt réalisé – et son premier vrai vélo de fille, témoignage de l'affection de son nouveau père. Dès la fin des noces, ils allaient emménager chez monsieur Alexandre, rue du Moulin, et sa mère n'aurait plus besoin de se lever à l'aube pour la coopérative. Alexandre gagnait suffisamment sa vie.

— Si tu arrêtes de travailler, maman, on ne manquera de rien ? s'était-elle risquée à demander.

— Non, ma chérie, de rien.

Cette horrible camarade de classe, aux épaules voûtées comme une sorcière, n'oserait plus lui jeter en pleine figure : « Ta mère, c'est une putain ! Y a que les putains qui divorcent ! »

De tout son cœur, ce jour-là, elle avait prié Dieu, Diable et Destin pour que cette « vieille rosse » de Noémie divorce plus tard.

Les prédictions se réalisaient parfois. Un proverbe de Flandre ou d'ailleurs, elle ne savait plus, disait que lorsque deux sœurs se marient le même jour, l'une des deux sera malheureuse. Le cas pour sa mère, à peine âgée de seize ans, et l'une de ses tantes. Hélène avait vécu l'enfer. Aujourd'hui, à quatorze ans, Céline tenait une première revanche, et faisait un pied de nez au destin. Deux êtres malheureux en ménage aimaient, à nouveau, grâce à elle. Sa jeune maman rayonnait. Une nouvelle famille se constituait, avec monsieur Alexandre à leur côté, pour les protéger du mal, pour les chérir. Ce monsieur Alexandre aux idées avancées, originaire du Jura, administrateur des coopératives, qu'elle pourrait enfin appeler de ce nom qu'au fond du cœur elle lui donnait depuis si longtemps : « Mon père ».

De toutes les fenêtres ouvertes de cette bourgade tranquille de la Flandre française, résonnaient les acclamations pour l'arrivée du Tour de France. Il faisait si beau en ce mois de juillet 1939 ! Seuls quelques nuages opalins et joufflus parsemaient le ciel sans jamais en affaiblir la luminosité estivale. La campagne environnante déployait ses fastes d'été.

Des effluves de pommes de terre parvenaient jusqu'au cœur de la petite ville d'Hazebrouck et se mêlaient à l'odeur familière de la chicorée. Sur la Grand-Place, le temps semblait s'être arrêté. Un contraste curieux existait entre l'image figée, digne d'une carte postale, d'un hôtel de ville de style napoléonien, l'absence de tout mouvement, et les clameurs sourdes qui s'élevaient des maisons et se propageaient aux alentours. On n'entendait même plus le cognement familier des roues des trains sur les rails, ni le sifflet de la « loco » qui emplissait l'air lorsque le vent était à l'est.

Le cœur de Céline s'ébaudissait encore de la découverte de sa première bicyclette de femme, gris bleuté, au cadre en col de cygne, une petite sacoche en cuir attachée derrière la selle, et la plaque d'identité à son nom.

Elle était d'autant plus émue qu'Alexandre, lui, ne possédait qu'un vieux clou de vélo, doté de cette obsolète lanterne à acétylène encore appelée lanterne à carbure. Mais pour sa « petite Linette », il avait désiré l'un des tout derniers modèles.

— Quelle élégance ! Ton vélo est assorti à tes yeux ! s'était exclamée sa maman, au visage rond et avenant.

Les yeux d'Hélène pétillaient d'un plaisir enfantin. La gosse qu'elle était jadis vivotait avec le secours du bureau de bienfaisance. Il était trop tard pour avouer qu'elle ne savait pas pédaler, pas plus qu'elle n'avait appris à nager. Sa mère était tuberculeuse, la maladie – croyait-on – héréditaire, l'enfant devait donc être fragile. La petite Hélène n'eut jamais l'autorisation de se baigner.

Le cadeau était apparu avec le dessert de ce dimanche 30 juillet 1939, jour de l'arrivée du prodigieux tour cycliste. Grisée par tant de joies, Céline était venue parader sur la Grand-Place. Toute la ville se devait d'être spectatrice de son bonheur.

C'était le lieu où il fallait être, celui de toutes les conversations, surtout à la sortie de la messe de onze heures trente, lorsque les pâtisseries et les cafés font le plein. Mais cet après-midi personne ne l'admirait. Il était trop tôt pour sortir les chaises et les tabourets devant sa porte, converser entre voisins, observer et jauger les passants. Les rares habitants à ne pas être suspendus à un poste de TSF s'en étaient allés au cinéma ou aux vêpres. La Grand-Place était vide.

Presque vide. La fille des vélos Verley était à sa

porte. Audacieuse avec son short court. Elle semblait attendre quelqu'un, ou quelque chose.

Etait-ce l'amour, comme Céline ? Elle en rêvait tant ! Elles devaient bien être les seules à ne pas s'intéresser au Tour de France.

« Le Tour, c'est bien, admettait-elle, il distrait les gens de la politique. Cet Hitler aurait mieux fait d'être cycliste. »

Les hurlements de ce dernier, et le fanatisme qu'il drainait, terrifiaient Céline. Elle ne comprenait pas la langue allemande, mais l'oreille habituée au flamand lui permettait de saisir des expressions. Les discours d'Hitler et les ovations d'un auditoire exalté étaient diffusés à la TSF. Ils se passaient de commentaires. Vingt ans s'étaient écoulés depuis la Grande Guerre. Elle ne l'avait pas connue. Sa mère en avait souffert, monsieur Alexandre aussi, cela suffisait. Le deuil s'accomplissait enfin dans les familles, on n'allait tout de même pas remettre ça ! Non, le Front populaire et les congés payés avaient sonné le glas des malheurs. Et si les petits bonheurs étaient assombris par le ciel politique, en ce jour d'été Céline se voulait confiante. Depuis un an, elle refusait d'écouter les rumeurs menaçantes pour ne songer qu'à son objectif : que monsieur Alexandre devienne son père adoptif.

La fille Verley la dévisagea, pour la première fois. Céline lui découvrit dans le regard une expression tendre que semblait démentir son allure « moderne ». Céline, elle, l'avait remarquée. Avec ses dix-sept ans, sa chevelure châtain foncé et son air volontaire, Juliette était son modèle. Elle enviait son originalité, sa façon de se comporter en fille émancipée. Elle comparait sa poitrine généreuse à la sienne qui n'en finissait pas de naître. Elle aurait aimé être son amie.

C'était impensable.

C'était un autre monde, les Verley, des catholiques, des riches.

Non que Céline se considérât comme pauvre. Deux salaires, cela payait bien. Le premier mari d'Hélène était employé aux Chemins de fer. La chambre à coucher de ses parents, leurs voyages gratuits en train première classe avaient été autant de signes d'aisance que ne manquaient pas de leur rappeler les beaux-frères, envieux de ce luxe. Céline était toutefois d'une famille d'ouvriers, qui plus est de divorcés, et son cher monsieur Alexandre était responsable communiste. Avec leur argent, leur belle demeure sur la Grand-Place, les Verley ne pouvaient être que des conservateurs de droite qui fréquentaient les curés. Peut-être même en avaient-ils dans leur famille. Un autre monde.

Céline adorait suivre monsieur Alexandre dans l'arrière-salle du café près de la poste, pour ses réunions de « cellule ». Et lorsque l'assemblée entonnait *L'Internationale*, elle la fredonnait, elle aussi, de tout son cœur. Enfiévrée, heureuse, et complice. Elle était fière de lui, de sa prestance, de sa voix vibrante, du regard si bon qui l'animait lorsqu'il réclamait l'égalité de tous les hommes. Il aimait discuter avec ses adversaires, toujours de façon courtoise et positive.

Pourquoi n'était-elle pas sa vraie fille ? Pourquoi devait-elle garder le nom de son père et ne pas prendre, comme sa mère, celui de monsieur Alexandre Hermant ? Hermant, cela sonnait comme charmant, aimant ! D'ailleurs, lors de la visite des gigantesques entrepôts de la Coopérative des Flandres, près de Dunkerque, quelqu'un s'était écrié : « Elle est bien mignonne, votre fille, Alexandre ! »

Ni l'un ni l'autre ne l'avait contredit. Ils ne s'étaient pas regardés, rougissant de concert. Elle avait juste attrapé sa longue et maigre main dans la sienne et l'avait gardée. Comme pour acquiescer. Un autre rêve, surréaliste cette fois, la hantait : sa mère ayant « fauté », on lui apprenait que son vrai père était monsieur Alexandre.

Comment songer à être l'amie de cette jolie fille à la porte de son imposante maison bourgeoise ? Juliette ne lui avait jamais octroyé le moindre regard jusqu'à ce jour. Elle n'était qu'une « petite ».

Un an auparavant, elle l'avait croisée, qui arborait déjà ce short. A l'époque, Juliette Verley était la première en ville à le porter, et les hommes, jeunes ou vieux, se retournaient sur elle.

« Quel chic, ce short ! Maman, tu me fais le même ? »

Hélène s'était écriée :

« Pour des culs-bénits, elle est osée, la gamine. Non ! Il n'en est pas question ! Tu veux ressembler à ces profiteurs ?

— Ce sont des profiteurs ?

— Les commerçants sont tous des profiteurs, c'est bien connu. Enfin, c'est ce qu'on dit chez nous…

— Mais la Coop, maman, c'est aussi un commerce, non ?

— La Coop, c'est pas pareil, c'est social, c'est pour nous autres, les ouvriers. »

Ancienne brodeuse, très habile de ses mains, sa mère avait fini par lui confectionner une jupe-culotte, un peu plus longue que le short de la fille Verley, mais également à la mode, et qui permettait de rouler avec aisance. Une autre belle surprise. Céline l'étrennait avec son vélo.

« Il ne sera pas dit que ma fille soit moins belle que ces riches ! »

Admirable Hélène, qui avait toujours travaillé pour sortir de la misère de son enfance. Elle les avait fait quitter la Cité des cheminots et ses baraquements à l'odeur de goudron. Elle avait pris la gérance d'une Coopérative des Flandres et d'Artois. Courageuse Hélène, qui avait élevé sa petite Linette comme une bourgeoise, en dépit d'un mari jamais satisfait, puis des difficultés inhérentes à l'état méprisé de divorcée. L'enfance de Céline s'était ainsi forgée à coups de compensations.

Assoiffée de connaissances et de lectures, Hélène se cultivait jour après jour sans l'aide de personne, et souvent en cachette de son mari et de sa belle-famille, dont les reproches concernant son inculture pleuvaient. Les mêmes étaient outrés de ses efforts pour parvenir à « leur » niveau d'instruction. Etait-ce sa faute si elle était fille de mineur et non de cheminot ? Sa faute si la guerre de 14 avait arrêté sa scolarité ?

Son premier père, Céline aurait pu l'admirer, elle était prête à l'aimer. Charles était un très bel homme. Il plaisait aux femmes. Pourtant, il effrayait sa fille avec ses accès de violence, son caractère imprévisible, ses éclats de voix, sa tyrannie envers la malheureuse Hélène.

Céline chassa le vilain goût d'amertume qui lui venait dès qu'elle songeait à ce père qui s'en était allé sans se retourner sur les sanglots d'Hélène et le désarroi de sa fille. Il les avait quittées pour se conformer aux vœux pieux de sa mère, qui ne manquait jamais de rappeler que sa cousine, elle, avait de l'instruction. Sa cousine était de son milieu. Sa cousine possédait son certificat d'études. Au diable sa cousine ! Charles s'était remarié avec elle. Un père s'en était allé. Un autre était venu.

Celui du cœur.

Céline chassa l'image de cette grand-mère lui tournant le dos au marché. Elle avait eu si mal ce jour-là ! Elle s'était sentie si humiliée pour sa mère ! Et comment oublier cette nuit épouvantable ? Cette nuit où son père avait traîné sa maman par les cheveux, ouvert la fenêtre, crié à la petite Céline : « Je vais jeter ta mère par la fenêtre ! »

A genoux, l'enfant suppliait, hurlait.

Le lendemain, il partait, définitivement. La peur, elle, allait laisser son empreinte.

C'est en cet instant précis que Céline faillit rouler sur le crottin de cheval. Toujours présent, lui, bien après le passage des charrettes des brasseurs et autres marchands. Elle dévia brutalement de sa route, dérapa, se rattrapa avec maladresse, n'osa affronter le regard sûrement moqueur de la jeune Verley, rougit très fort, maudit ses joues rondes et enflammées, et disparut, furieuse, vers la rue des Hollandais, où se lovaient leur maison et la coopérative.

2

« Un vrai désert ! Pas un seul beau garçon à l'horizon ! »

Juliette Verley jeta un dernier coup d'œil désolé. A part cette petite à vélo, personne !

Elle referma la porte et rentra chez elle. « Ravissante, cette fille. Elle a de la chance avec sa chevelure blonde aux reflets roux. Et avec ça, un regard comme… cette actrice du muet, comment s'appelle-t-elle déjà ?… Je ne sais plus… Aucune importance. »

Juliette soupira. Elle rejoignit ses frères à contrecœur.

Elle aurait volontiers accompagné sa mère à la séance de cinéma du dimanche après-midi, mais Lucie Verley était enfermée dans « sa » cuisine depuis la veille. Le temps de la « tripée » annuelle était sacré, le boucher était venu découper le cochon. Les morceaux étaient mis en jarres avec du sel. Le midi, la tripaille avait débuté par des tripes fraîches aux pommes de terre. Mais il restait encore quelques pâtés à confectionner. Lucie œuvrait toute la semaine pour son commerce de vélos et profitait du Tour de France pour achever tranquillement son travail de cuisinière.

« Dommage », songeait la jeune fille.

Qui n'eût aimé ces séances faites d'actualités, d'un film court, de dessins animés, de l'entracte et du grand film ? On en avait pour ses sous, et les cinémas étaient bondés. Le patron du Royal leur retenait toujours de bonnes places au premier rang du balcon, et l'on vivait trois heures dans les chimères ou les rires, recevant le souffle vivifiant du cinématographe.

Sa mère, Lucie, digne héritière d'une lignée d'invincibles Flamandes, avait le caractère aussi bien trempé que l'héroïne de *La Kermesse héroïque*. Juliette, elle, raffolait des répliques d'Arletty dans *Hôtel du Nord*. Ses frères se moquaient parfois du franc-parler de leur sœur et la comparaient à l'actrice française. Mais, à dix-sept ans, elle rêvait plutôt des yeux bleus de Gabin posés sur elle.

Elle entra, dépitée, dans le brouhaha provoqué par la TSF. L'événement sportif lui ôtait la vedette. « A la Sainte-Juliette, l'été est en fête. » Peut-être, mais sa fête passait inaperçue. Le poste marchait à fond, les portes de la maison étaient grandes ouvertes. De cette façon, dans l'atelier, comme à la cuisine, on entendait l'arrivée du Tour aussi bien que les auditeurs réunis dans le salon.

Juliette était entourée de garçons. « Trois frangins ! songea-t-elle. Heureusement que je ne dois pas les élever, comme certaines… Ça doit être le bagne ! »

Avec l'insouciance de son âge, elle restait imperméable à la vie et au courage de sa mère. Lucie avait perdu un enfant en bas âge, ébouillanté par mégarde. Un instant d'inattention de la part d'une jeune bonne inexpérimentée. Le petit garçon était mort dans d'atroces souffrances. La pauvre fille, reconvertie en ouvrière dans une usine à chaînes, allait traîner toute sa vie ces images insoutenables, et partager avec Lucie la culpabilité de l'avoir tué. Dès lors, Lucie n'avait plus accepté aucune aide ménagère, mais elle avait relevé la tête, et offert à son mari d'autres bambins. Aujourd'hui, elle était une veuve de trente-neuf ans, avec trois fils, une fille, un commerce, et l'entretien d'une grande maison. Lucie soufflait le temps d'une valse au son de l'accordéon familial, d'un film au Royal, ou en écoutant chanter la môme Piaf.

L'ancien estaminet s'était converti en un commerce de cycles. Modeste à l'origine, l'habitation s'était agrandie de la maison voisine. En cette année 1939, les établissements Verley formaient déjà un ensemble assez conséquent sur la Grand-Place.

Grossistes, ils fournissaient les marchands de vélos et montaient également des bicyclettes à partir de pièces, tels les cadres, fabriquées à Saint-Etienne. Lucie était heureusement bien secondée par un chef comptable compétent.

Décédé des suites de cette fichue guerre durant laquelle il avait été blessé, le chef de famille était mort dans l'incompréhension. De son vivant, ses enfants ressentaient un certain malaise, voire de la honte, à la vue d'un père apparemment paresseux, qui laissait leur mère travailler et ne correspondait pas à l'image paternelle parsemant leurs livres de lecture. Ils le croyaient faible, il n'était qu'affaibli. Ils le pensaient timoré, il était méfiant. Ils l'accusaient d'être absent, il restait perdu, traumatisé par des épreuves violentes, par des corps déchiquetés. Apeuré ? Il l'était. Et cela, ils ne le lui pardonnaient pas.

A peine sorti de l'enfance, trimballé durant toute la guerre de tranchée en tranchée, chargé comme un mulet, solitaire, dopé à l'alcool et au tabac, le corps ravagé par la gale, vomissant sur ses godillots lorsqu'un camarade s'effondrait à ses côtés, oui, il était obsédé par l'idée terrifiante que tout recommence un jour. Il disait qu'Hitler était à craindre quand personne ne le croyait encore. Il affirmait que cet homme ne cherchait que la vengeance, qu'il n'avait pas accepté leur capitulation, que là-bas, en Allemagne, on le suivait parce que ses discours portaient sur la misère, mais qu'en réalité c'était un fou. Dangereux, parce que ce monstre fascinait.

On riait alors de ses frayeurs. Aujourd'hui, on lui donnait raison. Comment savait-il tout cela ? Avec sa hantise d'un nouveau carnage, il avait suivi de près l'évolution allemande, et tandis que tout le monde se confortait, oubliait, vivait follement ces années bénies d'après-guerre, lui restait prudent, anxieux, en décalage avec les siens. Si bien qu'avant de mourir, en 36, il avait prononcé ces paroles insensées : « Sauvez-vous ! »

Aujourd'hui, les grands comprenaient. Trop tard.

Pourquoi n'avait-il pas discouru sur ces années terribles ? Ni expliqué...

« Peut-être l'a-t-il fait, regrettait Louis, mais on ne s'en souvient pas, c'est tout. »

Leur mère avait confirmé : il avait essayé, mais les jeunes n'écoutent pas les aînés, surtout quand ils rabâchent leur guerre et leur expérience.

L'aîné des Verley, Gérard, avait en quelque sorte

suivi le conseil du père. Il avait abandonné la voie du commerce au profit de celle du Seigneur. Il s'en était allé, en début d'année, au séminaire. Il désirait devenir missionnaire.

Trois enfants vivaient encore sous le même toit : Juliette, Louis et François, lequel refusait aujourd'hui le diminutif de « Fanfan ».

Le frère de Lucie, Bertin, vieux célibataire et bon vivant, avait rejoint le clan à la mort du père. Né en janvier 1893, cent ans jour pour jour après l'exécution de Louis XVI, il s'amusait auprès des enfants à se faire passer pour la réincarnation du roi. Et cela marchait auprès des petits, impressionnés par sa prestance. A chacun de ses anniversaires, il mettait un brassard noir, en guise d'hommage au roi guillotiné. Mutilé de deux doigts de la main droite à l'âge de quatorze ans en sciant du bois, et ne pouvant de ce fait tenir un fusil, il avait été réformé à la Grande Guerre sans avouer que, gaucher contrarié, il restait très habile de la « mauvaise » main. Avait-il jamais travaillé ? Considéré comme associé dans l'affaire, il entretenait des rapports amicaux avec les clients. Sa contribution s'arrêtait là. Supposé soutenir la fratrie Verley, il était en réalité une charge supplémentaire, qu'il se plaisait à faire oublier par sa bonhomie et des facéties parfois périlleuses. Gérard lui devait une dent cassée lorsque Bertin, résolument taquin, avait offert à ses neveux des boutons enveloppés dans du papier argenté en guise de chocolats.

Revenu de pension pour les vacances, Louis était dans l'atelier avec l'ouvrier. Ce dernier profitait de la tranquillité du dimanche pour lui enseigner l'art du montage. Tous deux suivaient le Tour sans arrêter leur travail.

Très grand pour ses quatorze ans, François se prenait au sérieux parmi les hommes réunis dans le salon : l'oncle Bertin, le gendarme Albert – l'inséparable compère du tonton – et deux de leurs voisins.

Des acclamations accueillirent l'entrée de Juliette. Elles ne lui étaient pas destinées, elles annonçaient l'arrivée cycliste au Parc des Princes, à Paris.

Marcel Kint venait de gagner l'ultime étape : Troyes-Paris. Puis le nom de Maes arriva aux lèvres du commentateur. C'était lui le vainqueur du Tour.

Sa victoire s'était décidée lors de l'écart de dix-sept minutes creusé dans l'Izoard sur Vietto.

— Maes ? Comme en 35 ? demanda Juliette, satisfaite de montrer ses connaissances.

— En 35, Juju, c'était Romain Maes, un homonyme. Lui, c'est Sylvère Maes, répliqua François avec une moue moqueuse qui agaça prodigieusement sa sœur et ouvrit les hostilités.

— Oh ! inutile de faire ton important, Fanfan !

— François, s'il te plaît !

— Les Belges sont les meilleurs, constata un voisin qui ne possédait pas encore la radio, mais y gagnait ses entrées dans la maison.

— Tu dis ça parce que ta femme est d'Ostende ! fit remarquer l'oncle en expirant une bouffée de fumée de son cigare. On n'a plus rien à boire, ajouta-t-il de toute évidence à l'adresse de sa nièce.

Juliette s'exécuta à contrecœur, descendit à la cave, ouvrit le robinet du tonneau de bière et remplit le broc.

Lorsqu'elle revint, René Vietto, le Français, promettait à l'antenne de gagner le Tour l'an prochain[1].

« Voyons, quel est le nom de cette actrice du muet ? » se demandait Juliette.

— Tu m'as l'air bien pensif, ma fille, nota l'oncle Bertin tandis qu'elle lui tendait sa chope.

— J'aurais préféré que Gino Bartoli gagne !

— Ton bel Italien, il l'a pas fait, le Tour, cette année... (Le gendarme Albert baissa la voix.) Ni les Allemands, d'ailleurs, pour les raisons que vous savez.

— T'inquiète pas, Juliette, tu le trouveras, ton Roméo, railla une fois de plus François.

— C'est malin ! répliqua-t-elle en haussant les épaules.

« Ils sont trop bêtes, les garçons ! »

— Te mets pas d'idées en tête, Juliette, Bartoli est très pieux, il a failli rentrer dans les ordres, intervint l'un des voisins.

— Failli !... Il a été plus intelligent que Gérard !

— Juliette !

Le visage de Bertin se renfrogna, il ajouta sur un ton courroucé :

— Si ta mère t'entendait !

— Bien, mon général, je me tais !

Les sourcils broussailleux de son oncle lui donnaient l'apparence du général Dourakine de la comtesse de Ségur. Elle l'affublait régulièrement de ce titre. Il ne s'en plaignait pas. Elle ne se tut pas, reprit l'offensive.

— Tout de même, moi, je dis que Gérard est un bel

---

1. Il ne pourra tenir sa promesse, le Tour de France n'aura plus lieu avant 1947.

homme et que c'est bien dommage pour les filles !... Ah, ça y est ! lâcha-t-elle.

« Louise Brooks ! »

— Quoi, Juliette ?

— Euh, rien !

« C'est évident, songeait Juliette, cette petite pourrait faire du cinéma, elle a les yeux de Louise Brooks. »

Les deux voisins se levèrent.

— Et voilà, encore un Tour d'achevé ! fit l'un d'entre eux en s'apprêtant à quitter les lieux. J'étais à Lille, l'an passé, au départ de la dernière étape.

— L'an prochain, ils reviennent à Lille, et j'y serai ! affirma François, euphorisé par la liesse inséparable du Tour de France.

Il ajouta, avec la mine d'un fin connaisseur :

— Depuis qu'on a le dérailleur et des vélos à trois vitesses, ça va plus vite !

— Peut-être, mon garçon, admit l'oncle Bertin, mais sans le chloroforme pour les gencives, la cocaïne pour les yeux et les vitamines pour la forme, ils ne pourraient lutter contre les intempéries et les souffrances.

— Ni tracer autant en une seule journée ! acheva Albert.

Juliette émergea de ses songeries cinématographiques.

— Ils sont fous, et faut être fou pour s'intéresser à une compétition pareille !

— Dis donc, Juliette, répliqua Albert, ça t'avait plu, l'an dernier, lorsque Jean Gabin commentait le Tour !

— Bon, si vous vous y mettez tous, je pars. On se croirait dans un fumoir, ici, je préfère encore les odeurs de la cuisine.

— C'est vrai, ça sent rudement bon !

— Ah, mes enfants, vous resterez encore un peu sur votre faim, intervint Lucie en petit tablier blanc, Tour de France ou tripée, il faut choisir ! (Elle sourit.) Ne faites pas cette tête ! Je plaisantais !

— Tu nous prépares ta tarte aux pommes, dis, maman ? demanda François.

— Comment voulez-vous garder la ligne avec des gourmands pareils ? s'exclama-t-elle en riant. Albert, vous revenez avec votre épouse ?

— Votre cuisine est trop bonne, Lucie, je cours la chercher !

— Et il y aura une tonne de pommes de terre, ajouta Bertin, je m'en lèche déjà les babines !

— Ah, toi ! Sans pommes de terre, je me demande ce que tu deviendrais !

— C'est mon péché mignon.

— Tu les auras, mon frère, comme tous les jours que Dieu fait.

Son ton devint réprobateur :

— Mais je t'ai déjà dit que je ne veux pas respirer le cigare chez moi !

— Où veux-tu, alors ? demanda-t-il avec une moue d'enfant grondé.

— Dehors ! Allez, ouste ! Bon, je mets les pâtés dans les terrines. Tu viens m'aider, Juliette ?

— Oui, maman, répondit-elle sans enthousiasme pour les corvées de maison.

— Tout ça ne vaut pas l'an passé, commentait Arthur, appelé communément Ti par la famille, dans l'atelier de montage. Lorsque Leducq et Magne ont fait leurs adieux au Tour en franchissant ensemble, et en tête, la ligne d'arrivée à Paris, ça, c'était du sport !

— On croirait que t'y étais !

— Avec la radio, Louis, tu vois les images dans ta tête !

— T'es un poète, Ti !

— Je ne sais pas, mais j'imagine la poursuite de la dernière heure, têtes baissées, roulant avec l'unique force de ça, mon gars, dit-il en lui tapotant le crâne.

— La tête ?

— Oui, on croit que c'est les muscles le plus important dans le vélo, mais c'est ce qu'ils ont là-dedans qui est essentiel : leur volonté.

— Raconte-moi encore le tour, Ti.

— Ils en bavent, tu sais, ils courent des risques énormes. Ils souffrent particulièrement dans les cols que certains montent en danseuse, mais le pire, c'est la descente en roue libre, là, c'est la peur qui les tient, la peur de mourir. Aucun ne l'avoue... Et puis tu les vois arriver, tu entends les roues crissant au sol. Ils viennent de tracer deux cents kilomètres ou plus contre le vent et dans la boue, le maillot colle à la peau avec la sueur ou la pluie. Ils ne sentent plus que leurs fesses, les narines sont envahies de poussière, les yeux brûlent, et ils ont l'aspect de nos mineurs remontant du puits.

— Mais c'est horrible !

— C'est pas une partie de plaisir, le Tour, ça, non ! Et pour la « lanterne rouge », c'est encore pire...

— La « lanterne rouge », c'est le dernier coureur ?

— Oui, le dernier. Mais il n'a pas abandonné, lui. En ce moment même, on le traite de fainéant, et pourtant il est tout le contraire ! Il a eu le courage de poursuivre en dépit des sifflets et des moqueries. Il a les cuisses déchirées par le silex dans lequel il est tombé et a crevé. Il s'est peut-être perdu dans le brouillard épais de poussière, ne voyant plus à un mètre. Il a pensé à celle qu'il aime lorsqu'il a cru que son cœur allait lâcher. On lui a bien dit comme aux autres : « Ta femme, c'est ta bicyclette », mais s'il n'a pas abandonné, c'est justement pour sa petite femme, pour ses enfants, pour qu'ils soient fiers de lui. Il arrivera coûte que coûte, il se l'est juré, et il arrive en effet. La bouche desséchée parce qu'il n'a pas pris le temps de pomper l'eau en route, le visage ravagé. Il n'en peut plus. Les larmes tant retenues coulent le long de ses joues. Il ne sait plus si c'est la joie d'avoir tenu jusqu'au bout, ou la honte d'être le dernier...

Arthur se tut un instant. Son visage trahissait son émotion.

— Malgré tout ça, un nombre croissant de gamins rêve de devenir l'égal de ces champions et, en attendant leur jour de gloire, ils se bousculent pour leur tenir les vélos avant le départ.

Il reprit d'un ton volontairement détaché :

— Bon, assez de rêveries ! Maintenant que le Tour est achevé, on va travailler.

— On ne travaillait pas ? s'étonna Louis.

— Si, et tu m'aides bien pour monter les roues. Du reste, je vais te regarder faire. Louis, tu as plus de seize ans, tu m'as observé inlassablement, alors, vas-y, mon gars, à toi d'être le vainqueur, cette fois.

La bonne humeur et les encouragements d'Arthur faisaient du bien à Louis. Les semaines chez les Jésuites étaient pénibles, la discipline très stricte, les interdits outranciers, la solitude rebutante pour le jeune garçon doté d'une grande sensibilité, et affligé de migraines, comme sa mère. Mais il ne se plaignait jamais. La force de Lucie était son exemple. Lorsque l'un de ses enfants déplorait un manque quelconque de confort, elle rappelait qu'avant leur naissance on ne connaissait ni la radio, ni l'électricité, ni les avions, ni le chauffage, et que son propre père partait à quatre heures le matin, à pied, pour rejoindre son usine située à douze kilomètres. Belle, en dépit d'un tour de taille conséquent, solide malgré ses deuils, joyeuse malgré ses intraitables corvées, la quantité de linge à lessiver, à frotter, à bouillir, et ses douleurs fréquentes dans la tête, elle ne ployait jamais le dos et n'émettait aucun soupir de découragement. Peut-être souffrait-elle, mais elle gardait son chagrin à l'intérieur. Dignité était le terme qui lui convenait.

Depuis qu'il était rentré du pensionnat de Saint-Omer pour les vacances, Louis aidait Arthur, afin de décharger sa mère. Il découvrait que les Verley méconnaissaient cet homme. Il faisait partie de la famille. Il logeait sur place. Pourquoi chercher plus loin ? Louis ignorait jusqu'à son âge. Arthur paraissait sans âge. Etait-il si vieux ? Toujours est-il que Ti était captivé par les vélos. Un sujet inépuisable pour lui. En Flamand pudique et respectueux d'autrui, il taisait sa vie personnelle. En avait-il une ? Il esquivait les questions de Louis à ce sujet :

— C'est pas important, mon garçon... Tu commences ?

Louis s'empara des pièces nécessaires et entreprit de placer minutieusement neuf rayons dans le moyeu.

— Bien, bien, surveillait Ti, l'air placide.

Il le vit tourner la jante, fixer neuf autres rayons en croisant trois rayons, puis renouveler par deux fois l'opération pour que les trente-six rayons soient tous en place.

— Je suis heureux que tu t'intéresses aux vélos, avoua l'ouvrier. Et tu sais, le montage de la roue, c'est pas donné à n'importe qui. Le reste, c'est un jeu d'enfant, mais la roue, c'est compliqué, c'est précis. Sans apprentissage, personne n'est capable de régler une roue. C'est du grand art ! ajouta-t-il en riant.

Son imposante mâchoire flamande dévoila ses grandes dents. Deux d'entre elles, cassées, lui conféraient un air comique.

— Voyons à présent la qualité du monteur. Tout est dans le serrage.

Louis s'appliqua. Il saisit la petite clef quadrangulaire, qui passait entre les rayons. Il fallait agir de façon que la roue ne soit pas voilée, ou qu'elle ne saute pas.

Ti vérifia, fit tourner la roue avec les doigts, siffla, admiratif.

— Mais c'est parfait, mon garçon ! Toi, je sens que tu vas être un as dans le serrage des roues !

Louis rougit du compliment. Il en fut inquiet. Il côtoyait les bicyclettes depuis sa petite enfance, et au contact d'Arthur, celle que l'on surnommait la « petite reine » devenait passionnante. L'enthousiasme de Ti était communicatif.

Mais Louis gardait dans sa tête le rêve secret de devenir dessinateur, dans l'industrie. Ce doigté qu'on lui reconnaissait pour monter une roue, il le possédait pour le dessin. Il éprouvait un plaisir indescriptible lorsque son crayon traçait sous ses doigts des constructions navales ou mécaniques. Il possédait le sens de l'espace, de la perspective, le désir de participer au progrès, en alliant la création et la réalité de la vie. Il allait passer son brevet et comptait bien poursuivre ses études.

Il ignorait encore que ses projets allaient devoir s'adapter, que ses rêves s'envoleraient pour un moment, par la force des choses, et d'Hitler en particulier.

3

Céline crut revivre cet instant précis où Beethoven, interprété par l'admirable acteur Harry Baur dans un film d'Abel Gance, entend une envolée de cloches, signe précurseur de son infirmité. Devenait-elle sourde à son tour ? Cet instant ne dura pas, tout au plus une fraction de seconde. Ensuite, l'évidence tomba, comme un couperet, suivie d'une oppression dans la poitrine. Les cloches, on vivait avec elles. Mais ce n'était ni quelque fringant carillon, ni l'appel à l'angélus, ni les sonneries bondissantes qui préludaient aux fêtes et aux naissances, ni même le glas. Des tintements lugubres, répétés, qui se prolongeaient furieusement : le tocsin.

A dix-sept heures précises, ce 3 septembre, les cloches de toutes les paroisses annonçaient l'entrée en guerre de la France.

On le craignait depuis quelques semaines, on s'y attendait depuis le choc de la mobilisation générale, mais cela ne changea rien. On ne s'y fait jamais. On pleura, et l'on se quitta, pour tâcher de s'y préparer, chez soi, dans un silence que seul le poste de TSF aurait le droit de troubler.

Depuis deux jours, des hommes, jeunes et moins jeunes, certains affublés du désuet casque « Adrian » de 1915, repeint en kaki, montaient dans les trains pour rejoindre l'armée postée dans le Nord et l'Est, ces régions frontalières avec l'Allemagne. D'autres, par leur âge, leur handicap ou leur charge de famille, étaient exemptés. Céline apprit que son nouveau père, Alexandre, avait été gazé durant la dernière guerre. Discret, il n'en parlait pas. Il resterait donc avec Hélène et Céline. Cette dernière en éprouva une joie intense, aussitôt suivie d'un sentiment de culpabilité. Fallait-il se réjouir ? Avoir été gazé restait une notion bien vague pour la toute jeune fille. Il avait inhalé un gaz toxique, certes, mais elle n'osa demander des détails. Elle modéra donc son emballement, d'autant que son cousin, âgé de vingt ans, venait d'être envoyé vers la frontière. Ceux qui avaient déjà accompli leur devoir pour la patrie n'étaient pas davantage à l'abri. Selon ce qui était inscrit dans leur carnet militaire, ils devaient rejoindre leur affectation au premier, deuxième ou troisième jour de la mobilisation. Les gares étaient déjà très encombrées.

Pourtant, quelques secondes encore avant le long et funèbre tocsin, dans la petite maison du parrain de Céline, on chantait en ce beau dimanche ensoleillé. On chantait pour oublier la mobilisation, et pour espérer, encore, un miracle. On chantait parce que toute la famille de Céline chantait admirablement. Sa douce maman, la première à fredonner, jadis, à son atelier de broderie, s'en donnait à cœur joie depuis que son premier mari n'était plus là pour la critiquer. Son parrain, frère d'Hélène, et sa femme faisaient partie d'une troupe lyrique amateur.

L'une de ses tantes était présente, avec son mari. Tous deux avaient repris la coopérative.

La cousine de Céline, Micheline, arborait son inséparable écusson à l'effigie de Tino Rossi. Son grand amour, secret, ou presque.

Les deux cousines aimaient chanter, elles aussi, et goûter au petit malaga du dimanche. Elles adoraient surtout leurs parties de fou rire, en entendant la voix chevrotante d'un grand-oncle, en lisant en cachette *Confidences* volé aux mamans, en jouant aux espionnes – leur jeu favori – ou en écoutant les chamailleries en flamand des parents de Micheline. Le dialecte était interdit à l'école, et ces derniers le regrettaient amèrement. Leurs enfants n'en avaient cure, et la mère de Céline, elle, était plutôt fière de ne s'exprimer qu'en français.

Le tocsin interrompit les rires et les chansons. Il en profita pour anéantir le bonheur sur son passage. Un silence assourdissant saisit la maison, figea les êtres. Ils se regardèrent, accablés. Les morts, on en comptait dans la famille. Allait-on revivre ces malheurs ? Perdre les siens, revoir les gueules cassées, sursauter à chaque bombardement ? Des larmes coulèrent avec la pudeur du silence, les cloches avaient tout étouffé, un mal sournois s'accrocha dans les gorges, peut-être l'un ou l'autre se mordit-il les lèvres. Les adultes semblaient tétanisés, tandis qu'une insidieuse angoisse, mêlée malgré tout à un sentiment culpabilisant d'excitation, s'immisçait dans l'esprit des enfants.

Puis le parrain extirpa des oubliettes une bordée

d'injures en flamand, qui eut au moins le mérite de sortir chacun du saisissement qui le pétrifiait.

— Voilà, nous y sommes, proféra Alexandre d'une voix caverneuse.

Un lourd soupir s'arracha de son être. Il était très inquiet depuis l'accord de Staline et d'Hitler en août.

— Heureusement, la ligne Maginot est achevée, dit le parrain. Ils auront mis neuf ans à la construire...

— Justement, ils auraient mieux fait de ne pas la finir, estima sa femme, très superstitieuse.

Et l'on se sépara sur ces mots, parce que l'on ne savait plus dialoguer. Céline enfourcha sa bicyclette. C'est alors qu'elle s'aperçut qu'elle tremblait de tous ses membres. Elle en descendit, prit le guidon en main, et suivit ses parents, à pied, pour rejoindre la rue du Moulin. Des bruits insolites succédaient aux cloches : contrairement à leurs habitudes, les Flamands parlaient très haut dans la rue, des claquements de portes résonnaient en écho, comme si les habitants, une fois la stupeur passée, se devaient de faire du bruit pour ne pas entendre leur cœur cogner douloureusement.

A peine rentrée chez eux, Hélène confectionna un gâteau à la rhubarbe, bien qu'ils soient tout juste sortis d'un copieux repas dominical. Sans doute revivait-elle des moments de son enfance meurtrie par une autre guerre. Céline prit un livre, qu'elle ne lut pas. Les phrases ne se gravaient pas dans sa mémoire, mais elle tenait à faire illusion, à ne pas paraître anxieuse et inquiéter davantage sa mère.

Soudain, une odeur de brûlé afflua du dehors. Cette fois, Céline lâcha son livre, affolée. Hélène répondit à sa muette interrogation :

— Ce n'est rien, monsieur… euh, Alexandre fait un feu dans la cour.

Quelques « monsieur Alexandre » persistaient dans la tête de la toute récente mariée.

— Un feu ?

Hélène sourit à sa fille. Aussitôt, un flot de larmes se libéra. Elle s'assit, le torchon à la main, et se confia :

— Ma Linette… J'ai peur… pour lui.

— Non, maman, ne pleure pas !

Céline passa le bras autour de son cou. Emue par le chagrin de sa mère, elle s'en trouva rassurée. Hélène aimait donc son Alexandre. Elle s'était parfois demandé s'ils ne s'étaient pas mariés pour lui faire plaisir.

Alexandre brûlait des papiers. Elle le rejoignit.

— Que fais-tu ?

Il posa une main sur son épaule.

— Ma fille, il ne fera peut-être pas bon être communiste par les temps qui courent.

— Pourquoi ? Tu me disais que l'audience du Parti n'a fait que grandir.

— Jusqu'à l'annonce du pacte entre la Russie et l'Allemagne… Des militants viennent de déchirer leur carte.

— Et toi ?

— Pas encore, je garde espoir. Mais désormais la méfiance va se concrétiser sur nous autres.

— Ce n'est pas juste ! Tu ne veux que le bien des hommes ! Ton portefeuille est toujours ouvert aux malheureux…

— Oui, je connais d'ailleurs une petite Céline qui me reproche de distribuer tous mes billets !

— Je suis désolée, mais avec maman, j'ai toujours redouté de manquer, je calculais toujours…

Elle reprit un ton faussement sévère :

— Et c'est vrai que si tu continues, il ne te restera bientôt plus rien !

Ils échangèrent un sourire affectueux.

— Maman frémit à l'idée que l'on te considère comme un traître, un ennemi, et que l'on t'arrête.

— Non ! Un ennemi « potentiel » tout au plus, mais il ne faudra pas écouter les mauvaises langues, promis ?

— Promis !... C'est grave, hein ? insista-t-elle.

— Je ne vais pas te le cacher.

— Tu es sûr qu'on ne va pas te faire de mal ?

— Ne crains rien pour moi, ma fille, j'en ai vu d'autres.

— Ah... Et l'école, il y aura bien la rentrée d'octobre ?

Céline attendait déjà, avec impatience, la prochaine distribution des prix, et celui d'excellence, qu'elle tâcherait de rapporter, comme l'an passé. Cette fois, son père, Alexandre, pourrait être là, aux côtés de son parrain et de sa mère. Oui, elle lui offrirait ses prix et sa montagne de livres aux couvertures rouges. Sa mère ne manquerait pas de l'imaginer en institutrice, douce revanche sur sa propre condition et sur ses humiliations d'enfant. Et Céline, elle, continuerait de se rêver danseuse, reine de la glace, chef d'orchestre, favorite d'un sultan, médecin, espionne ou actrice.

— Rien de changé pour l'école, ma fille. Tu sais, poursuivit-il d'un ton détaché, je ne renie pas mes idées, mais il vaut mieux être discret ces temps-ci en attendant que tout se tasse.

— Et ça va se tasser vite ? demanda-t-elle avec l'espoir naïf de sa jeunesse.

— Je l'espère, mon enfant, je l'espère.

Au même moment, au bord de la mer du Nord, à Bray-Dunes, des vacanciers profitaient des derniers jours de détente, des longues étendues de plage, des senteurs estivales et du soleil généreux de cet été 1939. Louis venait de rejoindre à bicyclette ses frère et sœur. François et Juliette séjournaient dans leur villa, Rêve de Mai, sur la digue, en compagnie d'une tante, Geneviève, et de leurs cousins. Quarante kilomètres à vélo n'effrayaient pas Louis. Il suffisait de s'assurer que la sacoche comportait bien un tube de guttacol, des démonte-pneus métalliques et un sachet de rustines de différentes tailles. Pour les crevaisons éventuelles.

L'approche de la côte était déjà un plaisir. Les dunes blondes entouraient peu à peu la route, et ses poumons se remplissaient avec délice du petit air salé et marin, signe avant-coureur de la proximité de la mer.

Il contemplait, les pieds nus sur le sable tiède, l'immensité du monde, et assistait à la progression de la marée d'une mer toujours changeante, lorsque les cloches sonnèrent le tocsin. Anxieux pour leur mère, restée en ville avec l'oncle Bertin, Louis et Juliette décidèrent de rentrer immédiatement à vélo. On reviendrait chercher la tante, les cousins et François en voiture. Les attaques n'interviendraient peut-être pas de sitôt.

La route était déserte. Quelques poules traversaient la chaussée.

Le lendemain, une sirène réveilla tous les habitants de la petite cité des Flandres. Somnolente, Céline s'assit sur son lit, tenta de mettre ses idées en place. L'été s'achevait, mais les vacances étaient encore bien là, pour près d'un mois. Elle râla sur ce bruit strident qui perturbait son sommeil. Il serait temps de se lever de bonne heure le jour de la rentrée des classes.

Absorbée dans cette réflexion, elle vit avec stupeur sa mère pénétrer en hâte dans sa chambre. Affolée. Après une journée épuisante pour les nerfs, c'en était trop. Hélène lui fit enfiler un manteau sur sa chemise de nuit bleue.

Quelques affaires étaient déjà réunies dans un sac ; ce sac que l'on garderait longtemps à proximité de soi, avec ces mêmes petits biens précieux : argent, papiers, bijoux, photos. Céline ajouta précipitamment un livre, un cahier, des crayons, et ses bottes rouges qui ne lui allaient plus, mais dont elle avait tant rêvé après la lecture de *Michel Strogoff*.

Il fallait quitter le centre d'Hazebrouck, ne pas revivre les moments effroyables de l'autre guerre. Partir, à pied, à vélo, en traction avant Citroën, ou en Renault Juvaquatre aux phares intégrés à la carrosserie, comme celle des Verley ; mais partir, avec un sac aux trésors, et armés d'un même désir de survie. Tous dans le même radeau, ou presque. « Sauver sa peau » était le mot d'ordre implicite de cette première débâcle, répétition générale et inconsciente d'un plus grand malheur. Ils ne prirent pas leur vélo, Hélène n'en possédait pas. Ils partirent à pied.

Une peur panique s'emparait de la ville tout entière. Qui attaquait ? Les Allemands, déjà ? Les Alliés ? Les adultes gardaient en tête les bombardements frénétiques de l'autre guerre, les morts, les maisons rasées. En moins d'une heure, la moitié des habitants se retrouva à l'extérieur, là où on domine la ville, où le regard voit loin.

Les Verley comme les Hermant.

Céline aperçut Juliette dans la foule en pyjama, en bleu de travail, en costume bleu marine à liseré rouge pour les cheminots, ou en tablier gris comme Lucie Verley. De loin, les jeunes filles échangèrent un sourire. Sans doute goûtaient-elles, ensemble, au plaisir neuf de la solidarité. Il n'y avait plus ni riches, ni pauvres, ni laïques, ni catholiques. Ceux qui priaient n'étaient pas nécessairement les plus assidus aux messes. Tous se sentaient vaguement ridicules dans cette peur commune. Mais tous avaient compris que la ville serait une cible privilégiée avec la gare de triage qui faisait sa fierté.

Les enfants ressentaient une certaine excitation à ce rassemblement. Juste la dose d'inconscience propre à toute jeunesse qui n'a pas encore connu de guerre.

Les mères peinaient à maintenir leur progéniture à leurs côtés, à ne pas la perdre dans la cohue. Friande de spectacle, Céline tremblait pourtant. Tout ce bonheur depuis l'été. C'était donc trop ? Le remariage de sa mère, l'emménagement à trois dans la maison de la rue du Moulin. Elle en était encore si heureuse !

Tout ceci n'allait pas disparaître ! Ces gens amassés, hors de la ville, l'alerte, cela faisait partie du cauchemar. Ce n'était pas étonnant, d'ailleurs, avec la journée d'hier, qui avait changé l'été en hiver, et les vacances en purgatoire.

Lorsque la sirène sonna la fin de l'alerte, les groupes se dispersèrent.

Les Verley remontèrent dans leur automobile. Louis

frôla la longue chemise de nuit bleue qui dépassait du manteau de Céline. Ils se tournaient le dos. Ils s'ignorèrent. La jeune fille rentra à pied avec ses parents. Tout juste aperçut-elle la reluisante Juvaquatre conduite par une femme, la mère sans doute, ce qui provoqua des commérages dans les rangs des piétons. Chacun, songea-t-elle, repartait dans son monde. Les riches avec les riches.

L'objet de toute cette agitation était un avion d'observation, allemand, qui s'était approché de la ville. Si cela se répétait le lendemain, se précipiterait-on hors de chez soi aussi vite ? Certains se demandèrent si ces frayeurs allaient se reproduire de façon quotidienne, d'autres commencèrent à se préparer au pire, à chercher un coin de retraite en cas d'attaque.

Le monde autour d'eux avait changé. Brutalement.

Et ils eurent l'occasion d'y songer tout l'hiver, car une étrange guerre débuta, une drôle de guerre avec peu d'alarmes, pas de bombardements, mais des jeunes gens nordistes enrôlés qui partaient, et d'autres du Sud ou de Bretagne qui débarquaient en Flandre française et créaient une animation qui n'était pas pour déplaire à la jeunesse. Dans la presse locale, des consignes furent données aux habitants, avec la localisation des caves et autres abris, et les instructions en cas d'alerte. Dans les familles Verley, Hermant, et dans toutes les autres, il y eut des mobilisés, à Dunkerque, dans les mines et plus loin. Des voitures réquisitionnées. Chez Bonte, où travaillait une tante de Céline, on remplaça la broderie par la confection de vingt mille sacs de jute. Cet hiver-là, il n'y eut pas de course cycliste dans la région. Ils étaient tous au front. Les jeunes champions en herbe, eux, entretenaient leur forme sur les vélodromes, ignorant encore qu'il leur faudrait mettre au clou leurs rêves de gloire.

Des soldats venus d'ailleurs furent logés chez l'habitant. Les Verley accueillirent deux artilleurs. Raymond, un Breton, était très érudit. Sa compagnie fut agréable durant les veillées hivernales. Louis l'écoutait sans se lasser. Il lui rappelait le vieil Achille qui venait de mourir, et qui lui contait la Révolution française, vécue par son grand-père. Louis se passionna pour une revue littéraire prêtée par ce soldat : *La Revue des Deux Mondes.*

Devenu leur tuteur à la mort du père, l'oncle des Verley était considéré comme ayant charge de famille. Vieux garçon, Bertin se faisait surtout dorloter par Lucie et n'était tuteur que de nom. Toutefois, il en retira un avantage. Il resta dans son foyer. Ancien réformé, sa fonction fut d'ouvrir la porte de la tour Saint-Eloi à ceux qui étaient chargés de la surveillance aérienne en haut du clocher de l'église. Tandis que ces derniers accomplissaient leurs heures de garde, et en attendant de refermer la porte avec l'impressionnante clef de fer forgé, Bertin jouait à la belote, au café.

Chacun s'équipa de son masque à gaz. A l'école, les exercices d'alerte se répétaient, les boîtes en carton contenant les masques étaient placées sous le bureau de chaque élève, et les cours de couture furent axés sur l'habillement des soldats.

L'hiver fut très rude. Il fallait des sous-vêtements chauds. Petites mères, revêtues de blouses identiques, Céline et ses camarades tricotèrent des pulls et des chaussettes jusque dans la cour de récréation, en chantant à tue-tête : « On ira pendr' notre linge sur la ligne Siegfried. » Studieuse à l'école, Céline était joyeuse en récréation. Et puis la victoire était certaine. Au vent de panique avait succédé une brise de confiance. Les Poilus avaient fait acte de courage, voire d'héroïsme, pendant la dernière guerre et l'armée française était, disait-on, la meilleure au monde.

A l'occasion d'une séance récréative en faveur des troupes cantonnées, Céline Baert fit ses premiers pas au théâtre. Le spectacle était monté par la troupe de l'Orphéon, très active, et charitable. Au fil des répétitions, elle se lia d'amitié avec une Franco-Polonaise – ils étaient nombreux dans le Nord. Le père de la jeune Claire partageait les idées et les réunions d'Alexandre, et la fille, la passion de Céline pour le théâtre. Sa cousine en éprouva un léger sentiment de jalousie, d'autant qu'elles ne se hasardaient plus à jouer aux espionnes. Micheline avait délaissé son grand amour pour Tino et revêtu le costume de marraine de guerre.

Comme il ne se passait plus rien, semblait-il, de dramatique au plan national, Céline oublia ses appréhensions et se jeta avec une joie sans nom dans ses interclasses théâtrales. Quel plaisir enfin de pouvoir interpréter tous ces rôles qu'elle s'amusait à endosser chez elle ! Pour elle qui rêvait à tant de métiers différents, c'était cela la solution : le théâtre. Une passion révélée, enfant, devant une représentation de *La Dame aux camélias*. Elle avait toussé toute la semaine suivante, au grand dam d'Hélène, dont la mère était morte de cette maladie que l'on ne nommait pas. Hélène, enfant, avait été terrorisée par la menace du « sana », ce préventorium à l'allure de léproserie dont on ne revenait pas toujours.

Louis Verley dut arrêter ses études. Il n'eût jamais pensé quitter à contrecœur les Jésuites et leur pension à la discipline de fer. Arthur était parti au front. Il n'était donc pas si vieux, songeait-il en le remplaçant dans l'atelier de montage de bicyclettes. Lui seul savait monter les roues, et Ti, avant d'endosser un uniforme, lui avait témoigné toute sa confiance. C'est ainsi qu'à seize ans, son certificat d'études en poche, Louis déchargea sa mère et assuma les responsabilités du commerce.

Lucie revivait la Grande Guerre, la mort de son mari. Cette mémoire déferlante et malvenue l'épuisait, augmentait la cadence de ses migraines. Louis décida de faire progresser le commerce et cacha ses propres maux de tête. Dès que le calme et la paix seraient revenus, il formerait quelqu'un, à son tour, et reprendrait le chemin de son collège, bien décidé à faire des études. Il avait le niveau du brevet. N'avait-il pas été classé parmi les meilleurs jusqu'à présent ?

La victoire tardait bien un peu trop, mais on essayait de ne pas perdre confiance. Chaque armée était retranchée derrière sa ligne de front et de défense. En attente. Une trop longue attente. Les civils se lassaient des consignes, des plans à suivre, des fascicules à lire, des règlements très stricts. Le moral se minait dans les troupes, qui protégeaient bien la frontière, inviolable. Pouvait-on penser que l'invasion viendrait d'ailleurs ? Que les panzers allemands, contournant la ligne Maginot, fonceraient à travers les Ardennes, écrasant tout sur leur passage ? Que le mois de mai 1940 marquerait le début de l'horreur ?

4

Il paraît que ce matin-là, à Dunkerque, à Calais, les mouettes blanches et rieuses tentèrent de prévenir les habitants d'un danger imminent. Elles surgirent, rasèrent les toits avec des piaillements rauques et voletèrent en folie, prélude à une autre débandade.

« Habille-toi vite, Céline ! Cette fois, ça y est ! »

Une nouvelle fausse alerte ? Non, « cette fois, ça y est ! », s'était époumonée sa mère. Ces paroles d'Hélène allaient s'inscrire de façon indélébile dans le cerveau de la jeune fille, au même titre que ses pires cauchemars.

Dorénavant, et jusqu'à son dernier jour, elle se reverrait ce matin de l'année 1940, incapable d'enfiler sa combinaison, les muscles des bras lourds et paralysés. Et l'âge ne faisait rien à l'affaire. Il fallait voir les adultes. On eût dit à leur physionomie qu'un spectre leur était apparu.

Ce vendredi 10 mai, l'attente fit place au choc, brutal, dévastateur, à la peur, irrationnelle, insidieuse. Un déferlement d'explosions, de tirs de la DCA – la défense française –, de hurlements ininterrompus de la sirène précipita les gens dans la rue. Les Allemands venaient d'envahir la Belgique et la Hollande, et semaient la terreur sur leur passage. La nouvelle déclencha une pagaille monstre dans le pays. Les prévisions des stratèges, non suivis par le gouvernement, étaient avérées. Hitler rééditait donc le plan de 1914, en attaquant la France à travers la Belgique.

Avait-on si vite oublié la leçon du passé ?

« Non ! C'est impossible, songeait Céline, c'est le printemps ! »

La guerre dans une saison de renaissance lui paraissait inconcevable. Après un hiver rude et pénible, aggravé par les premières restrictions, englué dans une morosité ambiante, ce ciel bleu pâle, irisé de rose, remettait du baume au cœur des Nordistes.

Elle s'apprêtait à effectuer de longues balades à vélo avec sa cousine. Parcourir les sentiers ponctués de petites chapelles de route, grimper les monts des Flandres qui s'égrenaient entre plaine et mer. Un plaisir indescriptible. Les boutons-d'or et les coquelicots parsemaient les prairies dans la vaste campagne flamande. Elle aimait le printemps jusqu'en juillet, lorsque s'épanouissent les corolles des fleurs de lin, qui teintent les champs de bleu pervenche. Elles avaient projeté de prendre le chemin des dunes, vers la côte. Elles se réjouissaient à l'avance de rouler à marée basse sur les plages sans fin.

Les images de la guerre d'Espagne vues au Royal étaient venues troubler pourtant la relative quiétude de cette étrange attente. Céline revoyait les corps déchiquetés. Elle n'était nullement prête à subir ces atrocités.

A peine avait-elle enfin réussi à s'habiller qu'une déflagration secoua la ville.

Dans la rue du Moulin, comme sur la Grand-Place, le voisinage émit les suppositions les plus effrayantes. Et en dépit du danger, ils se hâtèrent en grand nombre vers le point supposé de la chute de l'appareil. Un allemand, peut-être ? Il fallait s'en rendre compte par soi-même, juger, applaudir, ou aider dans le cas contraire. L'information manquait. Savoir, coûte que coûte ! Et en cette matière, Louis Verley était insatiable.

Il vit arriver, sur son vélo, son cousin Jacques, le fils de la tante Geneviève, avec laquelle ils séjournaient à Bray-Dunes. Jacques fit crisser ses freins, tout excité :

— Tu m'accompagnes, Louis ? On va voir ?

— J'arrive !

Mais Louis heurta sa mère, à la porte de chez eux. Lucie eut le réflexe maternel de le retenir par le bras.

— Où vas-tu ?

— Voir ce qui s'est passé, maman ! répondit le jeune homme, tout aussi exalté que son cousin.

— Je te l'interdis !

— Si, maman, j'y...

Une gifle retentissante l'arrêta dans sa phrase et dans son élan.

Malheureusement, Lucie ne put retenir son neveu. Jacques fila sans demander son reste. Ses derniers mots lancés d'une voix joyeuse furent adressés à Louis :

— Je te raconterai !

Il ne put raconter, il ne revint jamais.

Dans le champ, les curieux s'approchaient de l'appareil abattu, qui commençait à brûler. Les deux pilotes allemands, indemnes, tentèrent courageusement de les faire reculer. Ils s'écrièrent dans un mauvais français :

— Attention ! Détonation !

Mais on ne croit pas l'ennemi. Cette mise en garde était sans doute une ruse pour sauver leur peau. L'attroupement ne se dispersa pas. Le bombardier explosa, avec les deux Allemands, les nombreux civils amassés près des débris de l'appareil, et des militaires. On releva soixante-dix morts, dont une dizaine de corps déchiquetés dans la grange, et quatre-vingts blessés.

La guerre était entrée en trombe, avec ses premiers crimes.

Cette même nuit, d'autres avions survolèrent la ville et lâchèrent leurs bombes sur la voie ferrée. Cette nuit où Geneviève hurla la mort de son enfant imprudent.

Et la ville vit presque aussitôt passer une cohorte de Belges et de Hollandais, voitures en tête.

« Les riches se débrouillent pour partir en premier », disait-on, oubliant que les automobiles étaient les plus rapides.

Mais les voitures, c'est vrai, restaient l'apanage des privilégiés. Des trains s'arrêtèrent sous la belle verrière de la gare, remplis de réfugiés se dirigeant vers l'Allier et d'improbables abris.

Juliette et Lucie Verley se mêlèrent aux dames de la Croix-Rouge et aux scouts pour leur distribuer des provisions. Touchés par cette solidarité inattendue, les voisins belges s'éloignaient sous le bruit assourdissant de la locomotive et les cris enthousiastes de « Vive la France ! ». Après les trains et les voitures, vinrent les corbillards, les véhicules industriels, les charrettes, les cyclistes, des chambres à air et des pneus autour du cou – autant de trésors récupérés –, sur des vélos d'emprunt, parfois.

Puis les gens, à pied, qui encourageaient les habitants à fuir. Leur panique entraîna celle du Nord. Pas question de recommencer comme en 1914, d'être séparés à nouveau de ses hommes. Le flot grossissait au passage de chaque village et chaque ville. Ceux qui ne s'éparpillèrent pas sur les routes se terrèrent dans les caves, quelques heures, sans savoir, avec des provisions de misère, et de rares échappées à l'air libre pour satisfaire les besoins essentiels.

Sur la Grand-Place, les enfants Verley étaient effarés devant les vieillards édentés dans les brouettes, les landaus remplis à ras bord d'ustensiles en tout genre, voire de machines à coudre. Juliette et ses frères étaient aux premières loges, mais le spectacle de la rue n'avait plus rien de réjouissant.

— Pourquoi les gens sont-ils tant chargés, avec leurs matelas sur les toits ? Devrons-nous déménager, nous aussi ? s'inquiéta François auprès de sa mère.

— Non, lui répondit Lucie, tentant de trouver des paroles d'apaisement et de se rassurer elle-même. Tout au plus, mon chéri, irons-nous passer la fin de semaine à la campagne, si les choses se compliquent.

Lucie se trompait. La progression des Allemands entraîna la débâcle des troupes et des autorités, la confusion, l'effondrement et l'exode d'une population élevée dans l'idée d'une France glorieuse. Les rumeurs accentuaient l'état d'angoisse des habitants. Les Flamands belges avec des couvertures rouges étaient pris pour des espions allemands, rémanence de la « cinquième colonne », invention de la guerre psychologique espagnole, et devenue le synonyme d'une armée secrète infiltrée. On colportait aussi le bruit que les barbares coupaient la main droite des garçons et les seins de femmes, quand ils ne les violaient pas.

La reine des Pays-Bas, Wilhelmine, celle qui avait donné le nom de « Petite Reine » à sa bicyclette d'enfant, se réfugia à Londres avec une partie de son gouvernement. L'armée hollandaise capitula.

Les anciens étaient les plus abattus. Catastrophé, le cœur en miettes, Alexandre se remémorait le slogan de la dernière guerre : « Battez-vous bien, les gars, pour que vos enfants ne voient plus ça. » Il décida d'emmener sa femme et sa chère petite Linette à l'abri en Bourgogne, où vivait son frère, et se mit en quête d'une voiture. *La guerre totale s'est déchaînée*, titra alors le dernier numéro de *L'Indicateur des Flandres*. Le quotidien n'allait reparaître qu'en 1944. L'école ferma ses portes. Provisoirement.

Sur le chemin de l'exode, tandis qu'Hélène se demandait avec anxiété si les Bourguignons les prendraient à leur tour pour des boches du Nord, en admettant qu'ils y arrivent sains et saufs, Céline songeait à Claire, son amie. Le 10 mai – date qui resterait dans les mémoires, c'était impensable autrement –, son univers s'était écroulé. La confusion régnait en son esprit, les réflexions les plus insensées se bousculaient dans sa jeune tête.

Très tôt, la peur du manque lui avait été transmise par sa mère. La peur de la violence, par Charles, son premier père.

Aujourd'hui, c'était celle de mourir.

Sa nouvelle amie, Claire, avait débarqué rue du Moulin la veille au soir.

« Mes parents ne voulaient pas partir : “On ne va pas

encore fuir, a dit mon père, c'est notre patrie, ici, maintenant", mais avec l'annonce des Allemands entrés par les Ardennes, ils ont changé d'avis. Je ne les suis pas, je vais chez ma tante, celle qui habite Paris.

— Où vont tes parents ?

— Vers la mer, ils veulent embarquer pour l'Angleterre, moi, je ne veux pas quitter la France. A Paris, je pourrai faire du théâtre ! »

Elle avait alors proposé à Céline de l'y rejoindre dès l'obtention de son brevet supérieur. Céline avait répondu par l'affirmative, à tout hasard. Cela lui paraissait si loin, et si fantasque, alors que la peur seule commandait au corps. Les boches arrivaient, disaient ceux qui avaient fait la guerre de 1914. Il n'était plus question de rêves d'amour, de stars américaines, de théâtre... Mais Claire était plus âgée, plus libre peut-être aussi dans sa tête. Leur amitié s'était accrue avec le repas organisé par les parents de la jeune Polonaise. La maman leur avait confectionné une recette de chez eux, de leur petite ville située près de Varsovie.

« Ma mère fera ses fameux *paczki* ! avait prévenu Claire en les invitant.

— *Paczki*, répondit Céline en riant, mais c'est votre nom de famille !

— Eh oui ! Mon nom est celui de délicieux beignets à la marmelade de prunes ; cela manque de romantisme ! »

Rien jusqu'à présent ne distinguait Claire de Céline si ce n'était son nom polonais. Ce soir-là, elle approcha une autre culture que la sienne, et elle l'aima, aussitôt, tout comme elle s'était passionnée pour la Russie, non pas celle d'Alexandre, mais celle du vaillant courrier du tsar, Michel Strogoff.

Leur maison de brique était entourée de géraniums. A l'intérieur, des broderies décoraient avec coquetterie la table et l'un des murs. Céline fut surprise d'entendre la maman appeler sa fille Clara.

« C'est mon vrai prénom. Mes parents l'ont changé lorsque nous avons quitté la Pologne. Moi, cela m'est égal, j'étais si petite, je ne m'en souviens pas.

— C'est ravissant, Clara !

— Peut-être, mais Claire, c'est plus français.

— Quelle importance que ce soit plus français ? émit Céline avec candeur. Si j'ai une fille plus tard, je l'appellerai Clara. Tu veux bien que je t'appelle Clara ? »

Les Polonais étaient plus nombreux dans le pays noir des mines que dans le pays vert des Flandres, dans ces corons où se trouvait un oncle de Claire, véritable tour de Babel où se côtoyaient Polonais, Bretons, Italiens et Marocains.

Les deux mères s'étaient liées d'amitié, au moment de faire la vaisselle, après que la Polonaise eut avoué avoir souffert d'être traitée de boche à leur arrivée.

« Lorsque j'étais réfugiée en Bretagne, pendant la dernière guerre, lui confia Hélène à son tour, j'allais à l'école là-bas, et l'on nous traitait de "boches du Nord". Je voyais, j'imaginais (elle soupira) la haine dans les yeux de mes petits camarades. Nul besoin de savoir exactement ce que recouvrait ce mot, le ton suffisait. »

Et la haine risquait aujourd'hui de revenir envers ces Polonais dont certains cousins étaient enrôlés dans les armées hitlériennes.

Après le dîner, le père les avait conviés, avec son bandonéon, à un récital de vieilles mélodies de chez eux. Succédèrent *Le P'tit Quinquin*, Tino Rossi, un pêle-mêle de rengaines, qu'ils entonnèrent ensemble.

Quand se reverraient-elles ? Elles s'étaient promis de s'écrire, et Clara lui avait glissé dans la poche son adresse parisienne.

Les Verley prirent la route, à leur tour, le 20 mai, abandonnant cycles et maison. Pour deux ou trois jours au maximum, pour se mettre à l'abri des bombardements. L'oncle Bertin quitta son poste à la tour de l'église, puisque les autorités étaient défaillantes. Pourquoi serait-il resté ? Désemparés par l'ampleur de l'exode et du désastre, convaincus de la supériorité de l'armée allemande, les chefs battaient en retraite et souhaitaient déjà un armistice. C'était la débandade.

Avant le départ, Bertin se restaura en abondance, craignant d'oublier à jamais le goût des bonnes choses. Il avait renoncé à son humour et à sa verve badine, il ne parlait pas. Il mangeait, une dernière fois ; sous le regard ébahi de Louis, incapable d'avaler, étreint par la colère depuis l'annonce de la guerre. Une colère à la mesure de son amour pour les hommes. François eut droit à son jaune d'œuf battu dans le lait de poule, censé fortifier son organisme. Lucie avait peur de le perdre, comme son petit dernier. Elle taisait ses angoisses, mais il était plus choyé que ses aînés, échappant au martinet, par exemple.

Si chère encore durant la Grande Guerre, la petite reine s'était démocratisée, et jusqu'à la déclaration de septembre les ventes étaient importantes. Le métier progressait de jour en jour. Une heure de bicyclette équivalait à sept heures de marche. Elle était précieuse aux villageois. Mais depuis le printemps, l'approvisionnement en matériel cycle s'avérait difficile, les fournitures tardaient à venir, le stock de pièces diminuait. Les rentrées d'argent étaient moindres. Les demandes moins fortes puisque les hommes étaient partis pour la guerre. La plupart des ouvriers étaient au front, et quand ils n'y étaient pas, ils travaillaient dans leurs usines réquisitionnées, à la fabrication de matériel de guerre. Dans ses moments d'inactivité, quand il ne lisait pas *La Revue des Deux Mondes*, ou ne s'occupait pas avec passion de sa collection de timbres, Louis apprenait aux enfants du voisinage à réparer les roues. Entre les graviers et les chemins truffés de clous de fer des chevaux, les crevaisons étaient fréquentes.

Les Verley n'emportèrent pas grand-chose. Sauver sa peau. Rien d'autre ne comptait. Un million de Français étaient morts lors de la précédente guerre. Cela suffisait. Les haines et querelles entre catholiques et laïques s'étaient évaporées, reléguées dans les combles de l'illusoire.

Et pourtant, eut-elle la prescience de ce qui allait se passer ? Lucie ressentit un pincement au cœur en laissant son regard errer sur les photos de famille, et toute l'accumulation d'objets de la vie quotidienne que l'on ne voyait plus mais qui peuplaient l'ordinaire, et augmentaient le confort matériel ; tous ces petits biens amassés au fil du temps qui permettaient de croire à la permanence des choses, à l'immortalité... Certains objets de valeur, comme la belle vaisselle, avaient été enterrés à la hâte dans un coin du jardin. L'oncle avait soigneusement caché ses bouteilles de chambertin. Fâché de devoir quitter son nid douillet, sa caverne d'abondance, il pestait contre l'univers, perdait de son insouciance, oubliait son affabilité et répétait, comme assommé :

— Des gens cultivés, qui sont friands de bonne musique, c'est insensé, insensé !

En claquant la porte derrière elle, Lucie éprouva un douloureux pressentiment.

Bertin et François étaient sans doute parvenus à destination, chez des cousins fermiers. Louis et Juliette la devançaient dans la C4 Citroën camionnette, qui servait pour les livraisons. Comme sa mère, comme des milliers de gens éparpillés sur les routes, Louis songea à ce qu'il laissait derrière lui. Ses espoirs de passer le brevet. Sa collection de timbres. Et ses premiers croquis de bicyclettes, des engins révolutionnaires, imaginés et dessinés en secret. Il aurait peut-être dû les prendre. Mais non, ils allaient vite revenir. Et puis, dans ce cas, pourquoi ne pas emporter l'accordéon de l'oncle, le piano de sa mère et tout le reste ? Il se jugea ridicule. Sauver sa peau. C'était l'essentiel. Le matériel ne comptait plus.

Les Allemands avançaient trop vite. Il n'y avait plus âme qui vive à la ferme. L'oncle avait dû pousser vers le sud. Louis et Juliette y attendirent néanmoins leur mère. Dès que Lucie les rejoignit, ils décidèrent de rouler au plus près de la mer. Leur objectif était devenu la Loire, où vivait l'un de leurs fidèles clients. Le lendemain, ils furent mitraillés. Ils fuirent dans une autre direction. Ils échappèrent de justesse au bombardement d'un pont sur la Somme. Des avions ennemis piquaient sur les colonnes de réfugiés et les mitraillaient. Des morts, des blessés, chacun pour soi.

C'est à ce moment-là qu'ils furent séparés.

Ce que virent Céline, Juliette, Louis et tous les autres était innommable. Toutes sortes de véhicules emplissaient les routes, précédés ou suivis par des gens, à pied. Seuls les petits en barboteuse et les gamins en short à bretelles qui hier encore jouaient à la guerre en faisant de la récupération de métaux pour l'armée, avec des allures de conspirateurs, et s'amusaient à imiter Hitler dans les rues ignoraient l'embrasement de l'Europe et ne comprenaient pas que c'en était fini du temps de leur insouciance.

La horde de réfugiés hébétés croisait des soldats tout aussi éperdus. Ils doublaient des charrettes en haut desquelles étaient perchés des vieux tellement vieux que leur visage totalement criblé de rides n'avait plus de sexe. A l'arrière, étaient accrochés des animaux de ferme ou domestiques. Ils laissaient sur le côté des véhicules bombardés, des chevaux éventrés, et des cadavres humains qu'on ignorait, on n'avait pas le temps. Au mieux leur recouvrait-on rapidement le visage d'un foulard ou d'un grand mouchoir. Il fallait garder ses couvertures. Parfois, on rejetait des morts dans les fossés. Des enfants erraient en pleurant.

Ils écoutaient, terrifiés, le sifflement des bombardiers et les détonations des explosifs, qui allaient les hanter dorénavant jusqu'à leur mort. Ils les entendraient dans leurs cauchemars, ils y songeraient lors de bruits subits et étrangers, ils pleureraient dans leur cœur en voyant de nouvelles horreurs aux actualités. Allaient-ils trouver les mots, plus tard, pour éviter ces carnages ? Leurs parents avaient été impuissants. Etaient-ils donc morts pour rien ?

Céline et ses parents arrivèrent à bon port dans la Nièvre, où vivait un oncle. Ils étaient partis en voiture, deux matelas attachés sur le toit, et l'intérieur bourré de bagages. Très vite, Alexandre retira des couvertures pour loger une mère et son petit, à l'arrière, près de Céline. Ils achevèrent la route à pied, la vieille automobile ayant rendu l'âme, quasi affamés, Alexandre ayant partagé le reste de leurs provisions avec ces autres réfugiés.

Au milieu d'une file ininterrompue qui s'étendait à perte de vue, sur des routes noires de monde, Louis conduisait sans permis la camionnette, mais on n'en était plus là. Devant eux, la jeune conductrice au volant ne devait pas dépasser les quatorze ans.

La cohue sur la Somme était indescriptible. Ils ne voyaient plus Lucie. Il réussit enfin à garer l'automobile sur le bas-côté. Ils attendirent, en vain.

— Il faut rebrousser chemin, décida-t-il au bout d'une heure.

— Mais elle est peut-être passée, et elle nous attend de l'autre côté, suggéra Juliette.

— On ne peut prendre ce risque et l'abandonner. Imagine qu'elle soit blessée...

Il n'acheva pas, tous deux pensaient au pire.

— Tu as raison.

Ils rebroussèrent chemin, le cœur aux abois. Ils la cherchèrent désespérément, craignant chaque buisson. N'allaient-ils pas la découvrir parmi les cadavres éparpillés dans les champs, gisant à l'écart dans un fossé, auprès de bêtes de somme et de chevaux, ou affaissée sur le siège de sa voiture criblée des balles des mitrailleuses ?

Lucie restait introuvable. Leurs espoirs s'effilochaient. Louis songeait à l'explosion du bombardier, à la vigoureuse gifle de sa mère qui l'avait sauvé. Ils étaient tombés dans les bras l'un de l'autre, en pleurant, lorsque la famille avait appris la terrible nouvelle de la mort de Jacques.

Les deux jeunes Verley se réfugièrent pendant la nuit dans une maison abandonnée et sombre, submergée de monde mais incroyablement vide ou plutôt vidée. Tandis qu'ils se déversaient en masse sur les chemins de l'exode, les pillards – incités par l'absence de la police et de la gendarmerie – entraient en action, anéantissant le bel esprit civique encouragé par la presse durant l'hiver. Les tâches utilitaires, l'obéissance aux règles de propreté et de respect d'autrui, plus rien ne comptait.

— Nous avons perdu assez de temps. Maman nous a distancés. Il faut la rejoindre.

Ils tentèrent à nouveau de passer la Somme. C'était trop tard. Ils furent arrêtés à Montreuil. Le Nord commençait à être isolé, et serait déclaré zone interdite.

— Louis, ne t'inquiète pas, dit Juliette, se voulant rassurante. (Elle connaissait bien le geste de son frère qui se frottait la tempe lorsqu'il était anxieux ou atteint de migraine.) Maman nous a sans doute précédés en prenant une autre route. Elle a peut-être été une des dernières à passer la Somme...

— Il ne nous reste plus qu'à regagner la maison.

Désemparés, ils firent marche arrière dans le désordre, la fumée, le sang. A leur tour, les villages devenaient des haltes fantômes, se vidaient de leurs habitants, qui s'éparpillaient dans les fermes isolées et les bois attenants. Ils croisèrent des soldats britanniques qui rejoignaient leur pays, après s'être débarrassés de leur équipement militaire, de leur corned-beef et parfois de quelques produits de pillage. A proximité d'Hazebrouck, ils croisèrent encore des civils, effarés de les voir se jeter dans la gueule du loup. Des nuages de fumée enveloppaient en effet la ville bombardée et incendiée. Il fallait être fou pour y retourner.

— Que s'est-il passé ? demandèrent-ils.

— Des Anglais se sont installés dans le centre, aussi les raids de la Luftwaffe s'accentuent. Ils bombardent sans arrêt les voies de chemins de fer. La rue du Moulin est totalement détruite, il y a des morts.

La rue du Moulin ! Juliette songea à Céline. Etait-elle ensevelie sous les décombres ? Etait-elle en sûreté ? Elle avait fait sa petite enquête auprès des siens. La jeune fille aux yeux de star américaine était une fille de communistes et de divorcés. Le beau-père, Alexandre Hermant, avait une réputation de brave homme, mais il était connu pour ses positions de libre-penseur.

« Ils ne vont pas à la messe, tu n'as rien à faire avec eux ! »

De ce jour, Juliette avait détourné le regard lorsqu'elle la voyait passer sur la Grand-Place à bicyclette. Mais aujourd'hui, l'image de la jeune Céline lui revenait en force, et avec tristesse.

— Il n'est pas question que tu entres en ville. C'est trop risqué. Je te laisse ici, ordonna Louis, il y a encore de la place dans cette grange. Tu y seras en sécurité...

— Mais...

— Tu en sortiras tout au plus criblée de poux, plaisanta-t-il pour apaiser leur tension.

— Tu veux vraiment retourner en ville, Louis ?

— S'il y a une chance que maman soit repartie à la maison, elle est seule. Je dois la rejoindre.

— Reviens vite... Avec elle !

Louis leva la tête. Il vit très nettement des bombes sortir deux par deux des appareils de la Luftwaffe. Il arriva enfin à proximité de chez lui. Il préféra passer par l'arrière. La porte était entrouverte. Son cœur s'emballa dans sa poitrine.

— Maman ? Maman, tu es là ? C'est moi, Louis, je t'emmène !

Pétrifié, il s'arrêta. Il promena un regard stupéfait sur l'intérieur. La maison était dévastée. Dans le magasin, les pillards s'étaient emparés des vélos et de pièces nécessaires au montage. Fuyards, soldats peut-être, dont la consigne était de ne rien laisser aux Allemands... C'était donc ça, la guerre !

— Maman ? reprit-il d'une voix plus incertaine.

Personne ne répondit. Il marchait au milieu d'objets jetés à terre, brisés. De multiples papiers de commande jonchaient le sol.

Et parmi eux, sur du papier dessin, ses esquisses de vélos. Dénuées d'intérêt dans ce contexte. Epargnées dans ce vandalisme. Il les ramassa, les remit dans leur pochette cartonnée, les garda en main, décidé à les préserver de manière plus scrupuleuse.

Soudain, il perçut un bruit ténu. Des pas. Il reprit espoir.

— Maman, tu es là ?

Son appel s'étrangla dans la gorge. Une silhouette jaillissait de la pénombre et le bousculait. Il sentit un coup violent sur le haut du crâne. Une onde douloureuse se répercuta dans toute sa tête. Il tituba, s'affaissa sur le sol. Avant de sombrer dans l'inconscience et l'obscurité, il aperçut l'ombre qui s'enfuyait, son butin dans les bras : sa collection de timbres, avec laquelle l'inconnu venait de le frapper.

5

« Vais-je me réveiller de ce cauchemar ? Est-ce la fin des temps ? » se demandait Louis en marchant au milieu des décombres.

Il soulevait des cadavres gris de poussière avec la hantise d'y découvrir le visage aimé de sa mère. Pourquoi cet ouragan de haine, ce déferlement de violence ? Pourquoi l'homme infligeait-il tant de souffrances à l'homme ?

Parfois, il traversait une oasis de verdure et de fleurs, épargnées comme par magie ou par miracle.

Un jour, il croisa un convoi d'automitrailleuses allemandes. Pétrifié, il s'attendit au pire, mais les officiers pleins de morgue gardèrent le cap, avec le regard fixe des automates qui semblent sonder l'horizon. Son cœur s'était arrêté de battre.

Le coup violent reçu sur la tête l'avait laissé inconscient quelques minutes. Il s'était relevé nauséeux, les tempes palpitantes et douloureuses, mais n'en avait gardé aucune séquelle apparente.

Depuis, il errait en quête de sa mère, inspectait, questionnait, inlassablement, revenait le soir dans sa ville, fourbu, anxieux. Il découvrait une maison un peu plus pillée que la veille. Le 27 mai, un jour marqué à jamais dans sa mémoire, les tirs furent intenses, le clocher endommagé par un obus allemand. Restés en ville, les Anglais se battirent avec héroïsme, jusqu'au dernier, dans l'orphelinat en feu, et périrent dans le brasier.

Ce soir-là, impuissant, révolté, Louis entendit le bourdonnement de motocyclistes qui se rapprochaient. Le bruit s'intensifia. Ils avaient atteint la Grand-Place. Les moteurs s'éteignirent. Le claquement des bottes sur les pavés prit le relais. De la fenêtre du premier étage, il les vit, nombreux, alignés, disciplinés, mieux équipés que les soldats français en déroute, avec leurs bandes molletières. Il poussa un cri de rage. Le viol du territoire par les loups à la croix gammée était consommé. Il retourna d'abord son indignation contre les dirigeants français qui avaient laissé s'installer ce désastre, puis il songea à son père et à ses alarmes. Il avait raison. Ce soir-là, sur la même place, bien d'autres épièrent les Allemands à l'abri de leurs rideaux, et des larmes coulèrent le long des joues des anciens, ceux de l'autre guerre.

Louis reçut des nouvelles de l'oncle Bertin, en sûreté avec François, comme Juliette l'était à la ferme des cousins, qui n'avaient pas fui, mais s'étaient terrés durant quelques jours. La famille était séparée, éparpillée et, surtout, les uns et les autres restaient sans nouvelles de Lucie.

Peu après, des colonnes de prisonniers passèrent. Ils marchaient jusqu'en Belgique ou en Hollande, avant d'être embarqués par péniches ou wagons à bestiaux vers l'Allemagne. La population leur distribua des vivres, chacun tenta de reconnaître l'un des siens parmi les malheureux. On allait aussi se souvenir longtemps de cette voix grêle sortie de la TSF, appelant à la fin des combats, cette voix qui appartenait à l'homme le plus respecté de France, tandis que le lendemain, sur les ondes anglaises de la BBC, un quasi-inconnu nommé de Gaulle appelait, lui, à la résistance.

Assommés par la monumentale raclée, l'armistice laissait aux Français un curieux goût dans la bouche, de résignation ou de colère, de désespoir ou de soulagement, ou le tout à la fois. Soulagement dû au répit de la violence, à l'arrêt des bombes, au retour du silence, à la promesse d'un été calme, à la joie de rentrer chez soi et de retrouver son foyer. Avec l'espoir que le populaire vainqueur de Verdun, jadis soucieux de ménager ses hommes, saurait une fois encore sauver la France, avec la croyance naïve que l'ennemi allait enfin rentrer chez lui. Un cessez-le-feu qui allait se révéler bien éphémère. La fin toute provisoire d'une peur, celle de mourir, tandis qu'une autre prenait forme, sournoise, inquiétante : celle de ne plus être libre, de ne plus être français, de ne plus être respecté. Le Nord et le Pas-de-Calais étaient dans un état comateux.

Sans relâche, Louis arpentait la région et les hôpitaux, lorsqu'un jour de la fin juin, peu après l'armistice, Lucie reparut. A pied. Usée, crottée, le dos très droit, altière, divine. Elle s'était cachée sous les bottes de paille d'une charrette pour repasser la zone interdite.

— J'étais devant vous lors de l'exode, mais nous avons été attaqués. Blessée, j'ai reçu des soins dans un camp de réfugiés. J'ai entendu les clameurs : « La guerre est finie ! » Alors j'ai fait demi-tour. Tout le monde essaye de remonter, des routes sont barrées, des ponts ont sauté. Quelle pagaille !

— C'était de la folie, maman !

— Eh, mon garçon, tu ne me diras jamais ce que je dois faire. Mais n'es-tu pas content de me revoir ?

Ses défenses se craquelèrent. Il fondit en larmes, tomba dans les bras maternels, évacuant tensions et pressentiments.

Désormais aidé de Lucie, il tenta de faire survivre leur commerce, en dépit des restrictions, des confiscations, et de son incoercible exaspération.

— Notre camion : « réquisitionné »... Volé, oui ! Comment appelles-tu cela ? Quand on nous prend nos logements, nos moyens de locomotion, notre nourriture... Les magasins se vident, nous mangeons du rutabaga, des topinambours... Des racines, normalement réservées au bétail. Ce n'est pas un pillage de la France, un vol organisé ?

Louis cherchait, par tous les moyens, à tromper l'ennemi. Sa mère le modérait. Elle avait déjà connu une guerre, avec ses réquisitions, ses interdictions. La lente descente aux enfers de son mari, son neveu mort le premier jour de cette nouvelle offensive. Et le fils d'un voisin venait d'être abattu parce qu'il avait riposté à un ordre. L'armée d'Hitler ne s'en prenait pas seulement aux soldats, mais aussi aux civils. Un degré supplémentaire dans l'infamie.

Lucie reçut des nouvelles de son aîné, Gérard. Tandis que des prisonniers étaient parqués au séminaire, les séminaristes, eux, se repliaient sur Marcq, près de Lille. Il allait bien, Dieu merci.

Louis se démenait comme un diable pour intercepter quelques-unes de leurs marchandises volées.

Un matin, les Allemands se présentèrent pour réquisitionner leur maison. Il se força à tempérer sa colère, tout en songeant que l'esclavage se façonne de cette manière. Il se rendit à la Kommandantur, obtint la permission de poursuivre leur commerce et de loger dans les pièces de l'estaminet transformées en magasin de pièces cycles et ateliers. Le jeune homme conseilla à sa mère de rejoindre Juliette à la campagne. Lucie ne voulut rien savoir.

— C'est ma maison. Je serai là le jour où ils partiront, et ils partiront bien ! Je reste ! Je n'ai jamais dépendu que de moi-même, je ne vais pas changer à cause d'eux !

A vélo, le jeune homme effectuait régulièrement le trajet vers la campagne. Juliette remplissait ses sacoches de vivres. Les paysans côtoyaient aussi les Allemands. Ceux-ci finissaient par secouer leur ennui en proposant leurs services à ceux qui les hébergeaient à contrecœur.

Des notes de musique s'égrenaient du piano de Lucie et leur parvenaient aux oreilles.

— Ils sont doués, tout de même, soupirait-elle.

Les accords chatoyants plongeaient Louis dans un nouveau transport de colère rentrée, qui se transformait immanquablement en une pénible migraine.

Dès qu'il les entendait s'éloigner durant la journée, il fonçait de l'autre côté du porche, dans les pièces d'habitation, pour reprendre quelques livres et objets indispensables. Un matin, il se fit harponner par une sentinelle. Propriétaire ou non, Louis se retrouva de corvée, à cirer, chez lui, une douzaine de paires de bottes allemandes.

Un jour, enfin, les soldats remontèrent dans leur camion. Les Verley récupérèrent leur maison. Dépouillée. Mais c'était déjà ça. Tant de gens restaient sans foyer ! Le piano à quart de queue, lui, s'était envolé.

Lucie était impressionnée par ce fils dont elle n'imaginait pas jusqu'alors la force de caractère et la ténacité. Contrairement à François et à Juliette, tous deux extravertis, Louis était un jeune homme secret et obstiné. Comme elle. Malin, il devenait le roi du fameux « système D ». D comme débrouillard. Elle en était très fière. Si sa pudeur naturelle l'empêchait de s'épancher, elle éprouvait pour lui une incommensurable tendresse. Il ne se plaignait jamais de ces terribles maux de tête dont il avait hérité. Il se levait toujours avec une curiosité, une soif de vie insatiables. Il montait les bicyclettes avec une dextérité de spécialiste, le savoir-faire et le souci de perfection d'un amoureux de son art. Il partageait son temps entre l'affaire, qu'il tenait avec sa mère, et la fréquentation assidue d'une salle de sport où il allait évacuer ses maux de tête et la rage accumulée. Entre barres parallèles et cheval-d'arçons, une idée germa : celle de créer un numéro d'acrobatie cycliste avec son ami Dische.

— Tous les bénéfices de nos galas iront à la Croix-Rouge pour envoyer des colis aux prisonniers en Allemagne.

C'était sa façon à lui de contribuer aux secours, de

partager, davantage qu'à l'église, où, dès l'armistice, il avait refusé d'être enfant de chœur.

« Les vivants ont davantage besoin de nous », avait-il prétexté pour ne pas avouer qu'il perdait la foi, sinon en Dieu, du moins en la haute sphère de l'Eglise. Une partie de cette hiérarchie vouait un culte à Vichy, et cela, Louis ne le supportait pas.

Un autre ouragan, météorologique cette fois, déferla sur la ville un petit matin de décembre. Une tempête incroyable et inhabituelle. Le clocher de l'église rendit l'âme, et la superbe flèche de quatre-vingts mètres, fragilisée par l'obus du printemps, s'écroula sur les orgues et le parvis. Louis songea à Raymond, ce soldat breton hébergé un an auparavant, et qui lui avait enseigné tant de choses.

« Sais-tu, Louis, que votre flèche fut nommée *la Splendida Turista* par Sandérus ? Semblable à de la dentelle, elle était admirée par la France entière pour sa finesse et sa majesté. »

Un chef-d'œuvre, certes, mais non classé par la Commission historique. Ce jour-là, Louis se promit qu'elle reviendrait sur son clocher, dût-il y mettre ses dernières forces. Il n'avait plus de nouvelles de Raymond, mais il lisait beaucoup, afin de compenser l'arrêt forcé de ses études, et par fidélité à celui qu'il considérait comme un père spirituel.

Les Hermant rentrèrent chez eux, dans le Nord, en septembre 1940, sous une pluie battante. Ils passèrent la ligne de la zone interdite, à pied, munis d'un discret bagage à main, sans un mot, respirant à peine. Chaque pas était un pas de gagné, chaque pas se fit avec la crainte d'un appel impérieux à faire demi-tour, avec l'éventualité d'un tir.

A l'extrémité du pont, des larmes de joie précédèrent un drame. Très pâle, Hélène s'était affaissée.

— Maman ! Qu'est-ce que tu as... ?

Alexandre n'eut que le temps de la recevoir dans ses bras. Un filet de sang coulait entre les jambes de sa femme. Hélène faisait une fausse couche. Elle venait de perdre l'enfant qu'elle attendait. Par peur, ou par épuisement, ou les deux à la fois.

Céline pleura, en cachette. Un sentiment inconfortable de reproche accaparait son esprit. Elle ressentait le complexe de l'enfant unique. Elle enviait ses amies de pouvoir se confier à une grande sœur, à un frère aîné. Elle ne supportait pas qu'on le lui rappelle, et certaines petites camarades perverses enfonçaient gaiement le clou :

« Tu ne peux comprendre, Céline, tu es fille unique. »

Ou bien encore :

« Toi, tu peux en faire à ta tête, tu es fille unique. »

Elle retenait l'envie de les gifler.

Par la suite, elle se sentit coupable de ces pensées vis-à-vis d'une mère qui lui avait toujours témoigné une immense affection et qu'elle adorait.

Alexandre s'en voulut également. Il n'aurait jamais dû écouter Hélène et reprendre la route. Mais elle était si agitée par l'absence de nouvelles de sa famille, si obstinée aussi quand elle désirait quelque chose ! Et il y avait eu cet incident, au début de leur séjour. Il aurait pu se révéler dramatique pour Céline. Il en tremblait encore. De jeunes soldats allemands, éméchés, entraient dans les maisons, recherchaient les jeunes filles pour les violer. Comme un jeu, et une tradition millénaire. Hélène et lui avaient dissimulé Céline entre le matelas et le sommier d'un lit. Lorsqu'ils avaient tambouriné à la porte, Alexandre était prêt à faire un rempart de son corps pour sauver sa petite fille. Sa Linette ne connaîtrait pas cette humiliation ; elle ne serait pas salie par ces barbares. Submergé par une bouffée de rage, il les avait effarouchés. Ils étaient repartis sans la toucher. Il eût été capable de les tuer. Il le savait. Sans clémence aucune pour ces soudards. D'autres Allemands les avaient remplacés, civilisés et courtois. Céline ne semblait pas avoir mesuré l'ampleur du danger. Elle lui faisait tellement confiance ! Mais lui restait aux abois.

Dans la Nièvre, ils glanaient toutes les informations possibles concernant la situation dans le Nord. Ils interrogeaient les gens de passage. Un mot, rassurant, leur était parvenu : le cousin Carl, le frère de Micheline, était revenu chez lui. Mais le silence des autres membres de sa famille rendait Hélène d'une nervosité aggravée par son état. Elle pressentait un drame. Sa fille et son mari tentaient d'apaiser son obsession. Rentrer dans la zone interdite sans laissez-passer, ces fameux Ausweis, était extrêmement périlleux, et Alexandre ne risquait pas d'en obtenir. Il s'était donc renseigné sur les filières permettant le passage, l'accès à un certain pont, les chances d'y arriver, à pied bien entendu. Un trajet difficile, un arrêt de plusieurs jours dans un village plutôt inhospitalier, le temps qu'Hélène se rétablisse, pour découvrir, au retour, les malheurs d'une sœur, celle qui avait repris la coopérative. Devant ses yeux, son mari avait été tué par un militaire agacé par les aboiements de leur chien. Elle l'avait enterré de ses mains, tandis qu'on la dévalisait de ses maigres biens. La coopérative était pillée.

De retour dans le Nord, la hantise de nourriture et de chauffage supplanta le reste. Les lits étaient tiédis par les briques chaudes. Le rutabaga donnait des maux de ventre. Mais il fallait bien utiliser de ces produits de substitution, ces « ersatz ». Quelques mots allemands, mine de rien, remplaçaient le français. Etait-on déjà en train de perdre son identité ?

Des chanceux cultivaient des lopins de terre transformés en potagers grâce à l'abbé Lemire, décédé quelque dix ans auparavant. Un grand homme, celui-là, presque oublié. Alors, avec ces « jardins ouvriers », on se souvenait, on louait l'ancien maire.

Sur son vélo, son béret bleu marine sur sa chevelure dorée, Céline fit la tournée des fermes et moulins, rivalisant de trouvailles. Elle devint la reine du troc, se débrouilla pour échanger ses tickets de rationnement de vin contre d'autres tickets de ravitaillement.

Déjà dans la Nièvre, intrépide, elle avait saisi d'autorité une casserole pour exiger des Allemands un peu de ce cassoulet dont l'odeur parvenait, sous leur fenêtre, à leurs estomacs douloureux. Alexandre n'y avait pas touché, laissant toutefois Hélène et Céline y goûter.

Alexandre ne décolérait pas. Il n'avait pas attendu les poignées de main d'octobre 1940 pour s'apercevoir que la collaboration était scellée depuis juin.

— Une drôle de collaboration, un marché de

dupes ! Et nous sommes les seuls à accepter un armistice. Pire, à l'avoir réclamé !

— Pourquoi, pire ? demanda Hélène.

Elle n'osait avouer à son mari son soulagement de ne plus entendre de bombardements.

— Parce qu'il va falloir se concilier les bonnes grâces des nazis, parce qu'on profite du trouble ambiant, du choc d'une population embourbée dans l'exode, toute prête à faire confiance, du moment que la folie meurtrière s'arrête, parce qu'on supprime la République, et que l'on se met à la solde d'Hitler !

Epris de liberté – son mot vénéré –, il l'évoquait avec passion.

— La liberté est un trésor : celui de pouvoir penser et agir ! clamait-il. Mais c'est comme le bonheur, comme avoir sa tête et ses jambes, on ne s'en rend compte qu'en les perdant, lorsqu'ils font place aux regrets et aux frustrations.

La jeune fille était très impressionnée par sa fougue.

Il fallait du cran pour s'opposer aux dominateurs. Il était son héros, ce pèlerin de la liberté, cet homme qu'elle avait adopté un jour de sa petite enfance, dans la rue. Le premier grand choix de sa vie.

Son premier bonheur.

6

Le premier bruit que Louis entendit en sortant du métro fut celui, douloureusement familier, d'un martèlement sur le pavé. Avec la cohorte d'officiers qui arpentaient la capitale au son de leurs bottes bien cirées, ces panneaux étrangers qu'il déchiffrait grâce au flamand, ces rues quasi désertées par les Parisiens au profit des véhicules allemands, il avait hâte de se retrouver dans l'autre train, celui de Saint-Etienne. Ralentis par des gravats sur les rails, ils avaient traversé les gares au pas et atteint Paris avec plus d'une heure de retard. Sa correspondance ratée, il se voyait obligé de patienter jusqu'au lendemain.

Lorsque la gendarmerie s'était présentée chez eux avec un bon de réquisition pour deux vélos, Louis s'était emporté, mais on l'avait menacé de représailles et il eût certainement été embarqué sans l'intervention providentielle du gendarme Albert, l'ami de l'oncle Bertin. Il s'était d'abord refusé à quémander un Ausweis, ce laissez-passer nécessaire pour circuler et franchir la ligne de démarcation, mais les « pièces cycles » provenaient de différentes régions de France.

Ce furent ensuite six vélos que les occupants réclamèrent. Bien qu'il disposât d'un délai pour les préparer, il fulminait en silence. A quoi bon travailler dans ces conditions ? Contester signifiait des confiscations, voire la prison. Il ne se sentait pas le droit de rayer d'un coup de tête les efforts entrepris par ses parents pour monter leur commerce de vélos. Sous la férule des maîtres du pensionnat, il ne supportait pas le naufrage de ses libertés. Aujourd'hui, il éprouvait la sensation d'être un esclave enchaîné. Il lui faudrait ruser, tromper l'envahisseur.

En cette année 1941, deux lignes de démarcation séparaient les Nordistes du reste du pays. Le sentiment d'abandon était répandu. Ils étaient devenus les habitants de la « zone dangereuse », de la « zone interdite », de la « zone occupée ». Et ces intouchables, ces rebuts, ces oubliés craignaient l'annexion au Reich, ils se souvenaient de la sauvagerie de 1914-1918.

Indépendants par nature et par tradition millénaire, peu enclins à rechanger d'identité – n'avaient-ils pas mis un siècle à se sentir français, ces anciens Espagnols ? –, les Flamands montraient une attitude hostile. Ils rejetaient massivement la collaboration avec l'occupant, contrairement aux rumeurs méprisantes qui allaient parfois assimiler le Nord aux désirs de quelques flamingants. Le mouvement séparatiste d'un certain abbé Gantois allait rester désavoué de tous, et même de sa hiérarchie.

Pour l'heure, muni de son laissez-passer, anxieux de devoir le présenter aux contrôleurs tatillons, Louis s'était déplacé dans la banlieue parisienne, où il avait déniché quelques pièces nécessaires au montage, des selles, des pédales... C'était insuffisant. Il avait le couteau sous la gorge.

Il s'était rendu à Soissons, pour les pneus, mais il ne recevait ni garde-boue, ni les cadres émaillés de leur principal fournisseur, les établissements Mercier, à Saint-Etienne. Les courses cyclistes avaient laissé place à une course nationale à l'approvisionnement. Les fabricants utilisaient souvent – faute de mieux – des matériaux de substitution. Il fallait se présenter en personne à l'usine pour avoir une chance d'obtenir la marchandise, que l'on chargeait ensuite sur des wagons. Grossistes monteurs, les Verley étaient de bons clients. Sur place, Louis serait servi. Encore fallait-il traverser le pays. Heureusement, il n'était plus seul. Revêtue de son éternelle blouse grise, la physionomie volontaire, sa mère était constamment présente au magasin.

« Ce n'est pas le Maréchal qui va m'interdire de travailler ! s'était-elle exclamée. Je ne vois pas, du reste, comment il pourrait maintenir les femmes à la maison, avec tous ces hommes absents ! »

Debout, compressé dans ce train bondé, il venait de prendre une décision vitale pour son avenir : dès la fin de cette guerre, il construirait ses propres bicyclettes. Dès à présent, s'était-il promis avec un sentiment jubilatoire de vengeance, si minime fût-elle, les accessoires cycles les moins fiables iraient aux « pilleurs ».

Rasséréné par ces pensées, Louis sortit de la station du métro aérien Grenelle[1]. Après s'être enquis d'une chambre dans un modeste hôtel proche de la gare, il se

1. Station actuelle : Bir-Hakeim.

dirigea d'un pas rapide vers le vélodrome d'Hiver, resté ouvert depuis le début de l'Occupation. Dans la capitale, les lieux de plaisir et les cinémas prospéraient. Il se devait juste d'être vigilant et de ne pas rater le dernier métro avant le couvre-feu.

Des vélos taxis circulaient dans les rues.

« C'est une idée, si je n'ai plus de travail... » songea Louis près du quai de Grenelle. Des odeurs déplaisantes infestaient l'air. Elles se dégageaient des gazogènes installés sur le toit des automobiles, et qui remplaçaient l'essence.

Louis connaissait le vélodrome d'Hiver de réputation. Arthur, l'ouvrier des Verley, lui avait conté les Six Jours, et la foule en liesse dans les tribunes pleines à craquer.

« Au centre, mon gars, tu imagines : des tables rectangulaires pour les bourgeois venus s'encanailler au son des accordéons. Nous, sur les gradins. Munis de notre saucisson et de gros rouge, on applaudit les sprints, mais on lorgne aussi les robes du soir et les artistes à la mode, tandis que certains de nos petits voisins, venus avec leurs parents, se soulagent, royalement assis sur leur pot de chambre. Aujourd'hui, il y a des cabines pour les pistards qui se relayent, mais de mon jeune temps, il n'y avait pas d'équipier, et la course se terminait à l'hôpital pour nombre de ces courageux, qui tournaient sans relâche, de jour comme de nuit. »

Louis n'avait plus de nouvelles du vieil Arthur. Il n'était pas revenu avec les prisonniers libérés dans l'année.

Dès l'entrée du palais des Sports, rue Nélaton, les oreilles étaient accaparées par une musique d'accordéon qui sortait des haut-parleurs. Après avoir fait la guerre tout un hiver, subi l'exode, de nombreux coureurs étaient revenus à Paris en cette année 1941. Les compétitions sur route, dont le célèbre Tour de France, étaient suspendues. Frustrés, ils s'entraînaient avec des petites courses à l'américaine, par équipes de deux, heureux de retrouver les copains et de pédaler sur piste. Sous la lumière des lampes à arc, ils tournaient sans relâche sur des virages très élevés, surnommés les « falaises ».

Louis se dirigea vers les tribunes couvertes, entraîné dans une cohue tapageuse, surpris par la foule venue applaudir ses héros. Au centre de la piste se tenaient le restaurant de luxe et les loges, décrits par Ti. Rien n'avait changé, ou presque, si ce n'était, en ces temps de restrictions, l'absence de saucisson et de camembert. « Vas-y, Dédé [1] ! » criaient des spectateurs. La foule avait besoin de s'identifier à ces cyclistes, beaux, jeunes, forts et courageux, les dieux de la petite reine. On manquait tant d'exemples et de héros en cette période d'occupation ! Les gens étaient avides de plaisir, de tumulte inoffensif, pour oublier qu'au-dehors la mort frappait. Ils se sentaient à l'abri dans ce Vél'd'Hiv, temple du sport. A l'abri.

Cette même nuit, Céline entendit, elle aussi, un bruit de bottes sur le pavé, effrayant comme le spectre

1. André Pousse.

de la mort brandissant sa faux. Son rythme cardiaque s'accéléra. Elle craignait qu'elles ne s'immobilisent sur le seuil de leur porte et viennent arrêter son père Alexandre. Le Parti était interdit depuis l'invasion de la Russie, le communisme considéré comme de la gangrène par le gouvernement de Pétain.

Le martèlement s'éloigna. Soulagée, elle soupira profondément. Elle se leva sans bruit. Depuis que l'horreur s'était mêlée à l'aube avec les bombardements, elle gardait ses chaussettes aux pieds pour s'habiller plus vite lorsque la lugubre sirène les réveillait. Chaque nuit, elle peinait à dormir ; chaque matin, elle se sentait heureuse d'être vivante. Elle était prête alors à saisir tous les petits bonheurs possibles. Elle se dirigea vers la fenêtre. Le store était baissé. Elle colla son œil entre deux lattes endommagées, qui permettaient d'observer, à l'abri, ce qui se passait au-dehors. La maison sentait l'eucalyptus. A l'automne, Hélène infusait des feuilles, en permanence jusqu'à la fin de l'hiver.

Chroniqueur du journal *Liberté*, Alexandre était devenu correspondant de la Société des auteurs et compositeurs dramatiques. Moins dangereux et plus agréable, se disait la jeune fille, qui bénéficiait ainsi de places gratuites pour les cinémas, les troupes de théâtre ambulantes et le cirque.

Il était aussi correspondant de Radio Londres et collectait des renseignements utiles aux Alliés, mais cela, elle l'ignorait, comme elle allait ignorer quelque temps encore les filières d'évasion, le mouvement la Voix du Nord créé par Natalis Dumez, et le journal du même nom qu'Alexandre lisait et redistribuait sous le manteau.

Son souffle se suspendit. Un bruit, ténu, montait du rez-de-chaussée. Son père devait être dans son bureau. Quand donc dormait-il ? Lors de ses fréquentes insomnies, elle l'entendait ou le devinait, debout lui aussi. Peut-être écoutait-il Radio Londres. En dépit des interdictions et du brouillage qui rendait l'écoute difficile, elle aimait tendre l'oreille vers le poste de TSF pour capter les « vraies nouvelles », comme disait Alexandre. Alors on parlait très bas, car l'heure était à la dénonciation, et, c'est bien connu, « les murs ont des oreilles ». Ses jeux d'espionne avec sa cousine étaient enterrés, la réalité avait dépassé la fiction. Le frisson était là, mais les inquiétudes en plus, et elle apprenait, comme tout le monde, à se méfier de tous. Une seule fois, renouant avec leur esprit aventureux, Céline et Micheline apportèrent, à l'heure du cinéma du dimanche, quelques douceurs à deux pilotes anglais, cachés par les religieuses de l'hôpital. Les cousines ne l'avouèrent jamais à leurs parents.

Soudain, elle aperçut un homme enveloppé d'une cape noire qui s'engouffrait dans la maison. Comme au cinéma. Elle frissonna. Il n'avait ni sonné ni frappé, Alexandre devait le guetter. A moins que son imagination lui jouât des tours... Elle sortit doucement de sa chambre, prit soin de ne pas réveiller sa mère qui dormait à côté. Sur la pointe des pieds, elle se dirigea vers le haut de l'escalier, faillit descendre et se retint. Elle ne captait pas leurs propos. L'étranger s'exprimait d'une voix faible et monocorde. Leurs chuchotements sibyllins n'étaient pas pour déplaire à la jeune romanesque. S'agissait-il d'un communiste ? Que signifiait ce rendez-vous mystérieux ?

Reconstitué dans la clandestinité, le Parti était actif. Après les déportations des mineurs qui avaient défié l'occupant, et les multiples arrestations, il ne pouvait plus agir que d'une manière occulte.

Une lutte s'organisait et elle devinait que son père en faisait partie. Il eût fallu lui passer sur le corps pour qu'elle en touche un mot autour d'elle, même à sa cousine. Une nuit, déjà, Alexandre était sorti de chez lui, bravant le couvre-feu. Il ignorait que sa petite Linette l'avait guetté jusqu'à l'aube.

En cette année 1941, on appelait la population à la délation contre les militants du PC. Heureusement, les voisins faisaient corps avec Alexandre. Sa réputation d'« homme remarquable » balayait les autres rumeurs, et ses ennemis politiques d'autrefois se taisaient.

Certains Allemands avaient un comportement de conquérants. D'autres étaient là sans trop savoir pourquoi, plutôt gênés d'imposer leur présence, et montraient les photos de leur famille. Des hommes simples, comme eux. Pas des nazis. Ils furent envoyés sur le front de l'Est.

Le 22 juin était un dimanche calme et ensoleillé, jour de la procession du Saint-Sacrement à l'église Saint-Eloi. Vers quatre heures de l'après-midi, un grondement assourdissant emplit le ciel. Le fracas précédant la mort. Une trombe de feu pulvérisa la magnificence printanière. Quarante bombardiers sur la ville. Première attaque en masse des Alliés, pour perturber les grandes lignes de trains, gêner les travaux du mur de l'Atlantique. Hazebrouck plongée dans la stupeur et la mort, sur le chemin entre l'Angleterre et l'Allemagne. Bientôt ville martyre aux cinquante-deux bombardements qui n'allaient cesser qu'en août 1944. Petite ville où les enfants ne jouèrent plus à la marelle dans la rue. Où chaque attaque submergea les habitants de larmes et de doutes. Ce petit coin, imperceptible sur les cartes de France, devenu une cible de guerre. Qui l'eût cru ?

Ce premier bombardement intervint le même jour que l'invasion de la Russie et heurta particulièrement Alexandre.

La propagande des Allemands s'en donnait à cœur joie sur ces Anglais qui, affirmaient-ils, visaient la population. En cette bourgade jadis si paisible battait le cœur d'une Flandre fière, et chacun gardait l'espoir que ces Anglais, ennemis d'hier, toujours un peu décriés, seraient leurs libérateurs.

Jamais le noir ne fut autant porté. On en vit sur les portes, sur les chapeaux et les toilettes, en brassard sur les manches des vestes masculines, et, bien sûr, dans ces cortèges funèbres qui défilaient quotidiennement. La peur de mourir vint s'ajouter à la hantise de la faim.

En cet automne 1941, un an s'était écoulé depuis leur retour dans le Nord. Hélène n'enfantait que de l'angoisse. Céline lui faisait remarquer les décès en nombre des nouveau-nés, dus aux carences provoquées par la mauvaise alimentation. Elle la consolait, l'assurait d'un superbe bébé dès la fin de la guerre.

— De toute façon, maman, on ne trouve plus de laine de layette, ni rose, ni bleu pâle !

La jeune fille entra en classe de brevet supérieur. Elle venait d'avoir seize ans, elle était jolie, en jouait avec coquetterie depuis qu'elle côtoyait les garçons au collège.

Bonne élève, elle était souvent jugée frivole, car elle aimait rire. Une boulimie de bonheur s'appropriait son être en dépit de la guerre. Elle avait trop de vie à rattraper depuis sa petite enfance auprès d'un premier père caractériel et violent qu'elle ne revoyait plus.

La porte d'entrée se referma doucement.

L'homme à la cape noire s'était volatilisé.

Elle attendit quelques instants. Alexandre ne remontait pas. Elle n'avait pas sommeil. Elle descendit le rejoindre. Elle aimait ces moments de confiance volés au quotidien, et ces tête-à-tête avec son grand homme qui lui colportait les nouvelles du monde. A aucun moment il ne fit allusion à sa visite nocturne.

— Leningrad subit un siège terrible. Les Russes vivent une tragédie, mais ils se défendent. Même Hitler est impressionné, paraît-il. Les Juifs, les Tsiganes sont considérés comme des criminels. Les Slaves aussi.

— Les parents de Claire ?

— Ils sont en lieu sûr, ne t'inquiète pas. En ce qui nous concerne, ma fille, il est trop dangereux de rester rue du Moulin.

Le dernier bombardement avait creusé un trou énorme, brisant leurs vitres. L'excavation débutait près de leur seuil. Elle devina pourtant une autre raison, plus politique, de déménager.

— Nous allons chez parrain ?

— Non. Mon beau-frère est déjà assez furieux de devoir loger un cheminot allemand, ils n'ont plus assez de place.

— Parrain est cheminot aussi, et il parle flamand, cela peut les rapprocher.

— Tout au plus arrondir les angles, rectifia-t-il. Tu

sais comme ils ont été déjà frappés en 14-18, ton parrain ne leur a pas pardonné.

— Tu crois qu'il risque de le… ?

— Le tuer ? (Alexandre sourit.) Non, mais comprendre quelques propos des occupants permettra… d'autres choses, au contraire…

Il se tut, embarrassé de cette confidence. Elle n'insista pas.

— Nous aurons une pièce chez des fermiers que je connais. Des braves gens.

— Allons-nous demeurer longtemps à la campagne ? demanda-t-elle, anxieuse.

Elle songeait à ses cours. Comment allait-elle veiller le soir sans gêner ceux qui dormaient ? Et le trajet qu'il faudrait accomplir chaque jour, la perte de temps…

— Je l'ignore, ma fille.

Il ajouta, comme en écho à ses inquiétudes :

— Ce ne sera pas facile, ces trajets à vélo…

Elle l'interrompit, conciliante.

— Cela ira très bien, mon père. Pédaler sur le magnifique vélo que tu m'as offert est un tel plaisir !

Précieuse alliée, la petite reine méritait son nom plus que jamais. On l'équipait de filets garde-jupe multicolores, pour les femmes, qui, fréquemment, apprenaient à rouler par la force des choses. On rajeunissait de vieux clous extirpés des remises, on tentait de mettre des couleurs dans cette grisaille ambiante. La petite reine était prisée, enviée, volée, et chacun veillait avec soin sur cet objet de valeur. Que de vélos retrouvés sans roues, sans pneus !

Celui de Céline lui donnait encore un semblant de liberté.

7

Elle sentit d'abord un regard posé sur elle. Il l'effleura comme une caresse. Puis un sourire, plein d'émerveillement. Une seconde, une seule seconde suffit. Un vertige et une exaltation. Elle se détourna, le visage empourpré, mais, attirée irrémédiablement par la lumière de ce visage, elle sut qu'elle ne résisterait pas au besoin de se perdre à son tour dans les yeux bleu-vert plongés vers elle. Elle eut envie qu'il la regarde encore et encore, tandis qu'une pensée la traversait : elle n'aurait pas dû être là.

Le matin même, en peignant la ligne de couture sur leurs jambes teintes au jus de chicorée, pour simuler des bas, elles plaisantaient à propos du sexe opposé. Micheline ne comprenait pas sa cousine : être autant courtisée et coquette, et ne pas connaître l'exaltation d'un baiser !

— Ce ne sont pas les chevaliers servants qui te manquent, ils sont tous amoureux de toi, à cause de ton regard.

— Qu'est-ce qu'il a, mon regard ? demanda Céline, amusée.

— Il bascule quand tu regardes un homme.

— Il bascule ? Tu exagères !

— Non, tu as un regard de cinéma, tu le sais bien. Ne bouge pas, sinon la ligne va être de travers !... Tu as été élue reine du collège, et je suis horriblement jalouse !

— Micheline, tu es pire que moi, tu as au moins trois fiancés en puissance.

— Peut-être, mais aucun ne m'envoie des billets doux et enflammés à la Sainte-Catherine[1] comme à toi, ma chère ! (Elle ajouta d'un ton badin :) Rappelle-toi le jeune Allemand qui jouait Chopin dès que tu passais devant sa fenêtre, ça, c'est d'un romantisme !

Céline soupira.

— Heureusement que mes tocades ne durent pas vingt-quatre heures, tu te rends compte, un ennemi !

— Il faut avouer que leurs uniformes rutilants sont très seyants, et leurs chants entraînants.

— Ne t'imagine pas qu'ils chantent la paix et l'amour.

— En tout cas, les amoureux transis se pressent autour de Céline Baert. Le dernier a même failli mourir pour tes beaux yeux !

— Failli... répéta Céline avec une grimace malicieuse. Failli seulement. Il s'est consolé en moins d'un mois, quelle ingratitude !

Elles éclatèrent de rire.

— De toute façon, reprit-elle, les sourcils froncés,

1. Dans le Nord, toutes les jeunes filles de quinze à vingt-cinq ans sont des « catherinettes ».

j'étais trop jeune, je n'avais pas seize ans, des amourettes, tout ça…

— Et aujourd'hui, c'est différent ?

— Je ne sais pas, mais personne ne m'enchaînera, tu entends !

— Ces chaussures sont bruyantes et peu confortables, grimaça Micheline.

Elles étaient perchées sur de hautes semelles compensées en bois, sur lesquelles elles avaient cloué elles-mêmes des lanières.

— On n'a pas le choix, le cuir est devenu trop rare.

— Tu crois au coup de foudre, Céline ?

— Je l'ai déjà ressenti, répondit-elle d'un air sibyllin.

Le regard de sa cousine s'agrandit de stupéfaction.

— Non !… Et tu ne me l'as pas dit ? Cachottière !

— C'était envers mon père, Alexandre !

Que c'était bon de rire, de chahuter comme avant…

— Tu te rappelles notre fameux concours de gymnastique entre filles : celle qui ferait le mieux les « pieds au mur » ?

— C'est ta mère qui a gagné, Céline !

— En passant à travers la cloison !

Les rires fusèrent à nouveau. Micheline était trop heureuse d'héberger sa cousine, d'autant que la Polonaise n'était plus là pour la lui ravir.

— Pauvre maman, elle n'est toujours pas enceinte, c'est comme si les bombardements avaient bloqué son organisme.

— Il aurait dépéri, le malheureux gamin, avec ces restrictions, tu l'as dit toi-même. Et tu les entends, tous ces mômes avec leur toux rauque ?

— Oui, le bébé n'aurait peut-être pas survécu. On en fera un beau à la fin de la guerre…

Un silence suivit. Toutes deux songeaient à cette fin de guerre. Quand adviendrait-elle ? Elles feignirent de se concentrer sur leurs toilettes. Cette année 1942 était le règne de la prouesse et de l'imagination en matière de mode. Les deux cousines récupéraient des tissus anciens, taillaient des jupes au genou, par économie surtout, mais aussi par commodité pour travailler et faire du vélo.

— Et ton béguin pour le petit prof de grec ! reprit Micheline, que ce trop lourd silence angoissait.

— Envolé, celui-là... Chassé de l'enseignement, tu te rends compte ?

— Il était juif ?

— Non, franc-maçon, à ce qu'il paraît.

— Ah... répondit Micheline distraitement.

Cette appellation ne lui disait rien. Elle s'empara d'un feuillet posé sur la table de nuit.

— Qu'est-ce que c'est, de nouveaux poèmes ?

— Ne touche pas, veux-tu !

— Oh, laisse-moi lire ! *Mon cœur est plein de toi... Dis-moi, bel inconnu...*

— Rends-moi ça !

— Qui c'est, le bel inconnu ?

Micheline brandit le poème.

— Je te le rends si tu me dis qui c'est !

— Je ne sais pas.

— Menteuse !

— Non, je te jure, je ne sais pas encore.

— Quelle fleur bleue tu es !

— La reine des amours fugitives !

— Fugitives et platoniques, ma chère, il va falloir te dégourdir un peu !

— Je n'embrasserai que l'homme de ma vie ! Sauf au théâtre, bien sûr !

— Je ne connais pas de fille à la fois plus coquine et plus romanesque que toi, ma Céline ! As-tu des nouvelles de Claire ? reprit-elle, l'air de rien.

— Aucune.

— Elle t'a oubliée, conclut-elle avec une pointe de perfidie.

— Je ne crois pas, répondit Céline, froissée. (Elle se mordit les lèvres.) Elle doit être très sollicitée... Un jour, j'irai la rejoindre.

— A Paris ?

— Oui.

— Pourquoi ?

— Pour faire du théâtre, bien sûr !

— Tu es folle !

— Peut-être...

— Tu sais qu'une loi a interdit aux Juifs d'exercer la profession de comédien.

— Claire est polonaise, elle n'est pas juive.

— Tu es sûre ? Ce n'est pas Clara, son vrai nom ?

— Son prénom slave !

— Eh bien, les Slaves sont tout juste bons à être des esclaves, pour les boches. Mon père les a entendus.

Elle s'arrêta en voyant la mine effarée de sa cousine.

— Allez, ne t'inquiète pas, Céline, je suis idiote ! C'est bien qu'elle porte un prénom français. Elle ne risque rien. Rassure-toi !

Elle l'embrassa sur la joue. Céline sourit.

— Tu ne m'en veux pas ?

— Non. Je suis heureuse de loger chez toi, tu sais !

Jusqu'au printemps, elle avait parcouru quatre fois par jour le chemin entre l'école et la ferme où les Hermant s'étaient repliés. Elle perdait un temps précieux pour ses études. Les fermiers qui les hébergeaient n'étaient pas généreux. Isolés dans leur exploitation, ils restaient méfiants vis-à-vis des têtes nouvelles. Alexandre, toujours prêt à donner sa chemise, fermait les yeux sur leurs agaceries. Il leur rendait des services. Il alla jusqu'à quérir le vétérinaire, en pleine nuit, sur sa bicyclette, en dépit du couvre-feu, pour une jument qui souffrait de coliques et piétinait sans arrêt. Céline, elle, donnait des cours à leurs enfants pour glaner un petit morceau de lard. Elle veillait tard, avec le sentiment désagréable de perturber le sommeil de ses parents. Les chemins de gravier, les clous des sabots des chevaux, la mauvaise qualité des gommes des vélos provoquaient de fréquentes crevaisons. Alexandre remplit sa sacoche de rustines et de démonte-pneus. Il lui apprit à sortir la chambre à air et à réparer ses pneus.

Elle vécut difficilement la perte de sa belle bicyclette bleu-gris.

Tant de gens couraient la campagne en quête de nourriture ! La petite reine était devenue le moyen de transport le plus recherché. Irremplaçable, elle suscitait la convoitise. Elle s'était certes démocratisée depuis le début du siècle, mais elle restait une dépense. Et ce vélo-là était un cadeau d'Alexandre. Il était sacré.

La jeune fille tenta de camoufler son chagrin à son père adoptif, qui, lui, tenta de la consoler avec cette phrase raisonnable :

— Les pneus étaient usés jusqu'à la corde, ma petite

fille. Ton voleur n'a pas fait une bonne affaire, je t'en rachèterai une dès que possible, dès la fin de cette fichue guerre, je te le promets.

Elle déjeuna dès lors à la cantine du collège, et se fit transporter sur le cadre d'un camarade de classe, jusqu'au jour où ce dernier la serra d'un peu trop près. Elle n'osa l'avouer à ses parents. Elle trouva un prétexte et fit dorénavant le trajet à pied. En temps ordinaire, sa mère ne lui permettait pas de parler aux garçons dans la rue, mais les comportements se modifiaient par la force des événements, et les principes s'allégeaient depuis son entrée dans un établissement mixte.

La route à pied était longue, fatigante et dangereuse. Peu rassurée, elle courait souvent pour ne plus entendre le vrombissement des forteresses volantes qui passaient au-dessus de la ville pour aller bombarder l'Allemagne. Pétrifié, chacun suspendait alors ses activités pour jeter un œil inquiet vers le ciel.

Cette mauvaise fortune lui permit de loger chez Micheline, en ville, les jours de classe. Le quartier de sa cousine était moins exposé aux attaques. Elle s'y sentait bien. Elle était moins tenue que chez elle. Sa mère avait toujours été très soucieuse de lui donner une bonne éducation. Mais l'atmosphère, dans leur petite pièce, à la ferme, devenait irrespirable. Elle n'avait plus la permission de se rendre au cinéma le dimanche. Trop loin. Trop dangereux.

Alexandre était outré par les bandes d'actualités provenant d'Allemagne. Hélène s'inquiétait surtout des répercussions possibles parmi les spectateurs. Le directeur du cinéma, tenu responsable des réactions hostiles qui pleuvaient dans la salle comble, peinait à maintenir le calme. Une rixe aurait pu dégénérer. Alexandre ne cachait plus son anxiété face aux événements politiques. Il dénonçait la tragédie russe, ces soldats capturés, pathétiques, qui titubaient pendant l'hiver, dans la neige à – 40 °C, sans nourriture, ce peuple réduit à faire fondre la glace pour boire. Il ne pouvait taire la répression sanglante des attentats perpétrés contre l'occupant, mais il cachait à Hélène et Céline les convois de syndicalistes, communistes et Juifs qui avaient quitté le camp d'internement de Compiègne pour une destination inconnue.

Vinrent l'été et les vacances. Céline réintégra la ferme, avec le secret espoir de revenir vite en ville. L'approche de la fête lui valut d'être invitée à nouveau chez Micheline et de participer à cette grande première : une kermesse organisée par les écoles laïques et religieuses, réunies, exceptionnellement, au profit des prisonniers.

— J'espère que tout se passera sans anicroche, dit Céline. Une kermesse à l'école des cathos !

— ... des culs-bénits, oui !

— C'est la première fois que nous serons mélangés, tu te rends compte !

— Moi, j'espère surtout qu'il y aura du monde.

— Tu veux dire : des beaux garçons ?

— Bien sûr !

Elles achevèrent de se préparer, le cœur léger, en fredonnant leurs airs favoris : *Premier Rendez-vous* et *Les fleurs sont des mots d'amour*... Céline étrennait un petit tailleur bleu pâle et un chemisier en satin assorti, consciente d'être autrement mise en valeur que dans sa petite robe faite de bouts de tissus ordinaires.

Ce que Louis vit en premier fut l'apparition d'un ange. L'éclat d'un regard d'un bleu intense, et la lumière d'un sourire, qui répondit au sien.

Une pensée, brève, définitive, le traversa : *c'est elle.*

Chacun s'efforçait, en tenue pimpante ou avec la prestance du noir, femmes chapeautées comme au sortir de la messe ou échevelées comme les Parisiennes, d'oublier la guerre, mais aussi les tensions persistant au sein de la petite communauté flamande. On enterrait les inimitiés religieuses pour s'adonner aux jeux de kermesse, acheter des objets divers ou les gagner aux loteries. Manquaient les traditionnelles gaufres ; on se contentait de l'eau sucrée et des jus de fruits, avec la sensation de se rendre utile aux prisonniers, de joindre l'agréable à la bonne œuvre, et d'être, fait inhabituel, tous unis.

Ce jour baignait dans la lumière scintillante du soleil d'août. On aurait pu croire à la paix, au bonheur. Un petit cirque trônait dans la cour de l'école. Déguisé en âne, un jeune garçon amusait les filles. C'était François Verley, le jeune frère de Louis. Dès l'annonce de la suppression de la zone interdite en début d'année, son oncle l'avait ramené dans le Nord. Très émue, Lucie s'était mise en colère, réprimandant son frère, le traitant d'inconscient, avant de leur ouvrir les bras, trop heureuse de retrouver son petit dernier.

« Tu as fait prendre des risques à ton neveu. Pourquoi êtes-vous rentrés alors qu'on nous bombardait ?

— Ils n'avaient pas de pommes de terre », s'excusa-t-il sur un ton de boutade, avec un sourire désarmant.

Lucie se demanda lequel des deux, de l'oncle ou du neveu, était l'enfant.

Le spectacle des « Vel'ros » venait de s'achever sous le chapiteau blanc. Louis et Dische, légèrement grisés par les ovations, acceptèrent les chaises que leur proposait, dans la cour, leur ami Pierrot.

— Après cet impressionnant numéro d'acrobatie cycliste, vous méritez un peu de repos !

Leur discussion porta sur le conflit qui avait dépassé les frontières de l'Europe. Ils échafaudaient des scénarios. Ils guignaient aussi les filles du coin de l'œil. Ils s'interrompaient pour commenter l'allure d'Unetelle, la coiffure d'une autre, et, lorsqu'ils ne la connaissaient pas, ils pariaient sur son école, catholique ou laïque. Ils n'avaient pas vingt ans. Après deux années d'occupation, ils avaient soif de détente, sinon d'oubli, soif de jouissances en cet été sombre où l'Allemagne était victorieuse et la folie d'Hitler plus vive que jamais. Mais ce dernier s'était fait des ennemis de taille. Alors, en dépit de tout, un léger espoir osait se profiler : celui d'une Allemagne vaincue par un débarquement dans le Nord.

Les sempiternelles questions de survie les hantaient : résister ? fuir ? collaborer ? résister ?

— J'ai bien envie de m'engager dans la marine française de la zone libre, annonça Dische, que le désir de combattre tenaillait.

Jusqu'à présent, leur bataille consistait à ruser. Tous trois s'amusaient, du reste, avec l'effronterie de leur âge, à tromper le couvre-feu, en rasant les murs la nuit.

— Il y a des jolies filles chez les laïques, qu'en dis-tu, Louis ? Tu es trop sérieux depuis quelque temps.

— Entre le commerce, mes déplacements vers Saint-Etienne et Paris… Ils me pèsent, d'ailleurs, ajouta-t-il d'une voix grave.

Au début de l'été, il avait découvert les étoiles jaunes cousues sur les vêtements des Juifs de la zone occupée. Dans leur bourgade, on n'en remarquait pas. De la fenêtre de son petit hôtel parisien, en juillet, il avait aperçu des hommes, des femmes, des enfants, mais aussi des vieillards poussés sans ménagement dans des autobus. Calfeutré dans l'épaisseur du double-rideau, impuissant, révolté, il avait entendu les plaintes étouffées par la terreur et l'incompréhension. Le lendemain, il sillonnait la capitale à vélo avec l'un de ses fournisseurs ; ils interrogeaient, sans relâche, au péril de leur propre liberté. La sinistre opération avait duré deux jours. Des motocyclistes accompagnaient des autobus. De nombreux Parisiens avaient vu, cette fois. Eux aussi avaient vu. Parquées au vélodrome d'Hiver, sans hygiène, sans nourriture ni boisson, ces familles avaient ensuite disparu, emmenées on ne sait où, vers un autre enfer. Il se souvenait de l'ambiance extraordinaire régnant dans les tribunes du Vél'd'Hiv, de la joie populaire. Le temple du sport était devenu celui de l'ignominie. Il imaginait l'horreur rencontrée sur ces mêmes lieux par ces pauvres gens. Il en gardait un écœurement de la folie humaine. Le gouvernement ne s'en vantait guère, et le criait encore moins sur les toits. Ses copains étaient restés dubitatifs sur ses déclarations.

Pierrot le sortit de ses réflexions.

— Tu prends le temps de faire du sport, alors pourquoi pas les filles ? demanda-t-il malicieusement.

— Je sens le pneu, non ? Qui voudrait d'un garçon qui sent le... ?

Il n'acheva pas sa phrase.

Elle était là. Si belle. A quelques mètres d'eux, à l'autre bout de la cour. Instant imprévisible, infini. Tous trois l'avaient repérée. Une apparition vive et séduisante, couleur de ciel tendre, qui rayonnait dans la lumière estivale. Le port de tête d'une reine. Une jupe et une blouse légère, des rubans bleus assortis à ses yeux et à sa toilette, dont les pans flottaient dans les cheveux blond vénitien. Elle vendait des mouchoirs brodés et des fleurs artificielles donnés par les commerçants pour le bénéfice des prisonniers.

— Elle a un joli minois, lança Dische.

Joli minois. Elle avait bien plus qu'un joli minois. Ses copains étaient aveugles. Elle était ravissante.

— Elle est belle. Belle à en crever ! balbutia Louis.

Le souffle coupé par l'émotion, subjugué, il reprit toutefois ses esprits et parvint à s'extraire de son siège. Il ne pouvait la laisser s'enfuir.

— Elle a les traits d'un ange, murmura-t-il encore.

Dische et Pierrot ne dévisageaient plus Céline mais constataient avec stupéfaction le changement opéré sur les traits de Louis, qui s'était levé de sa chaise.

Elle avait disparu, tel un sortilège. Etait-elle réelle, l'avait-il inventée ? Cette fille semblait faite pour la liberté. Le regard de Louis s'était posé sur elle, fortuitement. Il l'ignorait un instant auparavant, et déjà sa présence lui était devenue nécessaire.

Sans réfléchir, sans un mot envers ses copains éberlués, il courut avant que son rêve ne devienne inaccessible. Avec l'intuition de jouer sa vie en cet instant précis.

Il déboucha, essoufflé, dans la seconde cour de l'école. Elle n'avait pas disparu. Elle se tenait légèrement de profil, mais il eût juré qu'elle devinait sa proximité. Allait-elle s'esquiver ? Il n'était plus qu'à quelques centimètres.

Elle pivota légèrement sur ses talons. Leurs regards s'accrochèrent l'un à l'autre. Elle n'avait dirigé ses pas vers la seconde cour que dans l'espoir qu'il la rejoigne. Il était là. Face à elle.

Elle osa scruter ses traits. Il émanait de ce garçon une apparente fragilité, une fraîcheur enfantine, compensées par une musculature de sportif, une énergie et une détermination sans faille. Une flamme intelligente, dotée d'une intensité sans âge, pétillait au fond de ses prunelles claires. Tout en lui suggérait un mélange subtil d'innocence et de sérieux. Un visage juvénile, entre timidité et audace, des cheveux couleur de blé, une voix bien timbrée, des lèvres plutôt charnues.

Le parfum de Céline le troublait. Il réprima l'envie de la tenir dans ses bras. Avec une spontanéité qui la déconcerta, il annonça :

— Je prends tout.

— Pardon ?

— Je vous achète tout.

— Tout ? Tout le contenu de ma corbeille ?

— Oui.

Les lèvres de Céline s'ouvrirent en un sourire irrésistible, qui lui conféra un aspect vulnérable et tendre.

Trahissant une blessure enfouie, il contrastait avec la sensualité de ses lèvres, avec son regard étincelant.

— Vous voilà libre pour la journée. Je vous emmène prendre un rafraîchissement.

— Vous allez toujours droit au but ?

— Pardon... Je m'appelle Louis.

— Céline

— Bonjour, Céline.

Ils surent dès lors, sans se concerter, qu'ils n'allaient plus se quitter de la journée. Lorsqu'il lui proposa de lui faire visiter son école, elle le tutoya en premier.

— C'est ici ta classe ?

Elle sentit ses joues s'empourprer. La prendrait-il pour une fille facile ?

— Je tutoie vite, l'habitude des garçons, enfin, je veux dire, je suis au collège mixte...

— Oui. C'était ma classe.

Il songea : « Une laïque, cela commence mal. »

— Tu es du privé, alors.

— Désolé. Pourtant aujourd'hui, j'ai envie de croire en Dieu.

Elle lui sourit.

— Donne-moi la main, proposa-t-il. Je t'emmène dans la salle des fêtes.

Sa main chaude pressait la sienne. Ils marchèrent, silencieux, envahis par un sentiment prodigieux de légèreté, oubliant cousine et camarades, qui ne les quittaient pas des yeux.

Elle connaissait déjà le sentiment amoureux pour l'avoir expérimenté en maintes occasions, mais celui-ci était différent. Ce Louis agissait sur elle comme un antidote à la violence qui les entourait. Elle ressentait un désir intense de se blottir dans ses bras, de sentir sa chaleur, de se laisser rassurer par sa présence.

Lui éprouvait le besoin impérieux de se livrer corps et âme à cette inconnue, qui n'en était plus une. Ce visage nimbé de lumière répondait à toutes ses attentes. Désormais, il harcèlerait ses jours et ses nuits. Louis était furieusement épris. Si vite, si irrémédiablement. Elle était sa chance.

Ses lèvres étaient délicatement ourlées. Il y posa les siennes.

Elle plissa les paupières, il la fixa droit dans les yeux. Elle eut la sensation que ce regard pénétrait son âme. Il lui prit la tête entre les mains, caressa son visage. Il suivit avec son index la ligne de crête de son nez, puis le contour de ses lèvres, les yeux fermés, pour inscrire dans son cerveau et de façon indélébile ses moindres traits, et soudain, leurs bouches se mêlèrent, à nouveau, brûlantes, recueillant tout ce qu'ils n'osaient encore formuler.

Le corps de Céline fut parcouru d'un frisson, ses jambes flageolèrent.

— Pardon, Céline, je ne voulais pas te faire rougir.

— C'est trop tard !

Son rire jaillit, cristallin, communicatif, un rire dont il ne serait jamais sevré.

— Tu es si belle, dit-il avec un regard admiratif.

Ce sentiment brutal, inattendu envers cet inconnu était si intense qu'il en devenait effrayant. N'était-ce pas trop violent, cela n'allait-il pas la tuer ? se demanda-t-elle. Son cœur s'emballait, à palpiter contre celui de Louis. Son corps tout entier frémissait.

Ils restèrent quelques instants muets, enlacés comme deux amants qui se retrouvent après une longue absence et ne peuvent se détacher l'un de l'autre. Premiers baisers, préludes à d'autres enlacements. Leurs êtres, déjà, les réclamaient. Entourée de deux bras puissants, Céline tressaillit.

Ces muscles tendus sur le guidon d'un vélo, lui-même posé en équilibre sur une petite table...

— Je te reconnais ! L'acrobate cycliste, c'était toi ! Je vendais mes fleurs, mais je me suis arrêtée un instant pour vous admirer tous les deux. Tu te tenais de profil, le visage en bas... C'est un numéro difficile !

— Mon professeur, à la salle de gymnastique, est champion de Flandres des poids et haltères. J'ai installé des trapèzes dans notre véranda, et mon copain Dische et moi, nous nous entraînons tous les jours pour nous produire dans les galas organisés au profit des prisonniers.

— C'est bien. (Son visage s'attrista.) Tant de soldats sont maintenus là-bas, loin des leurs... (Elle retrouva le sourire :) Nous avons un point commun : je fais du théâtre pour les prisonniers. Mais l'acrobatie cycliste, c'est original.

— Les vélos, je connais bien. Je tiens un commerce, sur la Grand-Place... Mais dès la fin de la guerre, je reprends et achève mes études, ajouta-t-il, peu convaincu.

— Les vélos Verley ?

« Aïe, cela se complique ! » songea-t-elle, consciente de l'ampleur de l'obstacle.

— Moi, je ne devrais pas être ici.

— Mais tu es là, Céline.

Une intense émotion traversa le corps de la jeune fille, l'empêcha de poursuivre. Des larmes jaillirent à la place des mots et perlèrent à ses paupières.

— Qu'as-tu, Céline ?

— Ce n'est rien. Je suis bien.

Elle sourit au travers des larmes. Il la serra à nouveau. Envahi subitement par un sentiment de plénitude, il eut envie de crier ce qu'il ressentait au monde entier. Il comprit pourquoi Dieu l'avait laissé en vie lors de l'exode, tandis qu'il errait dans les décombres et faisait fi des bombardements. La raison était cette superbe blonde aux reflets roux, aux yeux magnifiques, qui venait de lui lancer une passerelle vers le ciel.

— Je ne devrais pas être là, répéta-t-elle. Je suis là par inadvertance, grâce à…

Le « grâce à » ravissait Louis.

— … un voleur. Je possédais un beau vélo bleu-gris…

— Je t'en construirai un nouveau, Céline.

Céline comprit qu'elle n'aurait de cesse qu'il ne l'abreuve de ses étreintes. La moindre séparation serait un déchirement.

Louis sut que désormais il aurait besoin d'elle pour respirer. Sa vie venait de basculer à jamais.

8

Le deuxième jour, il lui dit : Je t'aime.

Le troisième, ils subirent une attaque en règle des familles respectives, engoncées dans leurs préjugés. Une opposition immédiate et sans appel.

— Nous ne devions pas nous rencontrer, encore moins nous aimer, constata-t-elle avec tristesse.

— Mais le destin en a décidé autrement, et nous nous aimons, Céline.

L'entourage de Louis s'acharna contre les prolétaires, les communistes et les divorcés. L'oncle Bertin en perdit sa légendaire bonhomie :

— Nous ne ferons pas entrer chez nous la fille d'un rouge !

— Fille adoptive, tempéra Lucie.

— Oui, merci de me le rappeler ! Des cocos et des divorcés ! Tu es inconscient, mon garçon ! Des divorcés, et des deux côtés, dit-on, quelle honte ! Le divorce est l'ennemi de la famille. Du temps des rois, il n'était pas permis ! ajouta-t-il avec nostalgie, avant de poursuivre avec véhémence : Il est néfaste, il mène à la ruine par l'effondrement de la natalité !

— Tu n'y as pourtant pas contribué, toi, au redressement de la natalité ! ironisa Louis, fou de colère.

Il claqua la porte derrière lui, et disparut sans attendre la riposte. Sa mère le rattrapa de justesse.

— Louis ! arrête-toi, s'il te plaît !

Il s'exécuta en silence.

— Je te prie de cesser tes impertinences envers ton oncle.

— Enfin, maman, il est d'un autre temps, ton frère !

— Parfois, ses idées sont un peu…

— Royalistes ! précisa Louis.

— Si tu veux, mais tu le connais, il a bon cœur. Il est plus provocateur que méchant. C'est un bon vivant, il nous a toujours fait rire.

— Jadis, maman.

— Tu n'as pas à lui manquer de respect.

— J'aime Céline, et ses parents sont respectables. Il les méprise sans les connaître.

— Sur ce sujet, ton oncle a raison. As-tu perdu la tête, mon garçon ? Tu dois cesser immédiatement de la voir. Cela ne peut vous mener à rien.

— Pourquoi ?

— Tu devrais être plus lucide, Louis. Alexandre Hermant est connu en ville. Il a une bonne réputation en dépit de sa politique, mais lui et sa famille risquent des représailles à tout moment. Ce n'est pas prudent pour toi.

— Ni pour vous, n'est-ce pas ? acheva-t-il, laissant sa mère pantoise.

Les Hermant n'étaient pas en reste. L'argent dont Hélène avait manqué dans sa jeunesse n'influençait pas son jugement en faveur des Verley.

— Un garçon qui n'a aucun diplôme ! s'indigna-t-elle. Un vendeur de vélos ! Je ne veux pas que tu le revoies.

— Que t'ont fait les vélos, maman ? Et puis Louis a son certificat d'études. Tu trouvais ça formidable, autrefois.

— Autrefois, oui, avant que ma fille ne fasse des études supérieures. Ces riches sont des culs-bénits et des profiteurs. De toute façon, tu es trop jeune pour fréquenter.

— Louis n'est ni un cul-bénit ni un profiteur. Dans cette famille, on juge sans connaître. Et toi, maman ? Tu es tombée amoureuse encore plus jeune que moi !

— Oui, et regarde le résultat ! On perd la tête, c'est grisant, mais un matin on se réveille, et cela fait mal... J'ai été séduite par un jeune sergent ganté, raffiné et séducteur. Il se mua en brillant commis de première classe aux Chemins de fer du Nord. Le décalage entre nos deux familles était insurmontable.

Céline s'en souvenait. Ces reproches incessants concernant l'« inculture » de sa mère l'avaient troublée, jadis. Elle eût sans doute traîné un inconfortable reliquat de honte sans l'admiration qu'Alexandre portait à Hélène. Il ne manquait jamais de louer son courage d'œuvrer, sans aide, à la coopérative, et son mérite de prendre, malgré sa fatigue, le temps de lire.

Il avait insufflé à son esprit de petite fille la fierté perdue. Lui avait fait comprendre, sans leçon de morale, toute l'injustice exercée à l'égard d'une femme formidable.

— Mes oncles, eux aussi, sont dans les chemins de fer.

— Mais aucun n'a jamais possédé les galons de ton

père. Ma belle-mère me le faisait sentir tous les jours. Les mésalliances sont vouées à l'échec.

Elle baissa la voix :

— Je ne le revivrais pas pour un empire.

— Je comprends, mais c'est moi qui suis concernée, maman, pas toi !

Hélène n'entendit pas, ou fit mine de ne pas avoir entendu.

— Ce fut comme si le tonnerre me tombait dessus. Oui, ça fait mal, répéta-t-elle devant sa fille stupéfaite de ces confidences, et c'est absurde. Je me demande comment j'ai pu être à ce point dépendante de mon premier mari. On me traitait de « garçonne » lorsque j'étais jeune fille.

Elle ajouta avec le sourire espiègle de sa jeunesse :

— Si tu avais vu la tête de ma mère quand je suis apparue devant elle les cheveux coupés court !

— Quand on aime, maman, on est toujours dépendant de son amour, non ?

— Ne me fais pas croire, Céline, que tu possèdes une grande expérience en la matière !

— Mais toutes les histoires ne sont pas vouées à l'échec, dis-moi que le bonheur peut durer...

— Vous n'êtes pas du même milieu. Vous multipliez les difficultés. L'amour n'en a pas besoin, c'est déjà assez compliqué comme ça. Renonce à lui, ma fille, quand il est encore temps !

Sa mère lui parlait de ses désillusions, elle de son présent palpitant. Sa mère ne voulait pas qu'elle souffre, personne ne voulait qu'ils souffrent, mais qu'en savaient-ils, de leur amour ? Ils ne souffraient pas.

Il serait temps – plus tard, peut-être – d'éprouver du

chagrin. Pourquoi en avancer la date ? Tous deux ne voyaient que des traits d'union dans leur façon d'évoluer dans la vie, de contempler l'existence, d'envisager l'avenir. Les rares jours sans lui devenaient ennuyeux à Céline. Et lorsqu'il lui murmurait à l'oreille : « Je t'aime », son cœur chavirait de bonheur.

« Un voyage commence, songeait Louis, un voyage auquel nous n'accorderons pas de fin. »

Un voyage cerné de rumeurs. Les amis proches de Louis étaient partagés. Empreints de respect, comme Dische, ou essayant de le dissuader de poursuivre une relation amoureuse avec une bolchevique, comme Pierrot, prêt, du reste, à collaborer.

— Les attentats communistes ne font qu'entraîner la mort d'otages innocents pris au hasard !

— On croirait entendre mon oncle... Si les Allemands deviennent de plus en plus agressifs, c'est dû surtout aux bombardements alliés. Et parmi les otages figurent de nombreux communistes.

Micheline, elle, se plaignait de voir Céline accaparée par ce Louis Verley.

— On parle beaucoup. Méfie-toi... Et puis je vais encore être jalouse, lui avoua-t-elle avec franchise et bonne humeur. Je ne vois d'ailleurs pas ce que tu lui trouves. Il n'a même pas la moustache de Clark Gable ou d'Errol Flynn.

Mais elle enviait leur histoire, qu'elle jugeait follement romantique, dans une période où la rêverie et la poésie péchaient par leur absence.

Les Hermant quittèrent la ferme. Par la volonté d'Alexandre ou le désir des fermiers ? Céline l'ignora. Faute d'être en mesure de regagner leur maison trop exposée aux bombes, les parents emménagèrent chez un particulier. Céline continua de partager la chambre de sa cousine, heureuse d'être en ville, narguant les dangers. Elles allaient ensemble au collège, dont la moitié du bâtiment était réquisitionnée par les Allemands, comme tous les édifices publics de la ville.

Les commerces tentaient de garder la tête hors de l'eau. Louis maintenait l'activité cycles en dépit de la confusion.

Armés de la même prodigieuse vitalité, Louis et sa mère faisaient vivre toute la famille. Les difficultés journalières s'accentuaient. Il fallait surpasser les peines et les deuils, vaincre la crainte des bombardements et des prises d'otages. En un mot, survivre. Les petits tracas quotidiens n'avaient plus leur place. On ne se plaignait plus pour des broutilles, reléguées au rang de l'inutile et du dérisoire. La vie devait être la plus forte. On économisait, on prenait soin de ses cartes de rationnement comme de pépites d'or. C'était le règne de la modération et de la frugalité. On gardait jusqu'aux vieux mégots entamés, s'organisant en bandes pour dénicher de la nourriture à la campagne, usant de la bicyclette sans modération. Ceux qui ne pouvaient ni s'en acheter, ni en voler, bricolaient de vieux « clous » récupérés dans les granges ou les greniers.

Céline et Micheline poursuivaient leur quête de nourriture, tout en grignotant les biscuits vitaminés de l'école et en avalant l'écœurante huile de foie de morue que leur faisaient ingurgiter leurs mères. Céline se rendit un jour jusqu'à la cantine des Allemands, dans la cour du château où ces derniers résidaient. Les occupants s'étaient octroyé toutes les demeures d'importance. Ils dispensaient les restes de leurs agapes à la population. Geste a priori bienveillant. Elle détesta le petit air narquois qui accompagna la distribution. Humiliée, furieuse, elle n'y retourna plus.

De son côté, dès qu'il en avait le loisir, Louis recherchait de ces denrées dites rares pour sa Céline. Un pneu valait un kilo de beurre, et les « bons pneus » lui ouvraient les portes du troc.

Céline se tracassait pour son père adoptif, qui sillonnait la campagne sur son vieux vélo à lanterne Vita, par tous les temps, et en dépit des alertes. Son travail pour la société des auteurs-compositeurs était au ralenti. Il assistait les villageois des alentours dans la rédaction de leur courrier, leur rendait une multitude de services administratifs, souvent rétribués en nature. Les œufs n'étaient pas rationnés, mais précieux et introuvables. Il se refusait au marché noir, réservé aux plus fortunés, « comme les Verley », disait-il, histoire lui aussi de bien marquer leur différence. Avec leurs denrées à prix exorbitants, certains fermiers s'enrichissaient à grande vitesse.

« Ils ont des lessiveuses pleines de billets Pétain ! » racontait-on.

Les rumeurs de toutes sortes, injustes, féroces, couraient, abusaient, endoctrinaient parfois. Un danger supplémentaire, dont on se serait passé.

Alexandre accomplissait aussi un travail de « boîte aux lettres » pour les membres de son réseau, mais cela, il le taisait. Céline n'était plus dupe. Elle avait acquis la certitude que ses activités ordinaires servaient d'alibi. A quoi ? Journal, distribution de tracts ou lettres sous le manteau ? Il avait une vie clandestine.

Elle l'aurait juré. Résister était un acte nécessaire, et naturel pour lui. Le voir circuler à bicyclette, transporter – elle n'en doutait pas – à la barbe et au nez de l'occupant du courrier qui aurait pu le mener droit à la mort l'effrayait. Heureusement, les vélos, en nombre, échappaient souvent aux contrôles.

Son parrain, le cheminot, agissait de son côté. Avec son air de brave homme faussement naïf, il obtenait des renseignements auprès de l'Allemand qu'il hébergeait. Il abattait un travail considérable. Il retardait des convois allemands, gênait leurs mouvements, mais remettait en état avec une dextérité exemplaire les trains transportant les civils français. Les deux beaux-frères se voyaient fréquemment. La jeune fille les épiait, écoutait aux portes, frissonnait parfois de peur, parfois d'excitation. Elle guettait en vain l'homme à la cape noire, se demandant si son imagination excessive n'engendrait pas des romans.

Après Leningrad, Céline entendit parler de Stalingrad, où les ennemis étaient encerclés. Les Allemands paraissaient à l'apogée de leurs conquêtes, avec une Europe réduite à l'état de vassale, presque hitlérienne. Mais un tournant se profilait en cette année 1942. Leur situation militaire commençait à changer. Tandis qu'au loin les Japonais tentaient de conquérir tout l'Extrême-Orient, les Américains débarquaient en Afrique du Nord.

Au cœur de cette guerre, deux êtres qui ne devaient pas s'aimer accueillaient avec ivresse ce sentiment jusqu'alors inconnu, fait de désir, de sincérité et de confiance. Ils dévoraient la vie à pleines dents, se laissant surprendre et envahir par ce fluide indéfinissable qui s'écoulait entre eux.

Le mélange de timidité et d'audace, d'humour et de gravité de Louis fascinait Céline.

Lorsqu'elle lui demandait :

« Que feras-tu cet après-midi ? »

Il répondait invariablement, tel un leitmotiv :

« Je travaillerai dans l'atelier, et je penserai à toi. »

Un jour, il ajouta, avec candeur, ses mains sur son visage et la couvrant de baisers :

« Je ne te perdrai jamais, ma Céline. »

Louis venait régulièrement la chercher à la sortie du collège. Il lui prenait la main et l'installait sur son cadre, devant le regard rageur de ses amis de classe, et celui, plus attendri, du concierge qui fermait la grande porte de l'établissement. Les commentaires allaient bon train. Ils durent se rencontrer en cachette.

Ils s'échappaient souvent vers le canal, pédalant sur les chemins de halage, avant de s'arrêter sous un saule aux couleurs argentées, face à l'eau qui seule, encore, évoquait le silence et la paix. Ils voyaient le soleil percer par intermittence entre les peupliers bordant le canal. Là, sa main dans la sienne, elle sentait l'emprise de ses doigts et se disait qu'elle était heureuse. Parfois ils avaient honte de tant de bonheur au milieu d'un tel désastre. Ils n'en avaient pas le droit, ils le paieraient un jour. Mais ils oubliaient bien vite ces pensées menaçantes. L'amour continuait d'exister dans ce chaos. Et ils n'étaient pas les seuls au monde à s'aimer en ces années désespérantes.

Le comportement de l'armée d'occupation devenait plus agressif au fur et à mesure que l'invincible armée d'Hitler subissait des échecs.

Les deux amis de Louis décidèrent de s'engager.

Dans deux camps opposés. Pierrot rejoignit la Légion des volontaires français contre le bolchevisme [1], ce qui ne facilita guère les rapprochements avec les Hermant. Les discussions enflammées des trois copains n'entamèrent pas la détermination de Pierre.

— Pourquoi vas-tu avec eux ? demanda Louis.

— Je te fais le pari qu'ils vont gagner !

— Tu ne peux jouer ta vie sur un coup de dés, riposta-t-il. Cette collaboration, tu crois que c'en est une ? Que donne Hitler, en échange, à Pétain ? Les miettes que l'on distribue aux bêtes. Ce n'est pas de la collaboration, c'est du servage !

— Ta Céline te met de drôles d'idées en tête.

— Ce n'est pas elle, c'est ce que je ressens !

Il observa son ami. Un monde s'était creusé entre les trois inséparables. Louis écoutait en cachette Radio Londres et la voix de Maurice Schumann, un homme qu'il appréciait particulièrement. Pierrot s'intoxiquait à la propagande de Radio Paris.

Dische, lui, décida de s'engager dans la marine, en zone libre. Ils l'accompagnèrent à la gare, en grande pompe. Il ne trouva plus de marine à Toulon. En ce mois de novembre, la flotte venait de se saborder tandis que les Allemands occupaient dorénavant toute la France. Quelques jours plus tard, il revint chez lui, moins glorieux, mais assuré d'une solde à vie. Et dès ce jour, il entama une correspondance avec une jeune fille rencontrée dans le Midi.

— A la fin de la guerre, j'irai la revoir, elle me plaît bien, cette fille à l'accent chantant.

---

1. L.V.F.

A la tête des vélos Verley, Louis ne fut pas enrôlé de force par le STO, ce Service du travail obligatoire. Il était trop jeune. Son frère Gérard était concerné, mais à l'abri de son séminaire il ne serait sûrement pas inquiété. La plupart étaient envoyés dans des usines d'armement, en France et en Allemagne. D'autres furent employés à l'organisation Todt, à la construction de blockhaus, ces bâtisses imprenables longeant la côte.

Le rêve de Louis de construire ses propres bicyclettes s'éloignait. Il semblait de plus en plus irréalisable. Les « bons matières » ne suffisaient pas à l'approvisionnement.

Le ramassage de la marchandise se faisait par wagons de chemin de fer. Certains accessoires étaient mis à part : les pédales, qui risquaient de trouer l'emballage carton des vélos et d'abîmer les autres engins, et les phares avant, qui se brisaient facilement. Mais à l'arrivée, ils étaient parfois perdus, parfois volés. Autant de surprises désagréables. Louis utilisa de ce fait le camion d'un cousin, équipé bien entendu de ce fameux gazogène marchant au bois. La puissance était faible, le véhicule avançait péniblement dans les côtes. Ils s'arrêtaient dans les bois pour faire provision de carburant. Les pertes de temps étaient considérables.

Tandis que Louis effectuait ses déplacements à Saint-Etienne, l'entourage masculin de Céline, au collège, en profitait pour la courtiser. Les garçons tentaient, de manière ostensible, de la dissuader de fréquenter Louis, arguant du côté étriqué d'une famille bourgeoise et catholique, ou mettant l'accent sur les différences de niveau scolaire entre le fils Verley et leur brillante camarade de classe. Ils ignoraient que Louis palliait l'arrêt de ses études par une curiosité et une soif de culture qu'ils étaient loin d'atteindre.

Au retour d'une tournée, il sentit les appréhensions de Céline plus vives que jamais.

— Je ne veux pas forcer le destin, encore moins te forcer, ma Céline. Je te laisse réfléchir, sans t'importuner. Si la vie veut que nous nous retrouvions, nos chemins se croiseront.

Il était homme de parole, et, la mort dans l'âme, il la respecta.

Pendant quelques jours, ils ne se rencontrèrent plus. Céline ne dormit pas. Elle résista, passa quelques autres nuits blanches, se jugea mesquine de se laisser influencer. Elle se mit alors à écouter son cœur. N'y tenant plus, elle se précipita sur la Grand-Place, ouvrit sans réfléchir la porte du magasin de cycles, et tomba nez à nez avec Lucie.

C'était donc elle. Sa mère. Aperçue auparavant, mais de loin. Elle en imposait. Sous son regard scrutateur, Céline se sentit mise à nu. Elle s'empourpra. La jeune fille fut frappée de la ressemblance entre la mère et le fils. Le même regard clair et déterminé, et la même façon d'incliner la tête.

Lucie n'était pas mécontente de faire la connaissance de celle qui accaparait l'esprit et le cœur de son fils. Elles se toisèrent un instant, prenant la dimension l'une de l'autre.

— Louis s'est absenté pour porter des cycles au marchand, près de la gare. Que lui voulez-vous ?

Céline n'hésita qu'une fraction de seconde avant de se lancer :

— Lui dire que je l'aime... (Des larmes coulèrent le long de ses joues et se mêlèrent à ses paroles)... qu'il est l'homme de ma vie. Lui dire que, sans lui, le bonheur n'existe plus, que j'ai besoin de sa main pour me guider, de son amour pour respirer. (Elle hoquetait en poursuivant :) ... que j'ai essayé, mais je ne peux pas me passer de lui, je ne pourrai jamais ; je ne survivrai pas à son absence !

Impressionnée, Lucie en resta bouche bée. Cette jeune fille exaltée ne manquait pas de toupet. Sincère, droite, claire. Elle comprit le choix de son fils. Elle assistait depuis quelques jours à une inquiétante métamorphose. Il ne se plaignait pas, mais son doux sourire avait disparu. Il mangeait de façon frugale, ne disait mot, épuisé par une migraine lancinante, bientôt il serait méconnaissable. Comme un fil coupé avec les réalités et son désir toujours si intense de vivre. Elle comprenait à présent la raison de son changement. Mais elle n'était pas prête pour autant à le laisser faire ce qu'elle jugeait être une erreur. Elle tremblait pour Louis, pour la vulnérabilité qu'elle ressentait en lui. Il fallait le protéger d'un amour dangereux, promis à l'échec.

— Calmez-vous, mademoiselle...

Son ton se voulait inflexible. Elle était touchée. Cette jolie fille possédait un visage émouvant.

— Je n'ai pas la moindre prévention personnelle contre vous. Vous me semblez être une jeune fille très bien, et je conçois aisément que mon fils ait pu tomber amoureux de vous. Vous devez, du reste, faire tourner les têtes de tous les garçons de la ville. Mais soyons lucides.

— Lucides ? répéta Céline, un peu perdue.

L'oncle surgit dans le magasin. Il les avait écoutées.

— Ma sœur veut dire que nous ne sommes pas du même monde.

Il se tut un instant, désarmé par le charme de la demoiselle, fasciné par le contraste entre le bleu du béret assorti aux yeux en amande, et l'or de sa chevelure. Il se ressaisit.

— Vous le savez parfaitement, vous êtes intelligente, et belle. Vous trouverez un parti qui correspondra davantage à votre famille. D'ailleurs, ne devriez-vous pas quitter la ville, vous et vos parents ? Il est risqué pour votre beau-père de rester ici.

Alors qu'elle refermait derrière elle la porte du magasin, mortifiée, les larmes aux yeux, elle entendit prononcer son prénom.

— Céline ?

Elle se retourna vers celui qu'elle aimait. Il négligea le regard foudroyant de son oncle, derrière la vitre, et l'accueillit dans ses bras.

— Je ne pouvais plus vivre sans ton sourire, ma Céline.

— Mais tu as respecté mon silence.

Elle repensa au poème qu'elle avait écrit à quinze ans :

Un rayon d'argent frôla son front,
alors je vis..un fin visage, des cheveux blonds…
Et des yeux gris…

Ses yeux tiraient sur le vert, mais c'était lui.

9

Non, décidément, cette boisson faite d'orge grillée ne possédait ni l'arôme du café et de la chicorée, ni leur inimitable saveur. Lucie y songeait, dans la grande cuisine carrelée, lorsqu'elle entendit des pas dans l'escalier. Louis, sans doute, matinal comme elle. Sûrement pas son frère Bertin, ni François, qui se complaisait dans une paresse inquiétante. Quant à sa Juliette, une attitude décente semblait une notion inexplorée dans son éducation, et elle dévalait toujours l'escalier à vive allure.

Mais un autre son venait s'ajouter au pas sur les marches, comme un fardeau que l'on traîne. Son bol à la main, les yeux écarquillés, elle accueillit son fils en bas de l'escalier. Il tirait une lourde valise.

— Tu repars en déplacement ? Tu ne m'avais pas avertie.

— Non, maman. Je quitte la maison.

— Tu quittes… ? Je ne comprends pas…

— Je m'en vais, c'est simple.

— Mais où, pourquoi ?

— On ne me laisse pas aimer Céline, alors je m'en vais.

— Reste ! ordonna-t-elle, la voix enrouée par l'émotion.

— Non !

Ils se toisèrent, sans ajouter mot. Les lèvres entrouvertes, la gorge sèche, Lucie était figée de stupeur. Elle s'humecta la bouche, rompit l'interminable silence, et capitula.

— Bon, c'est d'accord !

— Quoi ?

— C'est d'accord... (Sa voix se radoucit.) Tu peux la voir.

— La voir ?

— J'en parlerai à ton oncle.

Un sourire bienveillant se profila sur ses lèvres. L'image de Céline, son exaltation, son courage, sa spontanéité n'avaient cessé de la hanter.

— Cet été, on l'invitera à la maison pour les fiançailles de Juliette.

— Elle entrera... officiellement ?

— Oui, officiellement !

— Oh, maman, merci !

Il l'embrassa avec une fougue qui empourpra les pommettes de Lucie.

— Ta Céline me plaît, mon garçon, avoua-t-elle avec un soulagement non dissimulé, mais il vous faudra être prudents, tous les deux. (Elle ajouta d'une façon presque inaudible :) Oui, elle me plaît bien, et je sais qu'elle t'aime autant que tu l'aimes.

Juliette avait rencontré le fils d'un notaire lillois, futur notaire lui-même. Il n'avait pas l'allure des vedettes de cinéma prisées par la jeune femme, il était engourdi dans ses bonnes manières, mais il ne semblait pas, a priori, avare d'attentions à son égard, et surtout, c'était un bon parti. Son entourage le lui répétait, et à force de l'entendre répéter, elle s'en était persuadée. Les garçons manquaient dans le paysage, on pouvait les compter sur les doigts de la main. Les attendre ? Combien de temps encore ? Elle avait déjà vingt et un ans. Ceux de son âge qui n'avaient pas été embarqués Dieu sait où – prisonniers ou travailleurs de force – avaient filé en douce, pour ne pas courir le risque d'une rafle aux sorties des cinémas ou d'ailleurs. De nombreux réfractaires avaient ainsi disparu sans laisser d'adresse. Celui-là n'était pas parti. Il avait trente ans, et il était passé entre les mailles du filet du STO. On parla de fiançailles.

Le début de l'année 1943 fut marqué par un répit dans le flot de destructions. Sans bombes au-dessus de leur tête, les habitants respirèrent un peu mieux. On reprit confiance, on en oublia les sirènes et la prudence.

Les Verley fêtèrent les cinquante ans du frère de Lucie. L'incorrigible oncle Bertin arborait son brassard noir sur le bras, en hommage à Louis XVI. Ce qui ne l'empêcha pas de faire honneur au repas de sa chère Lucie.

Les Hermant trinquèrent à la capitulation d'Hitler à Stalingrad. La première grande défaite nazie.

— Je sens la victoire en marche, et le drapeau rouge flotter à nouveau !

On se désaltéra au son d'un soixante-dix-huit tours qu'affectionnait Alexandre, l'homme des libertés : le chœur des esclaves de *Nabucco* de Verdi.

— Ce chant exprime la détresse des opprimés de tous pays, c'est le plus déchirant, le plus beau chœur qui soit ! s'écria-t-il, grisé par la capitulation nazie et par la *plate beer*, cette petite bière qui désormais remplaçait l'apéritif dans la plupart des foyers.

Les travaux du mur de l'Atlantique s'accrurent. Les effectifs des troupes allemandes s'amplifièrent dans la ville. Des milliers d'hommes de troupe, officiers et sous-officiers, s'y établirent, avec les désagréments des réquisitions et pillages. Des prisonniers de toutes nationalités furent attelés aux chantiers d'immenses blockhaus abritant canons et mitrailleuses sur la côte, et de bunkers permettant le stockage et le lancement de fusées. Les villes côtières furent transformées en forteresses. On attendait le débarquement dans le Nord. Les Allemands espéraient encore gagner la guerre grâce à la mise au point d'armes redoutables : les fusées V1 et V2 qui visaient Londres. Ils allaient bientôt installer des rampes de lancement autour de la ville, dans le petit bois des Huit Rues et la forêt de Nieppe s'étendant dans la vaste plaine flamande. Ces installations allaient sonner le glas de leur éphémère quiétude.

En mars 1943, un peu moins d'un an après leur rencontre, Louis tint sa promesse : il offrit un vélo à Céline. Il promit de le garder chez lui quelque temps. Elle ne voulait pas blesser son père. Céline contrariait ses parents. Elle en était peinée, mais elle gardait confiance. Alexandre était un homme trop tolérant pour ne pas accepter leur union ; Hélène, trop sensible pour ne pas aimer Louis.

Cette nouvelle bicyclette était équipée de filets garde-jupe, d'une sonnette, de pneus « demi-ballon » larges et confortables, et de carters protège-chaîne.

Une apparition de conte de fées. Un miracle de technicité et d'élégance en une période de bricolage. Il lui tendit aussi sa vignette, qui remplaçait la plaque fixée sur le tube de direction et que tout bon cycliste devait présenter, sous peine d'amende, à la maréchaussée.

— Tu l'as montée toi-même ?

— Oui. Je n'ai pas fabriqué le cadre, mais cela viendra...

— Aucune pièce ne manque, comment as-tu fait ?...

Elle n'attendit pas la réponse.

— Bleu-gris, de la même couleur que mon précédent vélo...

— Je le savais !

— Comment as-tu deviné ?

— C'est la couleur de tes yeux.

Ils effectuèrent une longue balade, évitèrent d'approcher des constructions allemandes. Les promenades à bicyclette étaient le seul moyen d'évasion. Elles étaient d'autant plus appréciées que les autres festivités étaient supprimées. Sacré dans la région, le carnaval était interdit. Avec plus d'un million de prisonniers et de jeunes envoyés au travail obligatoire, il n'aurait revêtu aucun sens.

Céline se sentait citadine. Les odeurs de fumier et de lisier encombrant la cour de la ferme lui soulevaient le cœur. Toutefois, son séjour forcé à la campagne lui avait apporté, elle s'en rendait compte après coup, une meilleure compréhension du monde agricole. Il était impossible de rester étranger à la vie de la ferme. Presque malgré elle, elle avait appris à reconnaître les différentes céréales, aidé à l'étable, approché et nourri les bêtes. Elle éprouvait de la sympathie pour les paysannes travaillant quatorze heures par jour.

Beaucoup de femmes œuvraient aux champs, sans aide masculine, plantant sans relâche, sous un ciel couleur pastel traversé par des flottilles de nuages cotonneux, opalins et joufflus, typiques des ciels flamands ; des nuages qui projetaient sur la terre des ombres mouvantes, créant une mosaïque de nuances fugitives et subtiles.

La pluie de la veille avait imprégné le sol d'une odeur suave. Ils redécouvrirent le charme des chaumières aux volets peints, dépassèrent un moulin incendié.

— Oh, regarde, s'écria-t-elle, quel dommage ! J'aime tant voir tourner leurs ailes !

— Il devait être un repaire pour les Anglais, ils l'auront brûlé. Il n'en reste pas tant que cela, des moulins, déjà avec l'autre guerre…

Ils se rangèrent – c'était obligatoire – lorsqu'un convoi allemand arriva.

— Je ne m'y ferai jamais, soupira Céline, enfourchant son vélo. Mon père – adoptif, précisa-t-elle – dit qu'ils peuvent gagner du terrain par la haine, mais ils ne vont jamais conquérir le cœur des hommes.

Il leur fallut quelques minutes pour s'émerveiller à nouveau de la magie printanière. On apercevait la crête des monts des Flandres, Cassel et les Récollets.

— Dès la fin de cette guerre, je t'emmène à Bray-Dunes, décida-t-il. Adossés à la digue, blottis l'un contre l'autre entre les cabines de bain, nous regarderons les nuages s'auréoler de rose, et le soleil descendre dans la mer. Tu verras, à cette heure où les contours s'estompent, où l'air s'imbibe de rêves, il n'y a rien de plus beau...

Un vent de mars inclinait les cimes des arbres, et l'air était doucement parfumé. Les pousses de blé montaient dans les champs épargnés. Des jacinthes sauvages confirmaient la magnifique explosion du printemps. Les narcisses et les jonquilles en pleine floraison se moquaient bien de la guerre. On assistait, dans les mares, au rassemblement procréateur des grenouilles. Les coccinelles réapparaissaient. Le temps des hannetons revenait, les enfants allaient à nouveau les garder dans les grandes boîtes d'allumettes avec des feuilles d'aubépine. Les oiseaux semblaient fêter une arrivée de printemps précoce. La nature était en accord avec leur âme, les feuilles bruissaient et leur parlaient d'amour. A ce miracle de la nature, on aurait pu croire, en cette journée, à l'absence de toute haine.

— La nature ose l'exubérance dorénavant interdite au peuple flamand, qui en a pourtant besoin pour contrebalancer sa pudeur et ses secrets.

Céline songea qu'il parlait de lui.

Brusquement, le ciel se zébra d'une myriade d'oiseaux migrateurs. Ils descendirent de leurs vélos, les appuyèrent contre un tronc d'arbre. Ils admirèrent le vol, savourèrent la magie et la majesté du cortège. Céline prit la main de Louis, portée par leur amour, et ressentit en cet instant béni, qui bravait une réalité sordide, un sentiment de plénitude.

— Les revoici ! s'exclama-t-elle, touchée par la grâce de ces ailes déployées qui recouvraient le ciel.

— Ils ne sont pas pris par la frénésie de violence que nous subissons. Ils sont libres.

— Et pourtant, ils ont fui, eux aussi, pour d'autres raisons que les nôtres, mais tout aussi vitales. Et ils reviennent...

— Les insectes sont rares en hiver, et les points d'eau souvent gelés. Ils sont allés vers la vie. En quête de chaleur, ils suivent une route invisible à nos yeux, immuable pour eux, guidés dans leur périple par les astres, le magnétisme terrestre, les pressions atmosphériques, et par leur instinct. Ils accomplissent des exploits. Une fauvette de quelques grammes peut voler trois mille kilomètres sans mourir d'épuisement. Avant de partir, ils mangent énormément, accumulent la graisse qu'ils brûleront durant leur voyage. C'est leur carburant...

— Lors de l'exode, nous manquions de carburant.

— Ils ont un point commun avec les coureurs cyclistes : chaque oiseau profite de l'aspiration provoquée par celui qui le précède. Ils se relayent, comme eux, lorsque celui de tête est fatigué.

Elle le regarda, étonnée de tant d'érudition chez ce garçon qui avait dû arrêter ses études. Il lui avait déjà parlé de Raymond, ce soldat qui l'avait incité à s'instruire par lui-même. Elle était touchée par sa sensibilité aux mystères de l'univers.

Un petit oiseau, rondelet et peu farouche, à la queue brune, au ventre blanc et à la gorge orange foncé se percha sur un poteau, tout près de Céline.

— Un rouge-gorge, murmura-t-elle pour ne pas l'effaroucher. (Elle était fascinée par le regard noir et perçant de cet être délicat.) Il est sédentaire, lui.

— Pas forcément, certains d'entre eux migrent. Leur lieu de villégiature est l'Espagne.

— Ils ont bon goût ! estima-t-elle en souriant.

— Mais ils ne survivent pas toujours à leur voyage. Ils sont trop fragiles. Regarde-le, son cœur bat mille fois par minute, dix fois plus vite que le nôtre. La moindre excitation peut le faire mourir.

Les doigts accrochés aux siens, elle se sentit comme ce minuscule oiseau, légère et enivrée, terriblement dépendante d'une émotion trop forte.

— Et pourtant, il chante à tue-tête !

— Pour défendre son territoire. Sans territoire, il meurt au bout de quelques semaines.

Elle frissonna et s'appuya contre lui. Il l'enveloppa de ses bras.

— Tu as froid, on va rentrer. L'herbe est humide. Ce n'est pas encore la chaleur de l'été.

— Dis-moi, Louis...

Des larmes perlèrent au coin de ses paupières.

— Qu'est-ce que tu as ?

Il l'enlaça plus tendrement.

— Ce n'est rien, répondit-elle en tentant de refouler les pleurs indésirables qui affluaient. Le bonheur fait peur. Si un jour on était séparés...

— On ne le sera pas...

— Mais si on l'était...

— Où que tu sois, où que je sois, tu recevras un signe. Mais je ne quitterai jamais ce pays, j'y suis né, j'y ai grandi et mon amour s'y trouve, dit-il, sûr de lui, sûr d'eux. *Les hommes sont comme les arbres. Ils ne croissent qu'en prenant leur sève dans le sol où ils plongent.*

— C'est une belle phrase...

— Elle n'est pas de moi, mais de l'abbé Lemire. Oui, je te promets que je t'enverrai un signe.

Le petit rouge-gorge s'éleva dans l'air avec un léger bruissement.

Son serment l'inquiéta davantage qu'il ne la rassura. Sa confiance inébranlable en leur amour avait de quoi être agaçante, elle n'en était que plus touchante. Elle pensait souvent au théâtre, à Paris et à son projet de rejoindre Clara pour y exercer le métier de comédienne, mais elle écartait bien vite cette pensée. Partir à la conquête de la capitale lui paraissait peu réaliste. Comment vivrait-elle là-bas ? La troisième de ses tantes habitait à Paris avec son mari et sa petite fille. Elle accepterait peut-être de l'héberger. Mais leur appartement était, à entendre sa mère, ridiculement exigu, pour la bonne raison qu'ils habitaient une loge de concierge au rez-de-chaussée d'un immeuble. Elle n'oserait s'y imposer. Clara, elle, lui ferait une petite place, mais elle n'avait toujours aucune nouvelle de son amie.

Et puis Céline voulait vivre le présent. Et son amour avec Louis.

Plus tard, elle verrait. Il y avait d'abord la guerre, et malgré tout, dans le Nord, dans sa ville, elle s'amusait bien au théâtre, en amateur.

En professionnelle, il n'en serait pas de même. Le trac, la compétition, l'attente, un autre esprit sans doute. Que connaissait-elle de ce métier ? Certes, ses rôles étaient pris au sérieux, et elle suçait, comme ses camarades, avec conscience, des pastilles de chlorate absolument détestables, afin d'éviter les maux de gorge. Mais les répétitions, prétextes à fous rires, dégénéraient souvent en farandoles sur scène, au son du phonographe. Céline était la première à danser la

Beer-Barrel-Polka [1], tandis qu'Hélène la croyait, studieuse, en train de travailler.

Les spectacles organisés au profit des prisonniers accaparaient leurs loisirs, et les réunissaient, Céline avec son théâtre, Louis et son numéro d'acrobatie cycliste.

Elle fut encensée pour son interprétation sensible dans *La Fiancée du timbalier*, dont elle jouait le rôle-titre. Suivit *Les Plus Beaux Yeux du monde*, dans la salle des fêtes de l'ancienne école catholique de Louis. Ce dimanche-là, Lucie était dans la salle. Conquise.

Un événement survenu dans la famille Verley retarda les fiançailles de Juliette.

En avril, Gérard rendit visite à la famille. Une vraie fête, qui s'acheva dans la tristesse.

Au sortir de la messe, tandis qu'il discutait avec de vieilles connaissances, Gérard fut saisi sans ménagement et emmené de force pour le STO. Lucie s'accrocha désespérément à la manche de son fils. On la bouscula avec violence. Elle fut projetée à terre. Muette de stupeur, la foule sur le parvis n'osa bouger. Le STO était une obligation, et l'on ne pouvait s'y soustraire, sous peine d'être fusillé. Tandis que Juliette relevait sa mère avec l'aide d'un ami de la famille, Louis tentait de s'interposer. En vain. La rafle s'était déroulée avec une célérité étonnante. Une organisation sans faille.

Lucie garda un genou douloureux, et une blessure au cœur. Elle avait tant insisté pour la venue de

1. Polka-musette, très dansée durant ces années.

Gérard ! Ils s'étaient revus à Lille, en mars. Lucie avait fait le déplacement en train.

Saint-Maurice était pleine à craquer. Des milliers de fidèles étaient massés autour de cette église. Aux côtés de son Gérard, elle avait écouté le cardinal Liénart affirmer avec courage son opposition au STO.

On reçut une lettre du jeune homme quelques semaines plus tard. Il était affecté à une usine d'armement, en Allemagne.

— Gérard dans une usine de guerre ! Lui, le saint de la famille ! C'est inadmissible ! s'écria l'oncle, dont la placidité était une fois encore mise à l'épreuve. C'est un enlèvement ! L'enlèvement d'un prêtre !

— Il n'est pas encore ordonné, il n'était pas en soutane... Il a dû être dénoncé.

— Dénoncé ?

— On l'aura pris pour un réfractaire, alors qu'il se croyait en sécurité dans son séminaire...

Lucie poussa un douloureux soupir. En son for intérieur, elle croyait davantage à une délation malhonnête qu'à une méprise.

— Je vais écrire au cardinal Liénart, décida-t-elle, il pourra peut-être faire quelque chose... Quand je pense combien j'étais soulagée de ses paroles en mars !

— Je crois, vois-tu, ma sœur, qu'ils font de graves erreurs !

« Ce n'est pas trop tôt, songea Louis. L'oncle se rend-il enfin compte de ce qui se passe ? »

L'installation des Allemands dans le bois et leurs travaux de rampes de lancement déclenchèrent la réaction inévitable des Alliés. Dès lors, un nouveau tonnerre sanglant recouvrit le Nord. Les Alliés devaient, coûte que coûte, gêner les passages vers la côte, le ravitaillement, la construction du mur de l'Atlantique.

Louis et Céline fêtaient le premier anniversaire de leur rencontre lorsqu'on bombarda la base de lancement de V2 dans les bois et les points stratégiques de la ville.

Un septembre effroyable s'abattit sur la petite bourgade du Nord. Une quarantaine d'avions, deux cent cinquante torpilles, des bâtiments endommagés, des voies ferrées coupées, des maisons détruites. Toutes les vitres de la cité sautèrent en éclats, toutes les portes furent défoncées, les tuiles projetées sur la chaussée, un souffle inouï, et de nombreux décès.

A nouveau, la peur palpita dans les cœurs.

Louis récupérait sous les décombres des blessés gris de poussière. Les amputations se pratiquaient à la chaîne, dans les couloirs surchargés, et le jeune homme maintenait parfois l'un de ces infortunés auxquels on coupait une jambe à la scie. Il rentrait chez lui, livide, incapable de converser.

— Que les Anglais ripostent en attaquant les villes allemandes, pas les nôtres ! pestait l'oncle.

Un bruit courut que le petit bois des Huit Rues, lieu de promenade favori des Hazebrouckois, avait été choisi par les Allemands pour y fabriquer une arme secrète et redoutable. Grâce aux renseignements fournis aux Alliés, aux sabotages des ouvriers employés, et grâce – mot terrible – aux bombardements, aucune torpille n'atteignit Londres.

La sirène hurlante provoquait la peur panique et la ruée vers les abris. Les habitants y perdaient leurs principes et leurs hostilités, criaient ensemble lorsque les bombes tombaient, puis, ensemble encore, priaient, toutes professions de foi confondues.

D'autres s'échappaient à vélo, à vive allure, loin des points névralgiques de la cité.

Au collège, l'un des professeurs de Céline organisa une chorale. Il fit chanter ses élèves, systématiquement, à chaque descente dans les abris. C'est alors que Louis reçut la seconde et monumentale gifle de son existence, non plus de sa mère, mais de Céline.

Tous deux revenaient du collège lorsque les sons montants puis descendants de la sirène annoncèrent le début de l'alerte. Ils coururent dans la cave de la maison la plus proche. Bondée, évidemment.

Les cris et les larmes suivant les explosions insupportèrent Louis, qui ressortit et s'allongea dans la rue.

Au son continu de la fin de l'alerte, Céline, paniquée, remonta précipitamment, le gifla, et s'écroula dans ses bras.

— Eh bien, tu as une façon étonnante de dire je t'aime, ma Céline !

Louis reprit son travail de bénévole pour la Croix-Rouge. Céline le rejoignit. Il transportait les blessés sur les civières. Elle recherchait des médicaments. Elle fit passer plusieurs gros colis pour des prisonniers, par l'intermédiaire de son parrain cheminot. Plongés au cœur du danger, ils le bravaient avec la désinvolture et le dédain propres à leur âge.

Ils se montraient au grand jour, à présent.

Elle entra, très intimidée, chez les Verley, pour les fiançailles de Juliette.

Ravie du choix de son frère, cette dernière la présenta à tous, sans manières, sans ce petit air hautain de certains bourgeois et cette morgue que redoutait tant Céline. Juliette contribua à la mettre à l'aise dans ce nouvel univers.

Seul Bertin semblait encore sur ses gardes vis-à-vis de la jeune fille. Mais la guerre chamboulait tout, jusqu'à ses convictions politiques. Souvent, il s'enfermait des heures durant, silencieux, imperturbable devant le balancier de l'horloge, la pipe à la bouche – faute de cigare –, noyé dans le petit genièvre de sa cave, sous de sombres pensées et un halo de fumée. Où était l'époque où il s'amusait avec une férocité joyeuse à placer symboliquement le timbre-poste tête en bas, histoire de renverser la Marianne et la République ?

A l'aube de la nouvelle année, le ciel de Flandre s'embrasa, la terre trembla tandis que des centaines de forteresses volantes s'attaquèrent au bois et à la forêt, rasant le village de la Motte-au-Bois.

Les événements se précipitaient.

Lorsque Céline revit la silhouette énigmatique de l'homme à la cape noire, elle ressentit un douloureux pressentiment. Etait-il un émissaire de la mort ? Elle comprit que l'étau se refermait sur Alexandre.

Il fallait fuir.

La Milice française, qui secondait les nazis dans les basses besognes, ne reculait devant aucune atrocité. Les esprits échauffés étaient capables de tout et, soumis à la délation, Alexandre risquait à tout instant d'être arrêté, livré à la Gestapo.

Louis et Céline se quittèrent. Leurs efforts respectifs pour surmonter leur souffrance ne suffirent pas. Elle lutta contre les sanglots, simula l'espoir.

— Nous revenons dès que possible, le débarquement ne saurait tarder.

— Tu reviens, tu es sûre ? (Louis perdait son assurance devant cette brutale séparation.) Si je ne devais plus te revoir, je deviendrais fou. Je t'écrirai chaque jour que Dieu fait.

— Et moi, je commence à t'écrire dans le train.

— Céline, tous les mots du monde ne pourront exprimer ce que j'éprouve pour toi. Je t'aime, ce sera toujours en moi.

Céline et ses parents traversèrent le pays, debout dans les trains bondés, les jambes compressées entre des valises, debout dans les couloirs et dans les rames du métro parisien, pris d'assaut par les réfugiés.

Tandis qu'ils étaient accueillis par la neige et le verglas dans la Nièvre, on s'activait chez les Verley.

On bourrait la salle à manger de la vaste demeure de cinq tonnes de paille en ballots rectangulaires, jusqu'au plafond.

Il fallait amortir le choc d'une bombe éventuelle sur la maison, et protéger leur cave, située juste au-dessous. Ils colmatèrent les fenêtres, collèrent des bandes de papier sur les carreaux pour éviter de nouvelles projections de verre. Toutes les ouvertures furent calfeutrées.

Mais la Grand-Place subissait des ravages. Ils louèrent deux pièces dans une fermette en dehors de la ville. Ils s'y abritèrent la nuit et revinrent à bicyclette, chaque matin, ouvrir le commerce. Consciencieusement. En dépit d'une pluie de bombes, et en dépit d'une angoisse qui tiraillait le cœur de Louis.

Celle de perdre Céline.

10

Il est curieux que dans un tel chaos, malgré d'incessants bombardements des gares et des voies ferrées, le courrier puisse fonctionner. Ce fut le cas. Au début, tout au moins. Louis et Céline s'écrivirent tous les jours. Ils utilisaient des bouts de papier, confectionnaient eux-mêmes les enveloppes, numérotaient leurs lettres, glissaient dans chaque page leur amour grandissant, leur soif de retrouvailles et leurs interrogations concernant la fin de la guerre. Le car postal fut attaqué en février par des maquisards. Méfiante, Céline n'en parla pas, comme tout ce qui touchait à la politique et à son père adoptif. Le courrier fonctionnait, certes, mais il était surveillé.

Leurs sentiments s'exprimaient au travers des mêmes mots. Cette osmose, ces transmissions de pensées renforçaient leur certitude d'un inébranlable amour.

« Je t'aime, lui écrivait-il. C'est avec ces deux mots aux lèvres que je me réveille, avec ces deux mots que je passe ma journée, et avec eux, encore, que je m'endors et je rêve. »

Pour les parents de Céline, une union entre deux mondes opposés, entre deux familles si dissemblables, restait une aberration. C'était compter sans le harcèlement de la jeune fille.

— Je ne me marierai qu'avec Louis Verley. Avec aucun autre, jamais, quoi qu'il advienne. Je le jure.

Son entêtement ébranla leurs certitudes, balaya leurs appréhensions et préjugés. Ils capitulèrent.

Désormais, ils étaient fiancés. Et tout le « pays » en fut avisé grâce au facteur, un homme très brave, touché par leur amour, et bavard. Dès qu'il découvrait son nom sur une enveloppe, il la brandissait du bas du sentier dans sa direction. Il se sentait alors heureux d'exercer ce métier. Il avait rarement vu des yeux qui exprimaient tant d'émotion et de bonheur à la réception d'une lettre. Des larmes coulaient sur les joues de la demoiselle du Nord bien avant qu'elle la lise. Le cœur de l'obligeant facteur en était tout retourné. Deux jours sans nouvelles pour la jeune fille étaient une éternité. Ces matins-là, il en était malade.

Céline imaginait souvent l'arrivée de Louis : il descendait de l'autocar, elle accourait pour l'embrasser à la vue de tous, n'épargnant pas la chasteté du curé. Le soir, elle avait hâte de s'endormir pour atteindre au plus vite les onze heures du matin, et la sacro-sainte arrivée du facteur. Elle s'endormait en pensant à lui, mais, si féconde fût son imagination, Céline préférait la réalité au rêve.

De son côté, Louis s'acharnait au travail, puis se précipitait vers son papier à lettres. Il la rejoignait en pensée, la serrait dans ses bras, goûtait la saveur brûlante de sa bouche. Le plus beau moment de sa journée, le plus troublant. Il souffrait de l'imaginer dans le froid. Il était intense dans la Nièvre, intense dans le Nord. Les Bourguignons souffraient aussi, des restrictions, du manque de liberté. Il fallait manger, se vêtir, se loger, se chauffer. Survivre. Mais ils ne sursautaient pas à chaque explosion, ils ne vivaient pas avec la terreur des attaques. Au moins était-elle à l'abri des bombes, et cette pensée le rassurait.

Les premiers temps furent difficiles pour la jeune fille. Le visage pincé par un froid glacial, elle allait chercher du lait à pied, à deux kilomètres. Elle parcourait des champs et longeait de sombres bosquets. La neige craquait sous ses semelles. Un matin, elle effectua quatre heures de marche pour obtenir de la farine blanche. Traverser des bois, découvrir sous ses pas des traces de sanglier ne la rassurait guère. Elle espérait des sabots, mais le bon d'achat ne lui était pas encore remis. Une fermière s'apitoya sur ses pieds trempés et glacés, et lui en prêta une paire.

Les mauvais souvenirs de sa petite enfance s'effaçaient. Elle songeait au temps béni de la coopérative, emplie des effluves mêlés du chocolat et du café, lorsqu'elle passait le doigt sur le comptoir pour recueillir les petits cristaux de sucre épars sur toute la longueur. Ce n'était pas très propre, mais c'était si bon !

La région était superbe en plein hiver. La neige embellissait le paysage, endormait le monde autour d'elle. Cette apparente tranquillité, si dissemblable du Nord qu'elle venait de quitter, la tourmentait pourtant. L'isolement l'angoissait autant qu'il la rassurait. Sans radio ni journaux, ils ne connaissaient la situation que par les réfugiés et les lettres qu'ils recevaient. Elle souffrait de n'avoir aucun livre pour préparer son brevet supérieur. Ils veillaient le soir autour d'une bougie dans un véritable taudis, une pièce laide aux murs crépis, sans eau, sans toilettes, sans électricité, une annexe allouée par l'oncle vivant dans la maison voisine.

Louis lui envoya des colis contenant du beurre, du gras de bœuf, des flageolets des Flandres. Elle échangeait la chicorée, introuvable en Bourgogne, contre du lait. Elle reçut enfin des livres et un dictionnaire pour ses révisions d'examen, mais la faible lueur de la bougie lui piquait les yeux. Elle imaginait, le cœur déchiré par une pénible sensation d'exclusion, ses amis du collège, ses cours, ses professeurs, son théâtre.

Louis n'avait plus l'occasion d'assister à des courses cyclistes. Elles s'étaient encore raréfiées, faute de coureurs, envoyés au STO, et faute de boyaux. Il offrit son vélo de scène qu'il avait lui-même bricolé. Il n'avait plus le cœur à se produire sans elle. De son côté, ne pouvant assurer son rôle au théâtre, Céline apprit, la mort dans l'âme, qu'elle avait été remplacée. « Une partie de nous s'envole, songeait-elle, tandis que notre amour s'affermit. »

Il procéda à l'envoi de deux bicyclettes, une pour Céline, et une autre pour Alexandre. Il les empaqueta avec soin, retourna les pédales pour faciliter l'emballage. On eût dit qu'elles sortaient de l'usine. Il remplit les sacoches d'outils, dont une clef permettant de remettre les pédales à l'endroit. Il y glissa un mot : « Je t'aime, je t'adore pour toujours. »

Elle se mit en quête d'un cheval et d'une charrette, monta les engins jusqu'à la maison de l'oncle, sous le regard envieux des villageois et des réfugiés qui affluaient en masse dans ces contrées relativement paisibles. Elle possédait le plus beau vélo du village, mais elle prit soin, cette fois, qu'on ne le lui vole pas.

Vers la fin février, Alexandre décida de quitter la Nièvre pour le Nord.

— C'est trop dangereux ! protesta Hélène. Tu vas te jeter dans la gueule du loup !

— Les événements se précipitent. Je ne peux agir autrement, je suis obligé de remonter pour « affaires ».

Sa voix n'acceptait aucune contestation. On ne lui soutira pas un mot de plus. Il ne voulait pas compromettre les deux amours de sa vie. Il promit de revenir au plus vite.

Prudente, Céline annonça le retour du « Grand » à Louis. Louis comprit le message.

« Alexandre le Grand ! s'était écriée Céline, un jour. Mon père, c'est Alexandre le Grand ! »

Dans le hall glacé de la gare, Louis vit enfin débarquer la longue silhouette. Dans la poche d'Alexandre, une lettre de Céline l'attendait. Dès ce jour, ils prirent un vif plaisir à dîner ensemble. Louis se vengeait de l'absence de Céline en remplissant copieusement l'assiette de son père. Il éprouvait un bien-être toujours renouvelé en compagnie de cet homme passionné et idéaliste, si simple, et si intelligent de surcroît. Il tentait de lui faire oublier le chagrin de la séparation. Parfois, c'était Alexandre qui le réconfortait lorsqu'il lui sentait le cœur gonflé de mélancolie, conquis par ce jeune homme qui ne partageait pourtant pas ses opinions. Il cessa de le considérer comme un « fils de bourgeois ». Ils s'offrirent des débats passionnés. Alexandre parlait des luttes de la classe ouvrière, lui de sa famille qui avait mérité son argent sans jamais le voler. Ils se rejoignaient tous deux dans leur boulimie de vie et de justice, dans leur amour de l'homme et leur colère face au gâchis provoqué par la frénésie de quelques-uns, dans leur humilité et leur émerveillement devant un univers sublime. Louis revivait les conversations partagées, naguère, avec Raymond, le soldat breton. Il regrettait seulement de ne pouvoir se tourner vers Céline et noyer son regard dans le sien. Alexandre constatait avec émotion l'incommensurable amour de Louis pour sa « petite fille ».

— Rien ni personne ne pourra ôter de mon cœur la profonde tendresse que j'y ai amoncelée pour votre fille, monsieur Alexandre. Je l'aime à en perdre la raison.

Dans la Nièvre, les deux femmes passaient leur temps à lire et relire le courrier de ces deux hommes qui les aimaient, et le facteur n'en revenait pas. Tant de lettres pour elles deux ! Parfois il les plaisantait.

— Ne croyez pas tout ce qu'on vous raconte, ce ne sont que des menteurs ! s'écriait-il.

Son large sourire camouflait une indicible pointe d'envie. Il les aimait bien, ces petites « mangeuses de beurre ».

Hélène avait totalement changé d'avis, elle aussi, à l'égard de Louis. Anxieuse, elle attendait sa venue, avec celle de son Alexandre.

— Qu'il reste aussi longtemps que possible à nos côtés, je serai plus tranquille, confia-t-elle à sa fille, et sous la vigilance d'un œil maternel, vous pourrez, pour ainsi dire, vivre ensemble.

Céline déposa un tendre baiser sur les bonnes joues rondes dont elle avait hérité.

Ce vœu allait être exaucé. Louis annonça son arrivée vers la mi-mars. Dès lors, Céline raya les jours dans son carnet. Mais ce mois de février en comptait vingt-neuf, comme si le temps lui-même s'y mettait pour les contrarier. Un mois de séparation paraît un siècle lorsqu'on aime.

Les Verley quittèrent leur campagne, trop proche des rampes de lancement et des bombardements qui s'intensifiaient à présent à l'extérieur de la ville. Ils réintégrèrent tous la maison de la Grand-Place. Ils assistèrent à l'arrivée de trois mille Russes débarqués de wagons à bestiaux et parqués au séminaire.

Le fiancé de Juliette vint dîner[1] en leur compagnie. Louis les observa avec surprise.

« Ces deux-là ont le bonheur d'être ensemble, mais ils ne savent pas en profiter et se comportent comme des étrangers. »

Durant tout le repas, ils ne s'adressèrent pas un mot affectueux, pas un geste trahissant leur intimité. Seule une exaspérante courtoisie. Louis avait beau se dire que chaque amour est différent, que le fiancé de Juliette se retenait par pudeur ou bienséance à leur égard, quelque chose clochait.

Peut-être était-il tout simplement timide, mais sa sœur, d'ordinaire si expansive, ne semblait pas l'encourager à des marques de tendresse. S'était-elle liée par raison ? D'autres réflexions de Juliette alimentèrent ses alarmes :

— Je vous admire, Céline et toi, révéla-t-elle. Il y a de l'héroïsme à s'unir dans une période si critique !

---

1. Déjeuner, dans le Nord.

Enfin, au moins ne vivrez-vous pas l'une de ces réunions mondaines qui enveloppent les noces dans de l'artificiel. Et vous serez éloignés de la fatigue et la promiscuité des plaisanteries pénibles auxquelles les jeunes mariés ont droit. Vous passerez votre lune de miel, paisibles, dans un pays qui doit être bien joli.

Un indescriptible malaise saisit le jeune homme à ces paroles lasses et désabusées, qui se voulaient rassurantes. Sa sœur était-elle malheureuse ? Il se promit un tête-à-tête avec Juliette, mais, préoccupé par des soucis plus personnels et la bonne marche du commerce, il remit ses interrogations à plus tard.

Les alertes se multipliaient. Des forteresses volantes, corbeaux annonciateurs de mort, mugissaient. Des gerbes de feu obscurcissaient le ciel. Les carreaux tremblaient sans arrêt.

Louis échappa de justesse à un bombardement sur la forêt, avec Dische, qui, revenu de son engagement raté à Toulon, l'aidait dans ses livraisons. Récupérant du bois pour le carburant, ils n'eurent que le temps de se jeter à plat ventre au bord de la route, sous une pluie d'explosions et de crépitements.

Mi-mars, aidée par Dische et un autre ouvrier, Lucie Verley tint les commandes du commerce, et permit à son fils de rejoindre sa fiancée.

Le mariage était consenti et décidé. Céline écrivit à l'auteur de ses jours, qu'elle peinait à appeler du nom de « père », afin d'obtenir une procuration pour le mariage. Avec le débarquement inévitable des Américains, attendu dans le Nord, Louis et Céline pensaient être séparés de longs mois. Ils ne voulaient plus attendre.

Les événements s'étaient joués de leurs différences.

Les liens entre les deux familles se resserraient grâce à l'amour de leurs enfants. Les commérages perdaient leur emprise, et, sans emprise, les rumeurs se fatiguent. Les relations bien intentionnées s'offusquaient dans le vide. A l'instar de Louis, les Verley cherchaient par tous les moyens à ravitailler la famille Hermant. L'oncle Bertin lui-même contribua à la collecte. Jugeant que l'on ne pouvait point vivre sans pommes de terre, il monta dans le petit train des Flandres qui parcourait la campagne, pour aller dénicher ce légume « sacré ». Après en avoir mis de côté pour son propre usage, magnanime, il en envoya à la famille de Céline.

La traversée de Longueau, près d'Amiens, qui venait de subir un sévère bombardement, s'éternisa des heures durant. Dans le train bondé, à chaque gare, un flot nouveau de voyageurs se pressait dans les wagons. Quiconque descendait n'avait aucune chance de remonter. C'est ainsi qu'à certains arrêts Alexandre et Louis soutinrent des femmes, au teint cramoisi de honte, contraintes de satisfaire un besoin vital par la portière.

Louis ressentait parfois des douleurs abdominales. Mais il n'y prêtait pas plus d'attention qu'à ses jambes comprimées. Il ne se sentait pas le droit de se plaindre. Il était tellement fou de bonheur à l'idée de passer une quinzaine de jours dans les bras de Céline, sans alertes, au calme réparateur des coteaux, dans un air pur et serein, non souillé par les vrombissements des moteurs d'avions ! Sans cette peur qui vous étreint la gorge.

Dans la Nièvre, Louis et Céline ne se quittèrent plus. Ils savouraient leur chance d'être « épargnés » lorsque tant de vies étaient brisées. Ils se promenaient dans une nature apparemment innocente et mordorée, comme une échappée dans un monde ignorant la guerre. Les premiers papillons virevoltaient, les insectes bourdonnaient, attirés par la suavité et la couleur des fleurs. Le printemps s'annonçait. La Résistance, elle, s'activait. Cette région de collines boisées et de fermes isolées, idéale pour les cachettes, jouait la belle endormie, mais agissait dans l'ombre et fourmillait de communistes, Juifs, réfractaires au STO et autres résistants.

Avec une exaltation contagieuse, Louis fit part à sa fiancée de ses projets. Marié, la guerre achevée, il avait décidé de mener à bien son désir de fabriquer ses propres bicyclettes. Il envisageait d'acquérir un bout de terrain qu'il avait repéré, d'y faire construire un baraquement provisoire, en bois, qui accueillerait la toute nouvelle « Manufacture de cycles Verley ».

— Je te seconderai comme secrétaire, lui proposa-t-elle avec enthousiasme.

— Tu peux être institutrice avec ton brevet supérieur.

— Au rythme où je révise, je doute de l'avoir ! Et puis cet examen n'est pas un brevet d'intelligence, et je sais si peu de choses…

— Assez de modestie. Par rapport à moi, tu…

— Non, l'interrompit-elle, un doigt sur ses lèvres, c'est faux. Tu connais tant de choses de la vie, et aucun autre homme ne m'écrirait des lettres aussi délicates, aussi admirables. Tu es unique, Louis Verley. Je t'adore, et bientôt je serai ta femme. Que c'est beau : « ta femme » !

— Bien, alors, madame Céline Verley, j'ai le plaisir de vous engager comme secrétaire attitrée !

— Attitrée et particulière !

Céline reçut des nouvelles de sa cousine Micheline. Fortement secouée par sa dernière séance de cinéma, elle n'osait plus sortir que pour se rendre au collège.

« Durant la première partie, racontait-elle, des bombes visant le bois perturbaient tous les spectateurs. A chaque explosion, nous sursautions de concert, de petits cris involontaires s'échappaient des rangées de fauteuils. Alors, brusquement, en un superbe défi, l'orchestre entonna un morceau vibrant, qui recueillit un tonnerre d'applaudissements. Mais j'étais dans un tel état que je dus rentrer à l'entracte. J'ai peur, tous les jours davantage. Quand verra-t-on la fin de cette scandaleuse hécatombe ? »

Un matin de la fin mars, Céline fut frappée par le visage blême de Louis. Il eut ce petit geste caractéristique, prélude à ses migraines, de se toucher le front. C'était autre chose. Il tenait en main un télégramme de sa mère. Trois mots y étaient inscrits. Trois mots brefs et inquiétants : « Bertin a disparu. »

— Je reprends le train.

— Je t'accompagne, décida Alexandre. J'ai encore quelques affaires à régler dans le Nord.

Céline et Louis firent une dernière promenade à vélo, et se dirent adieu au bord d'un petit étang.

— Ne t'inquiète pas, ma Céline. Ce n'est sans doute pas grave. Il n'est pas mort, mais « disparu », c'est différent. Bertin a conservé sa fâcheuse habitude de se rendre en Belgique, pour son tabac. Il se croit intouchable avec un ami gendarme. Cette fois, il a peut-être dû se cacher de l'autre côté de la frontière, ou il a été emmené par la douane volante... Avec lui, on ne sait jamais. Il peut aussi cuver un bon vin quelque part.

Il tentait de se convaincre. Il savait que pour un trafic de tabac, il eût été relâché avec une amende à payer. Non, cela ne tenait pas debout.

— Reviens vite ! (Elle dédramatisa à son tour :) Qui va me pousser dans les côtes à vélo ? J'ai besoin de toi !

— Nous ne devons pas être tristes. Un petit tour là-haut, je retrouve le tonton, dit-il d'une voix faussement enjouée, et je reviens, avec ma procuration, les actes de naissance, de baptême, et deux alliances.

— J'ai foi en toi, j'ai foi en notre amour. Tu ne trahiras jamais cette foi, hein, Louis Verley ?

— Jamais.

Il la serra très fort contre lui. Son regard la pénétra, jusqu'au trouble.

— Céline...

Elle murmura :

— Oui, Louis, maintenant...

Il approcha ses lèvres des siennes, les effleura, et l'embrassa, longuement.

— Tu es sûre ?

La voix de Céline se fit plus forte :

— Je veux être ta femme, maintenant, je veux être sûre d'être ta femme.

Elle s'abandonna à son étreinte. Un peu maladroits dans leur inexpérience, ils se livrèrent l'un à l'autre. Leurs mains, leurs peaux se cherchaient. Leurs bras s'enlacèrent, leurs jambes se mêlèrent. Ils s'unirent dans un déferlement de désir.

Il plongea son regard dans l'azur de ses yeux :

— Ça va ?

Il s'arrêta, confus.

— Très bien, Louis Verley... murmura-t-elle. Tu as été très doux. Je croyais être née sous une mauvaise étoile, lui confia-t-elle. C'est faux, totalement faux ! Je suis ta femme à présent, et ne t'avise pas de l'oublier !

— Jamais !

— Jure-le-moi.

— Je t'en fais le serment ! promit-il en l'embrassant avec fougue.

— Comme devant le petit rouge-gorge, dans la campagne flamande, tu te souviens ?

— Oui, et je te déclare ma femme, Céline Verley, pour le meilleur et pour le pire !

— On essaie le meilleur ?

Elle éclata de son rire en cascade, et se blottit à nouveau contre lui. Ils ôtèrent les derniers voiles de leur pudeur, osèrent se contempler. Il effleura de ses lèvres ses seins ronds et fermes, son ventre blanc, et se perdit dans la tiédeur de son sexe. Il caressa doucement chaque parcelle de son corps en attente. Il prit son temps, en fit des minutes d'éternité. Sa peau frémissait au contact de la sienne. Le désir se fit trop intense, haletante, submergée par une vague de chaleur, elle le réclama de toutes ses forces. Elle poussa un cri, de plaisir cette fois, lorsqu'il la pénétra. Il mit encore plus d'ardeur à l'aimer, afin que ses étreintes demeurent gravées en elle. Insatiables, ils se respirèrent, s'enivrèrent de leur passion.

Puis il ferma les yeux, reposant dans ses bras, le sourire aux lèvres. Attendrie, elle n'osa bouger, veilla celui qui était tout pour elle : son fiancé, son confident, et son mari. Son présent, son avenir, et même son passé, car – elle le savait – il était celui qu'elle attendait.

Il se passa de longues minutes avant qu'ils ne parviennent tous deux à desserrer leur étreinte et à se quitter.

Qu'allait-il retrouver là-haut, dans cet enfer ? se demandait Céline. Qu'était devenu son oncle ?

11

— L'oncle Bertin arrêté ! C'est impossible, maman !

— C'est ce que je leur ai répondu.

— A qui ?

— Aux Allemands.

— Tu es allée à la Kommandantur ?

— Il fallait bien. Après avoir fait les hôpitaux, je suis allée d'abord à la gendarmerie.

— Qu'en dit le copain de mon oncle ?

— C'est cela qui est étrange. Je leur ai demandé de prévenir Albert de mon arrivée. J'ai attendu. Au bout d'une heure, on a daigné me signaler qu'il ne faisait plus partie de la brigade. Je n'ai rien compris. Il paraît aussi introuvable que mon frère. La femme d'Albert est totalement désemparée, elle n'a aucune nouvelle de lui. Alors j'ai traversé la Grand-Place vers la Kommandantur.

— Ce ne peut être qu'une erreur, maman. Emmené par la Gestapo, disais-tu ? C'est impensable ! Il n'y a pas un homme plus en dehors de la politique que l'oncle Bertin.

— Un peu royaliste tout de même...

— La Gestapo ne l'emmènerait pas pour ça, au

contraire ! Et puis son royalisme, c'est du folklore, parce qu'il est né le jour anniversaire de l'exécution de Louis XVI. C'est un bon diable inoffensif, qui ne pense qu'à la bonne chère. Il tombait des nues à chaque attaque !

— Tu as raison, Louis. Je l'entends encore arguer qu'un peuple cultivé comme les Allemands a le sens de l'honneur et du respect d'autrui.

— C'est une méprise. Ils arrêtent à tout-va. Le parrain de Céline, qui est cheminot, a déjà été arrêté deux fois par des patrouilles allemandes alors qu'il se rendait à pied, à cinq heures du matin, pour prendre son service. Dès demain, maman, je vais me renseigner auprès du capitaine de l'organisation Todt. Il a réquisitionné assez de bicyclettes. Il m'accordera un rendez-vous.

Ils étaient retournés en enfer, comme le craignait Céline. L'oncle arrêté par erreur. Plusieurs de leurs amis épinglés dans des rafles. Un combat aérien se produisit le jour même de leur retour au-dessus de leurs têtes. Des parachutistes tombèrent sur la ville. Une importante chasse à l'homme commença pour les prédateurs. Le calme reposant de la Nièvre était loin.

Le lendemain, Lucie tint à accompagner Louis, à vélo, jusqu'au château où demeurait le capitaine allemand. Ils obtinrent de maigres renseignements. Bertin avait été emmené, semblait-il, à Lille.

— Ce n'est pas de mon ressort, conclut le capitaine, qui parlait bien le français, parce qu'il aimait la France.

Il les poussa toutefois vers la porte, pressé de mettre un terme à cet entretien désagréable. Il n'était pas fait pour ça, lui. Il n'était pas un nazi. Mais il était militaire. Il devait obéir. Il n'était pas loin de penser que la bande de frénétiques qui entourait cet inquiétant Hitler ne méritait pas le nom d'Allemands. Mais cela, personne ne le saurait.

« C'est insensé », songeait Lucie en sortant. Elle avait plaidé la cause de son frère, évoqué sa bonhomie, son insouciance. Il ne pouvait s'agir que d'une délation malhonnête des commerçants aisés qu'ils étaient. Elle était en plein désarroi, mais elle le cachait, comme elle l'avait toujours fait lors de ses précédents deuils. Et Bertin n'était pas mort.

— Bientôt, affirma-t-elle à Louis en sortant du château, nous recevrons une lettre.

— Oui, maman, répondit-il sans conviction. Je vais toutefois me rendre à Lille.

On l'avait baladé de service en service. A présent, il attendait sur un banc dans un sombre couloir. Il entendait vaguement parler de l'autre côté de la cloison. En français, en allemand. Il poussa un long soupir pour se détendre. Allons, il était rentré dans le Nord pour retrouver Bertin. Il ne faiblirait pas, dût-il patienter de longues heures. Il refoula les tiraillements ressentis dans son abdomen. Un de ces ersatz mal digérés, sans doute. Ce n'était pas la première fois.

Avant de se rendre à Lille, par le train, il avait sonné chez Albert. Le gendarme n'était pas revenu chez lui. Il était à présent considéré comme déserteur.

— Qu'en pensez-vous ? demanda-t-il à sa femme, c'est possible ?

— Oui, avoua-t-elle. Depuis la création de la Milice en 43, il avait perdu confiance en Vichy. Il n'était plus le même...

Dans le train qui n'en finissait pas d'arriver à Lille,

Louis était parvenu à une conclusion concernant son oncle. Stupéfiante, mais qui se tenait. Bertin était emprisonné à cause de son amitié avec le gendarme Albert. On devait le soupçonner d'être son complice, de l'avoir aidé à s'enfuir, et de ce fait, d'avoir accompli, bien malgré lui, un acte de résistance.

Albert risquait le peloton d'exécution. Qu'en serait-il de Bertin ? On s'apercevrait vite qu'il n'y était pour rien. Louis lui avait assez reproché son manque de réflexion politique.

Il fut reçu au bout de longues heures par un bureaucrate, un subordonné dont il ne sut pas la fonction exacte. Grisâtre dans ses vêtements, sa dégaine et sa voix sans modulation, il avait l'air d'être enfermé dans cette pièce exiguë depuis le début de la guerre, enfoui sous un monticule de dossiers qui devait s'épaissir de jour en jour. Il s'absorba dans ses papiers, avec l'air tracassé de celui que l'on dérange sans arrêt. La terre entière devait l'excéder. Pas une seule fois il ne le regarda dans les yeux. Il confirma, d'une voix lente et lasse, ce qu'il redoutait.

Bertin avait été emmené pour interrogatoires par la Gestapo. Soupçonné d'être un résistant. Louis protesta, argua que même s'il avait aidé son ami, on ne pouvait l'arrêter. Il n'avait pas déserté ! Ses paroles semblaient glisser, imperméables, transparentes. L'homme restait imperturbable.

Bertin n'était plus à Lille. Cela ne les concernait plus.

— Où est-il ?

— Paris.

— C'est impossible !

— Tout est possible, monsieur. Bonsoir.

— Mais enfin, qu'a-t-il fait ?

— Je ne suis pas autorisé à vous le dire, répondit-il pour ne pas avouer qu'il l'ignorait.

Il ignorait le sort de tous, et ce n'était pas plus mal. Sa conscience ne s'en portait que mieux, et aucun de ces entêtés ne pouvait avoir d'emprise sur lui. Mais Louis était particulièrement obstiné.

— Je ne sortirai pas sans savoir. Je veux une réponse !

Sa mère attendait une réponse. Il la lui apporterait.

L'homme perdit sa placidité, se leva, hors de lui.

— Je veux, je veux ! Mais qui êtes-vous pour vouloir ?

Son air devint menaçant. Il allait fondre sur lui, lorsque le visage de Louis se contracta de douleur. Son ventre. Il se plia en deux, tandis que l'autre criait :

— Jetez-moi ça dehors !

Il n'y avait plus de train. Il était blême. Les douleurs revenaient par intermittence. De plus en plus violentes. Il se souvenait avoir été pris au collet, s'être retrouvé dans la rue, hébété. Ses pas l'avaient dirigé de façon inconsciente vers la gare. Que lui arrivait-il ? Sans doute subissait-il le contrecoup de ses différents voyages. Il ressortit de la gare, désorienté, perdu. Pourquoi une voiture s'arrêta-t-elle devant lui ? Que dit-il au conducteur ? Celui-ci l'emmena avec complaisance. Tandis que les kilomètres défilaient, il pensait à son oncle. Il l'entendait encore dire à ses neveux, avant la débâcle :

« Le peuple de Beethoven et de Goethe ne peut faire ça.

— Le peuple, non, avait-il répondu, mais un fanatique, oui. »

Au volant, l'homme parlait de la grande bagarre qui se préparait. Louis se sentait fiévreux. Sa vue se brouillait. A quelques kilomètres d'Hazebrouck, il n'eut que le temps de prévenir son serviable conducteur, de se précipiter au-dehors, et de vomir au bord du fossé. Une barre brûlante lui enserrait le ventre. Qu'étaient ces douleurs ? Il se préoccupa de lui, pour la première fois, un peu tard. L'image de Céline s'imposa. Il flageola sur ses jambes. Et tout se troubla.

Céline était inquiète. Elle était sans nouvelles de Louis depuis plusieurs jours. Il avait emporté son sourire avec lui. Le facteur était triste lui aussi. Il ne pouvait plus lui faire signe de loin et brandir triomphalement la lettre attendue. Il craignait de voir deux grands yeux bleus le guetter, puis disparaître, submergés de larmes, dans la maison. Il l'évitait. Pour un peu, il eût gardé tout le courrier du hameau dans sa sacoche.

Céline devait en avoir le cœur net. On lui cachait quelque chose.

Elle voulut rentrer dans le Nord, mais sa mère s'y opposa. Elle projetait de s'évader lorsqu'elle vit apparaître le porteur de télégrammes. Elle ouvrit le papier bleu, les mains tremblantes. Alexandre l'informait brièvement que Louis avait été opéré à Bailleul. Une appendicite. L'attente se poursuivit, exaspérante. Elle balançait de l'espoir aux plus grandes frayeurs, elle lui écrivait pour continuer de lui parler.

Au-dehors, la nature, mirifique, semblait se jouer de ses angoisses. Dès qu'elle laissait la porte ouverte, deux chevreaux s'engouffraient dans la salle. L'air était délicieusement embaumé, et sans ces craintes pour celui qu'elle aimait, elle aurait pu en oublier la guerre et leur sombre pièce à vivre. Deux autres télégrammes d'Alexandre, à une semaine d'intervalle, l'avertirent d'un mieux. Ce qui ne la rassura guère. Pourquoi Louis n'écrivait-il pas, s'il allait mieux ? Et que signifiait ce « mieux » ?

Les premières explications vinrent de Lucie Verley. Alarmantes. Endormi à l'éther – faute de chloroforme –, Louis avait fait une congestion pulmonaire. Un point de bronchite, avant l'opération, non détecté par le médecin. Son cœur s'était arrêté de battre. Il avait fallu pratiquer la respiration artificielle, et tirer sur la langue qu'il avait quasiment avalée. Ils avaient peiné à le ranimer. Il était enfin revenu à lui, violet, mais vivant. Quelques jours plus tard, alors qu'il se remettait doucement, un abcès, favorisé par la toux, s'était formé sur la plaie. Il avait fallu retirer les agrafes, rouvrir le ventre pour enlever le pus.

Elle frémissait en songeant qu'il aurait pu la quitter pour toujours. Elle serait « partie » le retrouver. Elle ne concevait pas de vivre sans lui.

Elle reçut enfin une lettre de Louis. Il affirmait que la force de leur amour l'avait maintenu en vie. Il promettait de la rejoindre début juin au plus tard. Heureuse de le savoir sur la voie de la guérison, elle reprit courage, accepta mieux leur séparation. La vie paraît si belle après avoir frôlé le néant !

En réalité, le docteur lui avait ordonné trois mois de repos complet. Il désobéirait. Début juin, avait-il écrit.

S'était-il trop avancé ? Il tiendrait parole, coûte que coûte.

En attendant, cloué au lit, il rageait d'être immobilisé de façon absurde. Le travail ne manquait pas. Peu en montage, mais beaucoup en ventes de matériel. Il conseilla à sa mère d'embaucher François au magasin, de placer, avec l'aide de Dische, leur stock de cadres de Saint-Etienne dans des caisses, puis de les transporter à l'abri, dans la cave, en attendant l'accalmie. Il se sentait tellement inutile. Quelques mois auparavant, il récupérait les blessés pour les mener à l'hôpital, et aujourd'hui il rentrait chez lui sur un brancard de la Croix-Rouge.

Alors, il en profita pour reprendre ses esquisses. Il dessina une bicyclette qui privilégiait le confort et l'élégance, un modèle aux antipodes des préoccupations du moment. C'était sa manière à lui de garder confiance en l'avenir. Il le nomma l'« après-guerre ». Le croquis achevé, il le contempla avec satisfaction. Les garde-boue étaient très enveloppants. Le porte-bagages était soudé au cadre, ce qui en assurait la solidité. Un imposant carter éviterait les disgracieuses pinces à vélo, et empêcherait les pantalons de se coincer entre la roue dentée et la chaîne. Ces améliorations ne rentraient pas dans les priorités et possibilités actuelles. Avec l'espoir qu'un jour viendrait où il pourrait triomphalement ressortir ce modèle, il le rangea, près des autres, dans sa chemise cartonnée. Il était encore trop tôt.

Des hommes furent requis pour scier les arbres des propriétés, planter les troncs ailleurs et fixer des barbelés. Louis entendit, impuissant, le bruit des scies rasant le jardin. Lucie assista, désemparée, au spectacle désolant d'une nature saccagée au profit de la folie humaine.

Cette journée où, trois heures durant, les vagues de bombardiers se succédèrent fut la plus éprouvante. Incapable encore de descendre à la cave, Louis apercevait, à sa fenêtre, d'épaisses colonnes de fumée noire. Elles s'élevaient vers le ciel dans un bruit d'éclatement de bombes et de moteurs d'avions. La DCA tirait à toute volée. Chaque vrombissement redoublait les battements de son cœur.

La vie devenait intolérable à Hazebrouck. Les spectacles et réunions sportives étaient interdits. Du reste, personne ne s'y serait risqué. Les alertes se suivaient, sans fin. Pas une âme, en ville, la nuit. Lucie, seule, restait près de son fils. Tout laissait présager un débarquement imminent. Les drames s'intensifiaient dans les villes du Nord. Et tous étaient effrayés.

Comment allait-il rejoindre Céline ?

Elle reçut la procuration de son père Charles, nécessaire au mariage. Le « commis de première classe » en profitait pour exiger le renvoi de sa carte de transport. Celle-ci accordait des facilités aux enfants mineurs et célibataires des cheminots. Le moment était choisi ! L'intention était mesquine. Céline en fut profondément affectée.

Au rythme du courrier, très irrégulier, elle vivait des alternances de tristesse et de joie. Hélène la grondait, pleurait, la consolait.

— J'aime Louis de plus en plus, maman, lui confiait la jeune fille. Il doit être impossible d'aimer davantage. Je crois avoir atteint la limite, et mon amour grandit encore. Il est si fort qu'il m'anéantirait s'il devait disparaître par quelque malencontreux accident.

Le réconfort lui vint de la Nièvre. Les villageois s'enquéraient tous de son fiancé et lui témoignaient leur sympathie. La plupart ne le connaissaient pas. Elle en éprouva de la gratitude. Une famille d'adoption se créait, loin de ses Flandres natales, avec ces gens simples de la campagne. Dans ces villages, se disait-elle, on sait tout, on voit tout. Ce n'était pas déplaisant.

La verdure était luxuriante, les arbres bourgeonnaient.

Les deux réfugiées cueillaient des petites fleurs mauves et roses, qui parsemaient l'herbe et les fossés, lorsqu'elles eurent la joie de voir apparaître Alexandre. Il montait la côte menant à la maison de son frère.

Il avait quitté le Nord en hâte. La tension montait chez l'ennemi. Il avait beau changer fréquemment de refuge, il avait été alerté d'une arrestation imminente. Il s'était dirigé vers la gare, sans bagage, pour déjouer les surveillances, juste à temps pour monter dans le dernier train en partance. Désormais, le trafic était arrêté. La gare du Nord à Paris avait déjà fermé ses portes. Un seul train par jour circulait encore entre Saint-Lazare et Lille, et les billets d'admission devenaient impossibles à obtenir. Il avait réussi.

Il n'était pas seul.

Il tenait une petite fille par la main. La maman suivait. Il revenait avec une des sœurs d'Hélène et sa petite Babette, qui logeaient à Paris. Une loi récente exigeait que tous les enfants de moins de quatorze ans soient évacués vers les campagnes. Mais leur joie fut de courte durée.

Le lendemain, sans frapper, l'oncle ouvrit la porte de la pièce sombre dans laquelle ils s'entassaient, désormais, à cinq. Ils sursautèrent. Défiguré par une expression malveillante, un rictus haineux au bord des lèvres, il se lança dans une tirade acerbe sur les réfugiés. Alexandre tenta de le calmer, en vain.

— Je suis maître chez moi, je suis le propriétaire. Ils n'ont qu'à rester chez eux, ces salauds de réfugiés ! acheva-t-il en éructant.

Alexandre était blême.

— Nous partirons tous demain.

Hélène se retint d'assommer l'oncle, et Céline de l'étrangler. La porte claqua, tel un couperet, les laissant interdits, écœurés.

Blessé, Alexandre trouva encore la force de le plaindre.

— Ce n'est pas facile de ne plus se sentir chez soi. On est un peu envahissants, c'est vrai.

Devant le sourire d'Alexandre, qui tentait de dédramatiser la situation, Céline éclata en sanglots. Non pour elle, mais pour son père adoptif si honnête, si bon, qui se faisait insulter par son propre frère.

— Ne t'en fais pas, ma fille. Ça va aller, vous verrez ! Il ne faut pas trop lui en vouloir. Il a craqué, c'est tout. Il n'a pas ma chance de vous avoir. Replié sur lui-même, isolé avec une concubine exigeante depuis la fin de la Grande Guerre…

— Mais, père, on s'entasse dans une petite pièce, un débarras qui ne lui servait pas. Il n'a pas été trop gêné !

Elle se tut. Alexandre était d'une pâleur de cire. Ses yeux s'humectaient de larmes.

Nous partirons demain, avait-il promis. Mais où ? Où allons-nous dormir ? se demandait Céline.

12

— Louis ! Tu es fou ! Descends de là ! s'écria Lucie en sortant hâtivement de sa cuisine.

Louis était juché sur sa bicyclette, dans la cour arrière de la maison.

— Je vais partir, maman. Céline a besoin de moi.

— Besoin ou non, tu ne partiras pas à vélo. Tu tousses encore et ton ventre est bandé. Tu veux qu'il s'ouvre à nouveau ?

— Je m'accrocherai à des véhicules, et me reposerai au bord de la route si je suis fatigué !

Obstiné, il accomplit quelques mètres, s'arrêta, obtempéra, vaincu. Il comptait sur ses performances d'acrobate cycliste, il devait se rendre à l'évidence : c'était trop tôt.

— Tu as raison, maman. Je dois pourtant y aller au plus vite.

— Que se passe-t-il ?

Il lui montra la lettre reçue. Céline y racontait leurs déboires avec l'oncle, leur déménagement. Ils avaient loué une baraque abandonnée, vide, ils dormaient sur des matelas, mais ils étaient à l'abri.

Lucie releva le visage.

— Bon, ne t'inquiète pas, ils ont un toit...

— Lis plus loin, maman.

Céline dormait dorénavant avec sa petite cousine de sept ans, dont le bavardage confiant l'amusait mais l'avait empêchée de réviser. Quoi qu'il en soit, elle s'était déplacée à Nevers, en car, pour y passer son brevet supérieur. Elle ne se sentait pas le droit de le rater. Elle avait tant de chance ! Tous les examens dans le Nord étaient remis à une date ultérieure, et sa cousine Micheline en était malade. Céline lui écrivait du couvent qui l'hébergeait pour la nuit. Elle, la laïque.

La partie dramatique suivait. En mairie, on avait d'abord refusé les cartes de ravitaillement pour sa tante et sa cousine. Le département qui leur était affecté était la Creuse. Alexandre avait réussi à obtenir gain de cause. Mais le maire avait affiché un avis interdisant dorénavant aux habitants, sous peine d'amende, d'héberger de nouveaux arrivants du Nord. Ils ne pourraient, de ce fait, déclarer la présence de Louis. Elle lui demandait toutefois de venir le plus vite possible...

— Elle ne se rend pas compte de ton état. A force de lui écrire que tu vas bien...

— Ce n'est pas fini, maman.

« Le maire nous demande expressément d'avancer la date du mariage. Il risque bientôt de ne plus être disponible. »

Et pour cause ! Ce maire, non élu, mais désigné par le gouvernement de Vichy, avait reçu des menaces de mort des résistants. Regroupés, ces derniers déstabilisaient l'ennemi et s'enhardissaient avec les succès des Alliés. Elle n'osa l'écrire, comme elle n'avait jamais évoqué les maquis installés dans les bois et collines, par peur de la censure et d'une indiscrétion malheureuse.

Vingt-sept gares avaient été bombardées. Il ne fallait plus penser au train. La pimpante Juvaquatre Renault verte de Lucie avait rendu l'âme sous les mitraillettes de l'exode. Il restait la Citroën 7 CV, traction avant, de Bertin avec laquelle la famille faisait de brefs allers-retours vers la campagne. Lucie accepta de la lui prêter. Mais il fallait un laissez-passer, ce fameux Ausweis, nécessaire à tout véhicule.

— Tu vois, je ferais mieux d'y aller à vélo !

— Tu ne vas pas recommencer ! Tu veux une claque ?

Elle fit mine de tendre une main menaçante. Ils échangèrent un sourire.

— Bon. J'obtiendrai cet Ausweis. Ils ont assez réquisitionné de vélos.

— Je ne crois pas, Louis. Tu oublies l'affaire de ton oncle.

— C'est une erreur. Il va revenir bientôt.

— Erreur ou non, si tu te rends au siège de l'organisation Todt, le capitaine ne t'en donnera pas. Il a beau être conciliant avec les habitants de la ville, il ne voudra pas d'ennuis avec la Gestapo. Souviens-toi de sa réaction vis-à-vis de Bertin. Tu risques de te faire embarquer pour le STO ou d'être affecté à la construction des abris et des rampes de lancement.

— Je suis trop jeune.

— Le fils de la bouchère est de 1925. Il a pourtant reçu une convocation.

— J'aurai mon Ausweis, affirma Louis.

Son regard en disait long sur sa détermination.

Lucie resta silencieuse quelques secondes, et lui pressa affectueusement la main.

— Sois prudent.

Ses chances étaient infimes. Ce dernier mois, ils n'avaient vendu que du petit matériel. Les pneus et les bicyclettes montées se raréfiaient. Les réquisitions aussi. Il n'avait plus de motif valable pour l'obtention d'un laissez-passer. Il ne restait qu'une solution.

La grande propriété devenue le quartier général du capitaine allemand était située à l'écart du centre-ville. Un abri bétonné jouxtait le manoir. L'un et l'autre étaient reliés par un souterrain. Des bâtiments, à l'arrière, servaient d'entrepôts.

Louis ne rencontra aucune difficulté à convaincre son ami d'en parler à sa sœur. Maria y travaillait. Dische était trop attaché à la Toulonnaise avec laquelle il correspondait pour ne pas être touché par l'amour de Louis.

— Maria accepte. Elle va te fournir le laissez-passer. Encore faudra-t-il taper ton nom dessus et ta fonction, en allemand.

— Je possède un Ausweis périmé, et avec notre machine à écrire, ce n'est pas un problème.

— Ma sœur s'est entichée d'un Belge, Luk, engagé lui aussi au manoir. Il est garde de nuit, à l'extérieur de la maison. L'un et l'autre, assura Dische, y travaillent mais ne collaborent pas. Leurs sentiments sont restés patriotes. Une partie de la famille de Luk a été tuée dans les bombardements. Pour vivre, il tait sa haine envers les boches. Il est chargé de surveiller des poulaillers et des étables. Quelques Ausweis vierges attendent sur le bureau du capitaine. Maria les a repérés en faisant le ménage.

— Ta sœur peut nous le donner en rentrant chez elle le soir. Pourquoi faire intervenir Luk ?

— Il vaut mieux que la « transaction » se fasse de nuit, avec Luk. Il y a trop de mouvement le jour, et Maria craint, en partant, d'être fouillée. C'est déjà arrivé. L'Allemande qui la supervise la laisse pénétrer dans le bureau, mais c'est censé être son travail, et elle craint d'autant plus des vols dont elle serait tenue pour responsable.

— Il y a plusieurs gardes de nuit ?

— Ils sont quatre, mais travaillent deux heures, à tour de rôle, et deux par deux. Luk se porte garant de son collègue.

Comme prévu, sa garde-chiourme en uniforme et petite coiffe blanche s'était délestée de ses tâches sur la Française. Maria respirait à peine. Elle évitait de croiser le regard des Allemands et craignait que l'on ne s'aperçoive de son trouble. Elle transpirait, ses mains étaient moites. Mais son frère lui donnait enfin l'occasion d'être utile, l'illusion de résister, en quelque sorte. Il n'y avait plus de travail aux tissages. Il fallait bien se nourrir, et elle n'était pas la seule. On ne l'accusait pas de travailler « pour » les Allemands. Pas encore, du moins. Elle n'était pas montrée du doigt. Mais elle ne se sentait pas toujours très à l'aise d'être une employée volontaire chez l'occupant.

Elle écouta. Les pas, heureusement lourds et sonores, des bottes allemandes résonnaient. Le capitaine et ses assistants descendaient dans le souterrain, vers le blockhaus. Le martèlement parvint de façon étouffée, puis disparut. C'était le signal qu'elle attendait. Elle devait faire vite. Des soldats se distrayaient au premier étage, dans l'immense pièce transformée en salle de billard. Son Allemande faisait la sieste, seule ou en compagnie. Elle bâcla son nettoyage, s'empara de l'autorisation de circuler, qu'elle mit promptement dans la poche de son tablier. Peu après six heures, avant de repartir chez elle, elle sollicita, avec un sourire coquin et entendu à l'adresse de sa surveillante, l'autorisation d'aller saluer Luk, qui prenait sa garde de nuit. Elle se dirigea vers le poulailler. L'Ausweis passa dans les mains du Belge.

La nuit tombée, leurs vélos dissimulés dans un buisson, Dische et Louis étaient de l'autre côté des fils de fer barbelés au bout de la pâture [1].

— On a peu de temps, si on ne veut pas être repérés par des sentinelles. Accroupis-toi, les rayons de lune éclairent ton visage.

— Il y avait longtemps que nous n'avions trompé le couvre-feu, cela me manquait ! murmura Dische, un sourire hilare sur les lèvres.

Lucie le laissa partir en voiture. Peu rassurée.

Elle le regarda se diriger au bout de la rue de l'église, prenant la route du Sud. La 7 CV Citroën avait disparu depuis longtemps lorsqu'elle se résigna à rentrer, essuyant quelques larmes inopportunes dans son tablier gris. Quand reviendrait-il ? Déjà, Bertin... Impossible de glaner la moindre information à son sujet. Le mystère restait entier.

Depuis quelques jours, le ciel semblait s'être apaisé.

1. Mot usuel, dans le Nord, pour « prairie ».

Mais était-ce le calme avant la tempête ? Lucie regrettait qu'il se marie si loin, et dans de telles conditions, mais on ne savait plus donner de date à la fin de cette maudite guerre. Et son fils filait vers le bonheur. Elle soupira. C'était l'essentiel.

Louis ne conduisait pas, il volait, tel un oiseau migrateur, sans se soucier des risques. Maîtres des airs, les Alliés arrosaient de leurs tirs tout ce qui bougeait, mais il était prêt à braver l'enfer pour arriver près de sa Céline.

L'obtention de l'Ausweis avait été un jeu d'enfant. Sa confiance en l'avenir était revenue, plus vive que jamais.

Il effectua la route en deux jours. A la nuit tombante, il camoufla l'auto derrière une grange et s'assoupit quelques heures. Cette même nuit, du 5 juin, les résistants, exaltés, entendirent la strophe de Verlaine, complétée. La Libération débutait.

Louis ne l'entendit pas. Il poursuivit son chemin. A plusieurs reprises, il s'arrêta en catastrophe sous des bosquets tandis que des chasseurs alliés mitraillaient des convois allemands.

Céline s'inquiétait. Avait-il reçu sa lettre ? Reviendrait-il bientôt ? N'irait-il pas directement chez l'oncle ? Dans ce cas, ce dernier donnerait-il leur nouvelle adresse ?

Elle avait tant de choses à lui annoncer ! Son succès au brevet. Les menaces entourant le maire. Le nouveau départ d'Alexandre vers une destination inconnue.

« Trois, quatre jours, tout au plus, avait-il promis. Je

vous demande juste de rester prudentes. Nous devons éviter d'éveiller les commérages. »

Elle venait aussi de recevoir une lettre de la sœur de Louis. Juliette confiait à sa nouvelle amie sa déception vis-à-vis de son propre fiancé :

« Trop calme, trop bien élevé, trop froid... j'envie votre bonheur. »

Sa désillusion peinait Céline, mais sa confiance lui mettait du baume au cœur. Elle se remémorait encore le jour de l'été 1939 où, étrennant son beau vélo bleu – le premier cadeau de son père adoptif –, elle l'avait aperçue à la porte de chez elle. Si moderne, si fascinante. Qui eût cru qu'elles seraient liées par des liens familiaux ? Elle était en train de répondre à sa future belle-sœur lorsqu'elle entendit le klaxon.

Elle se précipita au-dehors.

Prévenu du déménagement de Céline, Louis ignorait toutefois qu'une voisine, dans la maison d'en face, était la maîtresse d'un maquisard communiste, franc-tireur et partisan.

Dans un village, on savait tout, ou presque... Situé à l'opposé de celui de l'oncle, ce hameau ignorait les responsabilités d'Alexandre au sein du Parti.

Très fier de son laissez-passer, tout à son euphorie de s'unir pour la vie à Céline, sa dernière lettre dans la poche, muni aussi de ses certificats, de sa procuration – lui aussi était encore mineur – et de deux alliances camouflées dans l'ourlet de sa veste, Louis parvint dans le hameau en klaxonnant. Son entrée ne passa pas inaperçue. La fille d'en face accourut à la fenêtre.

Elle observa son arrivée, la voiture flambant neuve, et surtout le magnifique Ausweis qui s'étalait sur le pare-brise. La soirée débutait, mais, en ces jours de printemps, le soleil n'était pas encore couché.

Elle courut prévenir son ami.

Une joie intense illuminait Louis. Il resta longtemps dans les bras de Céline, déchargea la voiture des provisions qu'il leur apportait, de l'étoffe blanche pour la jeune mariée, et mit sur la table, triomphalement, les certificats et la procuration.

— J'ai aussi les alliances, mais tu les découvriras le matin de nos noces !

S'il n'y avait manqué Alexandre, le repas du soir eût été un vrai repas de fête, et de fiançailles. Elle lui annonça son succès au brevet supérieur et lui offrit le stylo bleu qui lui avait porté chance à Nevers.

— Tu en auras besoin, Céline !

— Non, je veux que tu m'écrives encore de très belles lettres.

— Même si nous ne sommes plus séparés ?

— Mon stylo t'y oblige !

A six heures du matin, de violents coups furent frappés à la porte. Louis dormait sur le petit matelas installé dans la pièce principale. Il enfila son pantalon, passa sa veste et ouvrit. Il fut aussitôt confronté à quatre gaillards exaltés qui braquaient leurs mitraillettes sur sa poitrine. Ils l'insultèrent, le traitèrent de collabo, de « vendu », à la solde de l'ennemi. Le magnifique Ausweis était le responsable de la méprise. Louis refusa de les suivre et de donner les clefs de la Citroën, clamant qu'Alexandre était des leurs. Mais Alexandre était absent, et ne pouvait ni confirmer ses dires, ni le disculper.

Réveillées brutalement, Céline, sa mère, sa tante protestaient, la petite Babette reniflait. La peur était nichée sur son visage enfantin. De grosses larmes roulaient le long de ses joues. Elle s'accrochait à la chemise de nuit de sa mère. La tension était à son comble. Tout le monde criait. Hélène aperçut les clefs de la voiture sur le petit buffet. Elle les leur tendit, désireuse de ramener le calme. Mais Louis ne voulut rien savoir. Il tenta d'intercepter les clefs. La voiture ne lui appartenait pas, il n'était pas question qu'il s'en défasse. Il ne percevait pas la gravité de la situation.

Il se défendit encore tandis qu'ils se mettaient à deux pour l'emmener. Louis mordit de toutes ses forces une main, pour se dégager. L'homme beugla, le lâcha. Il tentait de se dégager de l'emprise du deuxième individu lorsque l'homme agressé lui asséna un coup de crosse sur le haut du crâne. Il ressentit une violente douleur dans les tempes, croisa le regard désespéré de sa fiancée. S'écroula.

Céline hurla. Inanimé, Louis était traîné vers la voiture. Ils disparurent, sans se soucier des femmes, pétrifiées d'effroi.

13

Le débarquement venait d'avoir lieu.

Les réfugiés du Nord étaient soulagés, plus encore que les autres – c'était humain –, leurs familles restées là-haut ne vivraient pas la grande bataille. Mais ils eurent une pensée pour ces Normands qui vivaient la terreur des explosions. Et l'angoisse demeurait, sur la durée et l'intensité des combats.

Ce n'était pas fini.

Le Nord allait encore vivre plusieurs mois dans ce climat de peur, de battements intempestifs du cœur, au rythme des bombardements. Le 24 juin, la petite ville d'Hazebrouck allait être la proie des bombes, tombant de façon anarchique, du séminaire à l'hôpital, sans cible apparente. Les habitants confrontés à une effroyable découverte. Le cimetière retourné de fond en comble. Des corps exhumés, éparpillés. Un cadavre accroché aux branches d'un arbre du cimetière. Une vision apocalyptique. Un solstice sans soleil, une moisson retardée, un blé presque noir.

Alexandre regagna le village à bicyclette. Il avait rejoint un maquis avec lequel il était en relation, glané et transmis des renseignements. Avec le débarquement confirmé par Radio Londres le 6 au soir, la résistance était en pleine ébullition. Ils atteignaient enfin leur but. Il fallait rester prudent. Les Allemands, déjà très nerveux, suspicieux envers tous, allaient paniquer, et les représailles risquaient de se multiplier tant que la libération totale de la France ne serait pas achevée. Il jouait au chat et à la souris depuis quatre ans, il avait échappé, par miracle, à des arrestations, ce n'était pas pour aller se faire mitrailler ou ramasser par des Allemands en déroute. Il creva, tout bêtement. Il regretta l'absence de Louis, car, en ce domaine, il n'était pas très habile. Il ouvrit sa petite sacoche arrière. Elle était vide. Il eût juré pourtant l'avoir remplie de rustines et de colle. Il capitula, poursuivit sa route à pied, le guidon à la main. Furieux de cette perte de temps.

Alexandre n'en revenait pas lui-même. La nouvelle qu'il annoncerait à Louis lui paraîtrait inconcevable. Il avait eu confirmation de ses doutes. Bertin était résistant. De quand cela datait-il ? En un sursaut de dernière heure, avait-il favorisé la désertion de son ami le gendarme ? L'était-il depuis plus longtemps et jouait-il à l'imbécile heureux ? Ses allers-retours pour les pommes de terre ou le tabac n'étaient-ils qu'une couverture ? Avaient-ils tous deux comploté contre l'ennemi durant leurs sempiternelles parties de cartes ? Alexandre n'avait eu vent d'aucun rattachement à une section, mais ces regroupements étaient récents. La Résistance n'était pas seulement l'attribut des maquis. Les actes isolés restaient nombreux. Bertin seul eût pu le dire. Mais il était prisonnier de la Gestapo, soumis à ses interrogatoires et à son innommable cruauté.

Deux interminables journées d'attente s'étaient écoulées pour la jeune fille. Son émotion jaillissait en une cascade de sanglots dès qu'elle ouvrait la bouche. Parfois, elle se laissait rassurer par les propos de sa mère, laquelle refusait de croire que les FTP ne reconnaîtraient pas la bonne foi de Louis.

— Dès le retour d'Alexandre, tu verras, ma fille, tout rentrera dans l'ordre. Gardons espoir, que diable ! Vous avez traversé la guerre, les bombes, lui, une grave opération, ce ne peut être pour rien.

— Tu parles comme Louis…

Elle se rappelait ses paroles le jour de leur rencontre :

« Je sais à présent pourquoi Dieu m'a laissé en vie. »

Aussitôt rentré, Alexandre fut averti de la situation. Il n'y avait pas une minute à perdre. Les événements se déroulaient en accéléré depuis quelques jours, et le moindre malentendu risquait de s'avérer fatal.

Son pneu réparé, il s'apprêtait à regagner les collines boisées, à la recherche de Louis, lorsqu'un voisin accourut à leur rencontre, essoufflé. Une voiture correspondant à celle du fiancé venait d'être découverte, à quatre kilomètres, de l'autre côté du village, sur une route de coteaux.

Céline et Alexandre enfourchèrent leur bicyclette, abandonnant Hélène, qui courut quelques mètres à leur suite.

— Reste là, Hélène, on revient vite !

— Faites attention !

Ils étaient au comble de l'angoisse.

Ils dépassèrent le hameau de l'oncle et sa maison, n'y jetèrent pas le moindre regard, et empruntèrent la route indiquée par le voisin, pendant trois kilomètres. C'est alors qu'ils sentirent l'odeur.

Celle du feu, et de la gomme carbonisée. Céline suivait aveuglément son père. Ils pédalaient comme des forcenés. Elle s'abstenait de réfléchir, pour se concentrer sur un seul objectif : retrouver Louis.

Au détour d'un virage, une espèce de nuage noir, différent des autres, sale et ramassé sur lui-même, incongru dans ce ciel à peine traversé de quelques traces blanchâtres ou cotonneuses, aiguisa leur crainte. En contrebas de la route qui serpentait à cet endroit, la 7 CV apparut. Ou plutôt ce qu'il en restait. Elle avait dû brûler pendant la nuit. Elle était totalement consumée. De la fumée noire échappée, seuls demeuraient le sale nuage qui s'incrustait et l'odeur persistante qui prenait à la gorge. Un attroupement s'était formé autour de la voiture.

— Il y a des corps à l'intérieur. Il faut prévenir le maire.

— Le maire vient d'être abattu dans la mairie, intervint un villageois, provoquant une surprise générale.

Certains témoins quittèrent les lieux.

— Eh bien, les règlements de comptes ne se font pas attendre ! marmonna l'un d'entre eux.

Céline et Alexandre jetèrent leur vélo, dégringolèrent la pente. Céline trébucha. Alexandre la retint de justesse. Elle approcha à son tour, une douleur sourde s'installait en elle, elle se raccrocha au bras de son père. Ses jambes, flageolantes, ne la portaient plus.

— Non, ne regarde pas, Céline, dit Alexandre, l'obligeant à rester à l'arrière. Attends-moi ici.

Trois corps étaient carbonisés. Il porta la main à la bouche, retint un haut-le-cœur.

— On n'a rien trouvé ? demanda-t-il à l'homme qui avait fait la macabre découverte. Quelque chose qui puisse les identifier ?

— Si, ça, près du gars, à l'arrière.

Il tendit un objet noirci. La main d'Alexandre trembla en le saisissant. C'était un stylo, avec une petite languette sur le côté et un réservoir à encre. Il le frotta avec sa manche. La couleur bleue ressortit. Frappé de stupeur, Alexandre se retourna, très pâle, vers sa fille.

— Tu lui as offert ton stylo ?

— Oui, souffla-t-elle. Ce n'est pas lui, hein ? Dis-moi que ce n'est pas lui ! réussit-elle encore à prononcer.

Son père ne put l'empêcher de se pencher vers la forme humaine. Le corps de Louis, comme celui des deux autres, était carbonisé. Méconnaissable. Seul restait ce stylo offert à son arrivée, gage de son amour, ce stylo avec lequel il avait promis de lui écrire encore de tendres lettres.

Impuissant, la gorge nouée, Alexandre regarda sa fille adoptive, son enfant, sa petite Linette. Il se sentait malheureux comme jamais il ne l'avait été. Pour elle, pour ce garçon qu'il commençait à aimer comme un fils. Son regard la supplia de tenir le coup, de ne pas mourir à son tour. Il la sentait capable des pires extrémités. Il la prit dans ses bras, la retint de s'élancer vers le néant, tétanisé devant la pupille démesurément agrandie de sa petite fille. Il aurait voulu trouver les mots qui apaisent, des mots qui flottaient dans sa tête mais ne parvenaient pas sur ses lèvres.

Céline ouvrit la bouche, aucun son ne sortit. La douleur enfla, vertigineuse. Elle hurla en silence le nom de Louis, espéra un signe venu de lui, d'ailleurs, loin de ces corps calcinés, une voix douce qui lui murmurerait :

« Ma Céline, ma petite fiancée, c'est une erreur, je suis vivant, je t'aime. »

Et soudain, elle poussa un cri, énorme, rauque, qui résonna au loin, un hurlement animal venu du plus profond de son être. Il lui broya la poitrine, déchira ses propres tympans, prit possession de son être, l'engloutit.

Happée dans un puits sans fond, elle entendit encore résonner dans sa tête endolorie ces paroles de Louis, celles d'une lettre lue et relue :

« Je t'aime, c'est avec ces deux mots aux lèvres que je me réveille, avec ces deux mots que je passe ma journée, et avec eux, encore, que je m'endors et je rêve. »

Puis un silence glacé. Le trou noir.

II

La petite reine

Tes yeux sont si profonds que j'y perds la mémoire.

ARAGON

1

— … Il était dans les trois heures du matin. La caravane du Tour s'engagea sur la route du col du Grand Bois.

Noël s'assura qu'il captait bien l'attention de son entourage. Il adorait raconter ces anecdotes concernant les premières courses cyclistes. Il poursuivit, avec des effets de bateleur, presque aussi alléché par son récit que ses auditeurs :

— Soudain, alors que le Stéphanois Faure venait de passer, des forcenés ont assailli les autres concurrents pour favoriser leur régional. Des coups de gourdin, des pierres, des injures pleuvaient de toutes parts. Des coureurs furent frappés avec violence, blessés, et l'un de ces sauvages a même sectionné le doigt de Gerby sur son guidon !

— C'est insensé !

— Et vous imaginez un amoncellement de vélos sur le sol… Les voitures officielles se sont défendues à coups de revolver !

— Et Faure ?

— Il est venu se mettre de lui-même derrière le peloton et n'en a plus bougé.

— Je comprends mieux pourquoi le Tour n'est plus passé à Saint-Etienne. (Raymond était ébahi.) Et c'était en 1904 ?

— Oui ! Enfin, ce n'est pas pour les excuser, mais en cette même année, il y avait aussi de la triche. Certains prenaient le train, ni vu ni connu, entre Paris et Lyon.

— Ils ont été pris sur le fait ?

— Tu parles ! L'un des concurrents a oublié l'étiquette de consigne sur son vélo !

Les ouvriers réunis autour de Noël éclatèrent de rire.

— La guerre est achevée depuis plus d'un an. J'espère qu'ils vont relancer le Tour ! s'exclama ce dernier.

— Et qu'il viendra à Saint-Etienne, compléta Raymond. Presque un demi-siècle... Il devrait y avoir prescription.

— Surtout qu'on est les rois du dérailleur, avec Panel, Albert Raymond, et bien que le Tour ne passe pas à Saint-Etienne, on a toujours équipé les coureurs.

— Qu'en est-il de la réouverture du vélodrome ?

Noël faisait partie du Comité d'encouragement aux sports cyclistes, créé pour la réhabilitation du vélodrome d'hiver.

— C'est long, trop long ! On a tellement hâte de refaire de la piste ! Bon, allez les gars, on s'y remet.

La pause achevée, ils reprirent leur travail à la fabrication des cadres, ces châssis de vélo qui ne comprenaient pas moins de trente-neuf pièces métalliques. Essentiellement des tubes. Leur maniement, comme dans l'industrie des armes, avait amené la plupart des entreprises du cycle à se reconvertir dans l'armement, durant la période appelée la « drôle de guerre ».

Dans les ateliers, le bruit était intense. On s'activait au milieu des scies, des presses et des chalumeaux. Noël supervisait le « montage en blanc », qui consistait à assembler les dix tubes formant la carcasse du cadre. Les trois principaux étaient réunis en un triangle. Cette fabrication exigeait de délicates et innombrables manutentions. Coupés et décapés, les tubes passaient au brasage, qui consistait à les emmancher dans des raccords, où était coulé du fil de cuivre chauffé à l'acétylène. Ensuite venait le sablage, où l'on polissait le cadre par le biais d'un jet de sable à haute pression. Suivaient le limage, le ponçage, l'émaillage, la décoration, sans oublier la soudure pour un grand nombre de petites pièces.

Résolument orientés vers l'avenir, la modernisation et la division des tâches, les frères Mercier, fiers de leur devise : « Bien faire et laisser dire », fournissaient des cadres émaillés à la France entière. Leurs bicyclettes rayonnaient de leur couleur violine. La petite forge d'avant-guerre, produisant des tables, avait fait son chemin.

« Un jour, je fabriquerai mes vélos », songea Raymond, avec la vague impression de se répéter.

En cette année 1947, le troc pratiqué pendant la guerre avait diminué. Malgré le manque de combustible, de produits de revêtement, de tôles, de haubans, et un transport encore difficile, l'industrie du cycle était en expansion. L'activité économique reprenait avec force. Pas moins de cent quarante entreprises vivaient de la bicyclette à Saint-Etienne. Les tickets de rationnement n'avaient pas tous disparu. Mais l'espoir et le besoin de vivre, la volonté de reconstruire dominaient le pays. Les Français se gorgeaient de leur liberté retrouvée.

Raymond dépassa l'atelier des « barbouilleuses ». Il rendit un sourire absent à l'une des jeunes ouvrières qui le suivit des yeux. Il se dirigea vers son atelier de peinture, remit les protège-narines en papier, censés le prémunir. L'émaillage se faisait au pistolet devant un ventilo-aspirateur.

Il n'entendit pas le soupir de la jeune fille. Il ne s'apercevait pas des ravages amoureux qu'il provoquait, depuis son arrivée, dans les rangs des ouvrières. Elles étaient nombreuses : les barbouilleuses décapaient, les fileuses décoraient les cadres à l'aide de pinceaux très fins et les décoratrices achevaient la finition du cadre par la pose de décalcomanies de la marque. Comme étranger à l'amour, comme ignorant du charme irrésistible émergeant de son sourire et de son regard doux et bleuté, Raymond était régenté par son travail. Les tâches de « monteur d'avant » et de « monteur d'arrière » n'avaient plus de secret pour lui.

— Tu es en train de me dépasser, s'étonnait Noël, et tu n'es là que depuis quelques mois ! Je vais devenir soupçonneux, moi aussi !

Raymond Martin s'était présenté aux portes de l'entreprise en 1946, le jour de l'enterrement d'un coureur qui s'était rompu les cervicales, non pas sur une piste de vélo mais, ironie du sort, sur une piste de ski.

En patientant, Raymond avait discuté avec le concierge, un gars du coin, qui venait de prendre la suite de son père à ce poste. Il était bouleversé par le drame. Il avait eu l'occasion de discuter avec le défunt, jeune père de famille comme lui. Et, surtout, René Le Grevès était un grand du Tour de France : seize victoires d'étape. Ce champion de France avait mis un terme à sa carrière en 1941. Dès lors, il avait travaillé chez Mercier.

— J'ai eu beaucoup de chance de te croiser ce jour-là, Noël. Sans toi, je n'aurais pas été embauché.

— Fouilla ! s'exclama Noël en riant. C'est qu'ils étaient méfiants. Ne rien dire de tes antécédents !

— Et pour cause !

— Oui, mais Raymond Martin n'était-il pas un espion à la solde d'entreprises cherchant à apprendre les secrets de fabrication des cadres ? Moi, j'ai vu tout de suite que tu avais déjà travaillé dans le vélo, mais pas à Saint-Etienne, on te connaîtrait. Peut-être ailleurs dans la région, puisqu'elle fournit presque toute la production nationale. Mais une chose est sûre, tu n'es pas un Stéphanois, mon vieux. Ta tête, lorsque tu as entendu : « Je vous le plie », à la place de « Je vous l'emballe » !

— Avoue que parlant d'un cadre métallique, c'était surprenant !

— Pas pour les gars d'ici. Et puis tu n'as pas l'accent !

Ouvrier qualifié, Noël avait la confiance des dirigeants. Il avait plaidé en sa faveur. Emu et intrigué par le visage clair et pourtant écorché.

Une amitié solide s'était instaurée entre les deux hommes. Noël était d'un caractère toujours égal. Sa bonne humeur déteignait sur ses collègues. Sa maison avait pourtant été détruite en mai 1944, alors qu'il habitait le quartier de Tardy. Mille morts ce matin de ciel clair. Il avait échappé aux bombardements, ce qui n'avait pas été le cas d'un de ses petits-neveux, son filleul. A l'école primaire, tous les élèves avaient été tués. C'est ce même jour qu'une bombe était tombée sur le vélodrome et avait endommagé la verrière. Son acharnement à sa réouverture était lié au souhait désespéré de gommer un drame, irréparable celui-là, de son esprit. Pour le reste, il s'estimait être un miraculé et ne s'accordait pas le droit de se plaindre. Lorsqu'on lui demandait le secret de sa vitalité, il répondait :

— Le jour de ma naissance. Je suis arrivé pour Noël, d'où mon prénom. C'est pas un cadeau, ça ?

Dans l'après-midi, quelque chose vint troubler la routine de Raymond. Etait-ce en longeant le service de l'emballage ? En voyant circuler un container ? Un souvenir égaré effleura sa conscience, et disparut en moins d'une seconde. Il venait de toucher de près une réminiscence. Son cerveau avait été sur le point d'atteindre une région perdue. Comme si sa mémoire abîmée cherchait constamment à raccrocher des wagons. En travaillant, il resta troublé, oppressé, à l'étroit dans ses habits, ondoyant de l'espoir de la résurgence au découragement d'un cerveau incurable.

La journée achevée, il quitta ses collègues de travail et prit le chemin de la pension de famille des demoiselles Boulier, deux sœurs jumelles d'une quarantaine d'années qui l'hébergeaient depuis son arrivée. De la rue Gutenberg à son foyer, le tramway dévalait les artères principales. Il avait tout de suite aimé cette ville aux murs noircis par l'industrialisation et les mines. Elle n'était ni belle ni opulente, mais elle dissimulait des trésors d'humanité et de talents. Entre ruines de guerre et manufactures, entre armes, bicyclettes, soierie, rubanerie et gueules noires, c'était une cité de gens simples. Il s'était plu tout de suite au milieu des sirènes appelant au travail, des hauts bâtiments et cheminées d'usines, entre habitants au fort accent chantant et montagnards descendus du Pilat ou des monts du Forez.

Il n'était pas natif de là.

Il ignorait d'où il venait. Un long coma l'avait laissé désorienté sur son propre nom, son lieu de naissance et les événements de sa vie précédant son « accident ». C'est ainsi qu'il qualifiait le coup sur le crâne, ne mettant pas encore de souvenirs sur cette agression. Il souffrait d'amnésie. Mais la chance ne l'avait pas totalement déserté, car, malgré un passé en déliquescence, ni sa motricité, ni sa capacité de raisonnement n'étaient affectées. Et des rêves étranges affluaient, le harcelaient, des rêves dont il ne savait s'ils sortaient de son imagination ou s'ils étaient des images réelles de son passé.

Dans le tram qui roulait dans le centre de Saint-Etienne, assis sur la banquette de bois, il se revoyait trois ans auparavant.

Il avait ouvert les yeux sur la figure amène, à son chevet, d'un médecin de campagne, Jean Roux. Ce dernier l'hébergeait après l'avoir découvert en juin, allongé, sans connaissance, sur le bas-côté de la route.

« Tu as eu une chance inouïe de tomber sur moi, si l'on peut dire, c'est incroyable, une chance pareille. Ton destin n'était pas de mourir !

— Mais qui suis-je ? Je ne me souviens de rien !

— Tu peux être n'importe qui : un réfugié, un résistant, un coco... Tout ce que je sais, c'est que tu as de l'éducation, tes gestes s'en souviennent, et que tu n'es ni un boche, ni un gars des environs, je connais tout le monde.

— Mais qu'étais-je avant la guerre ? Où est ma mémoire ?

— Tu la retrouveras... Sans doute... Le coma est une chose très mystérieuse, et la perte de mémoire, encore plus. Tu as reçu un sacré coup sur le crâne, ça, c'est sûr. Tout le haut saignait, ce n'était pas beau à voir. Tu es revenu à toi, mais presque aussitôt avec de la fièvre, une raideur du cou. Tu délirais. A mon avis, tu as eu une méningite, une saleté de maladie due à un microbe passé dans le sang, qui t'a fait replonger aussitôt dans le coma. Tu aurais pu y rester. C'est un miracle que tu sois en vie, un miracle que tu aies retrouvé si vite ta raison, tes sens, ton habileté. »

Lorsqu'il fut en état de se lever, il accomplit d'abord quelques pas autour de la maison. Il fallait rester prudent. Il était peut-être recherché. Par qui, du reste ? La Libération avait eu lieu, mais les hostilités, elles, se poursuivaient. Le médecin lui-même ne s'aventurait guère au-delà de quelques kilomètres.

Il errait au milieu d'un paysage qu'il peinait à reconnaître comme le sien. Venait-il de là ? Non. Les rares commerçants du hameau ne le connaissaient pas.

Un matin, Jean prit le calendrier des postes.

« Choisis.

— Quoi ?

— Un prénom.

— Ce que tu veux, répondit-il, pris de vertige, après l'avoir consulté brièvement.

— Je vais t'en nommer quelques-uns, peut-être retrouveras-tu le tien. »

C'est ainsi que Louis devint Raymond. Celui-là lui plaisait bien. Il évoquait quelque chose d'élégant, de paisible et d'instruit. Il l'adopta.

Il demeura chez le docteur Roux, faisant office d'assistant, ouvrant les portes, espérant à chaque entrée reconnaître un visage, une expression, un regard. Jusqu'à la fin de l'année, personne ne bougea. La peur avait envahi les villages. En 1945, enfin, la peur s'éloigna.

Les premières semaines, son espèce de torpeur l'arrangeait. Pas de souvenirs, donc pas de souffrance a priori, car celle d'avoir perdu son identité se révéla bientôt être la pire. Alors il se redressa et se mit à lire, pour chercher dans la vie des autres des lambeaux de la sienne et rattraper la mémoire de ces années de guerre. Comprendre ; mais personne ne comprend jamais la terreur et la violence. Il lisait tous les journaux qui lui tombaient sous la main. Et Jean lui conta la guerre, telle qu'il l'avait vécue, dans cette zone.

« Des régions ont beaucoup souffert, comme le Nord, la Normandie…

— Le monde s'est écroulé, et je n'en ai même pas conscience !

— Mais le monde se reconstruit, et tu peux y participer. »

Raymond posait sans arrêt des questions, avec la candeur, la naïveté d'une mémoire vide, comme un enfant insatiable.

« Dis donc, je ne sais pas comment t'étais, gamin, mais tes parents ne devaient pas s'ennuyer. Ce qui est sûr, c'est que tu as toujours aimé lire, toi, ça ne s'invente pas d'un coup, ces choses-là.

— Pourtant, il y a tant de souffrances dans les livres ! Souvent j'ai mal en lisant. Cela n'apaise pas de découvrir les blessures rencontrées par les autres, et de se dire que des proches les ont peut-être subies et qu'on ne le sait pas. »

Il se demandait si on le recherchait, quelque part en France. Tout ce qui le liait à sa vie d'autrefois avait déserté sa mémoire. A part ces personnages de sarabande qui déferlaient dans ses rêves en une farandole obsédante. Comme des masques de carnaval, songeait-il. Un matin, il s'était réveillé, épuisé, en sueur. Un homme aux bras noyés sous des brassards noirs de deuil riait dans son rêve et hurlait : « Le roi est mort, vive le roi ! » Son cri devenait strident, son visage grimaçait, son épaisse silhouette se disloquait. La vision était horrible. Mais son médecin y avait vu une clarté d'espoir.

« Le processus de réparation s'est enclenché, j'en suis sûr ! »

Raymond avait souri.

« On dirait que tu parles de pièces mécaniques ! »

Un jour, il emprunta le vélo du docteur. Savait-il pédaler ? Parfaitement.

« Et j'ignore où j'ai appris !

— Mais tu sais rouler, et tu me parais drôlement habile, et ça, c'est important ! Tu as des muscles de sportif, tu devrais faire du sport, sinon ils vont s'atrophier et tes artères s'encrasser. Tu es jeune, mais sans vélo, on vieillit prématurément. C'est Vélocio qui l'a dit.

— Qui est-ce ?

— Qui « c'était »... Un as du vélo, de Saint-Etienne. Cet adorateur de la « petite reine » a donné le nom de « cyclotourisme » aux promenades cyclistes. Le vélo élimine les poisons, dissipe les troubles digestifs, a un effet bénéfique sur les échanges respiratoires et circulatoires, il stimule tout : réflexes, sang-froid, équilibre, c'est un sport absolument complet, et crois-moi, Raymond, si tu t'en es sorti, de ce coma et de ce coup sur le crâne, même en ayant perdu la mémoire, c'est que tu as un corps d'athlète. Tu es, et tu étais, un sportif, mon gars ! Tu as un corps qui ne demande qu'à retrouver sa vigueur. »

Les revues étaient moins nombreuses qu'avant la guerre, mais il se jeta dès lors sur *Le Cycliste*, qui l'enthousiasma. Plus il voyait écrit le nom de Saint-Etienne, plus il se persuadait que cette ville ne lui était pas inconnue.

« Je viens peut-être de là, Jean.

— Cela m'étonnerait, tu n'en as ni l'accent, ni les expressions ! »

Fin 1945, le médecin lui annonça :

« Je peux peut-être t'aider, pour la mémoire. Je t'ai dit qu'on ne sait jamais avec ces histoires de cerveau. C'est un domaine où on ne connaît pas grand-chose, mais qui passionne un de mes confrères, avec qui j'ai fait mes études à Lyon. On devrait peut-être aller le voir.

— On y va tout de suite !

— Doucement ! Aux dernières nouvelles, il travaillait à l'hôpital de Saint-Etienne ! Il faut que je lui écrive d'abord, il est peut-être reparti vers Lyon, ou ailleurs. »

L'hôpital... Raymond se rétracta.

« Mais, Jean, je ne veux pas me retrouver à l'asile ! »

En dehors de moments de panique où il se révoltait contre l'absence de passé, où il se sentait rongé par le désarroi, par la colère, clamant qu'il avait peut-être perdu jusqu'au visage d'un être adoré, de moments où lui-même doutait de sa raison, il se sentait plutôt bien, dans un sentiment presque de confort, sans les souffrances des mauvais souvenirs, de choses non faites ou mal faites, sans remords, blessures, malaises, regrets, tout ce qui enveloppe et continue de poursuivre un être dans sa maturité. Mais il savait que ce relatif confort signifiait aussi la fuite.

« Si mes souvenirs ne demandent qu'à revenir, reprit-il, ce n'est pas en m'enfermant avec les fous que je les retrouverai.

— Il n'en est pas question. Ce dont tu souffres n'est pas un dérangement mental. Tu es sain d'esprit. Et d'ailleurs cet hôpital n'est pas un asile. »

Une dizaine de jours plus tard, il tenait la réponse de son ami médecin.

« Il compte bien s'implanter à Lyon, où un service spécialisé s'est créé, comme à Sainte-Anne, à Paris. Rassure-toi, ce n'est pas en psychiatrie, mais en neurologie.

— Neurologie ?

— L'étude des maladies et accidents du cerveau, non de l'âme. Il nous attend. Juste pour un conseil. Je te promets que tu resteras libre. »

Il l'emmena donc vers Saint-Etienne, lorsque la neige disparut de leurs collines. En sortant de la voiture de Jean, une odeur l'attira.

« Attends… Cette odeur !

— Oui ?

— C'est quoi ?

— L'odeur de pneus ? Elle doit venir de cette petite fabrique, que tu vois, juste en face. Ici, tu vas souvent la sentir.

— C'est une odeur familière.

— Parfait ! C'est bon signe ! Dis-le surtout au médecin. »

L'hôpital restait surchargé depuis la guerre.

« Où vas-tu ? »

Raymond suivait, d'un pas volontaire, des jeunes gens de la Croix-Rouge qui transportaient des malades.

« Tu connais ce service ?

— Non... (Son regard se voila d'inquiétude.) Tu vas me croire fou ! »

Jean le regarda attentivement.

« Non, c'est peut-être un nouveau signe, peut-être pas... Mon confrère travaille au premier étage. Suis-moi. »

Ce médecin ne pouvait que constater les dégâts. Mais ses premières réminiscences, tels le nom de Saint-Etienne et l'odeur de pneus, qui semblaient lui évoquer quelque chose, étaient très rassurantes. Il l'examina, fit quelques tests d'aptitude, lui posa des questions. Il vérifia avec plaisir que son traumatisme n'avait touché ni les zones motrices, ni les sens.

« Vous avez de la chance dans votre malheur, remarqua-t-il à son tour, vous n'avez pas dû réapprendre à lacer vos chaussures, ni exécuter les moindres gestes élémentaires. Le haut du crâne, seul, a été touché. Votre amnésie devrait être transitoire, même si votre long coma vous a laissé désorienté. Tout reste un peu diffus, avec des trous noirs. Sans méningite ni coma, ils auraient déjà disparu.

— J'ai l'impression que mon esprit n'est qu'un immense gouffre !

— Vos trous noirs s'amoindriront, il faut laisser le temps, vous avez eu un œdème, puis un microbe. »

Il lui apprit encore que le cerveau était une véritable mosaïque dont on ne connaissait que quelques parcelles. Qu'il était fait de multiples facettes, plus ou moins atteintes lors de traumatismes, ce qui était son cas. Et il lui confirma que le vélo, bénéfique pour le corps, allait peut-être agir comme un catalyseur pour son mental, puisqu'il permettait de développer l'énergie, l'attention, la volonté.

Décidément, dans cette région, le vélo était bien la « petite reine ».

« Mon collègue t'a fait reprendre espoir ?

— Peut-être... Je reste ici.

— A cause de l'odeur de pneus ?

— Oui. D'après ton ami, rester en contact avec une ambiance du passé fera émerger mes souvenirs. C'est ici que je dois être. D'autant que j'y ai davantage de chances de trouver de l'embauche.

— Alors, nos routes se séparent. Tu vas me manquer, Raymond.

— Je te donnerai de mes nouvelles, Jean, et je ne t'oublierai pas ! C'est promis ! » dit-il en se voulant joyeux.

Pourtant, dépourvu de l'aide amicale du docteur, plus démuni qu'un apatride, il faillit perdre courage. Avait-il vécu dans cette ville auparavant ? Rien ne lui parlait, et surtout, personne ne semblait le reconnaître. Mais, se sentant attiré par l'odeur spécifique des pneus, il se dirigea vers les entreprises de bicyclettes.

C'est ainsi que la « petite reine » devint son métier, son passe-temps, sa thérapie.

Dès que sa paye le lui permit, il s'offrit un vélo. Il ne pédalait que le dimanche, pour s'entraîner de façon progressive. Et ne pas se le faire voler. C'était son unique bien. Presque son seul ami, outre son copain Jean, avec lequel il correspondait, et aujourd'hui, le Stéphanois Noël.

Lors de leur première conversation, ce dernier lui avait dit :

« Tu n'es pas d'ici, tu n'as ni notre accent, ni nos expressions, et tu n'as pas travaillé dans cette ville, cela se saurait ; mais tes mains déliées, elles, maîtrisent et se souviennent des vélos, c'est évident.

— C'est vrai. Je sens les vélos, comme si les vélos me connaissaient. »

Il sortit du tram. Non loin de sa petite pension, près de Sainte-Marie. Il s'y sentait bien. Il entrait fréquemment dans cette église, non par conviction, il doutait à ce sujet, mais parce que l'odeur de l'encens avait agi comme l'odeur des pneus. En se rendant la première fois à l'adresse indiquée, il avait pénétré par hasard dans cette église. Les effluves persistants lui étaient familiers. Il devait être chrétien. Cette conviction lui fit prendre pension chez les demoiselles Boulier, à l'ombre de Sainte-Marie. Il avait été tenté aussi par les cafés. Un face-à-face avec sa solitude, pour se perdre dans l'alcool, se morfondre de son passé disparu. Noël l'avait secoué à temps.

« Arrête ça tout de suite !

— C'est pour oublier le néant de ma vie.

— Ce n'est pas en te noyant dans l'alcool que tes

souvenirs vont revenir, on boit pour oublier, pour gommer des choses de sa mémoire, d'habitude, pas parce qu'on a oublié ! »

Soudain, Raymond s'immobilisa.

Il déséquilibra un ouvrier, qui marchait tête baissée, derrière lui, sans doute pressé de rentrer au bercail. Il s'excusa. Figé, sous l'œil incrédule de quelques passants, il répéta un nom à voix haute :

— Verley.

L'image de l'après-midi lui revenait à l'esprit. Nette, cette fois. C'était bien à l'emballage, sur une commande de cadres : de grosses étiquettes marquées « Verley ». C'était ce nom qui était resté gravé dans un coin de son cerveau endommagé. Une sensation étrange prit possession de son être. Il dut s'appuyer contre le mur. Il tenta désespérément de se rappeler... Il ne retrouva aucun lien, aucune image associée à ce nom.

Une petite voix intérieure lui dit alors :

« Pourquoi restes-tu ? Pars à la recherche de ces Verley, là est ton passé.

— Où veux-tu que j'aille ? se répondit-il en regardant les vitrines qui reprenaient vie – les queues étaient moins longues devant les commerces. Veux-tu que j'aille au hasard ? »

Il n'osait s'avouer sa peur d'aller au-devant de cet homme, cet inconnu, le Raymond d'autrefois, qui ne s'appelait sans doute pas Raymond. Qui découvrirait-il au bout de cette quête incertaine ? Il finit par conclure, malheureux, que les Verley étaient de bons clients, dont il avait déjà vu le nom sur des emballages.

Son passé avait volé en éclats, sa mémoire ne reviendrait peut-être jamais. Alors autant faire sa vie là où on venait de l'accueillir comme un enfant du pays, oui, cet éclair, si éclair il y avait eu, n'était pas suffisant pour lui faire quitter l'entreprise Mercier, où il apprenait vite et bien.

« Je vais parcourir les routes de France jusqu'à ce qu'un lieu, un nom, une maison, des personnes me reconnaissent ?

— Tu choisis la lâcheté, lui asséna sa petite voix intérieure.

— Si je n'ai plus de passé, j'ai peut-être encore un avenir, je dois aller de l'avant. Il faut que je prenne racine quelque part pour recommencer une vie, alors ici ou ailleurs... Et ici, je me sens bien. »

2

Ce même jour, dans le train qui la transportait vers Paris, une jeune fille songeait à la porte refermée à jamais, et à celle, inconnue, aventureuse, qui allait s'ouvrir. Le reflet de son visage miroitait dans le paysage qui défilait à la fenêtre du wagon. La Flandre s'éloignait. Céline changeait de vie.

« Je devais le suivre dans la mort. Je ne l'ai pas fait, pourquoi ?

— Pour survivre, lui avait répondu son père Alexandre, il faut rester dans les pensées des êtres qui vous ont aimé. En vivant, tu lui permets d'exister. »

« Pourquoi ne l'ai-je pas suivi ? se demandait-elle encore. A cause d'un délicat rouge-gorge et d'une promesse, d'une infime et dérisoire parcelle de foi au fond du cœur, d'une voix qui me parle, comme s'il était là, quelque part. Et pourtant... »

Il ne subsistait pas, entre eux, de ces pensées qui unissent à jamais les amants séparés. Il ne pouvait être, comme elle en cet instant, à se remémorer ses yeux, ses gestes, ses paroles d'amour. Rien à quoi se raccrocher. La mort avait tout ôté. Impitoyable. Elle seule, Céline, lui accordait un sursis de vie en l'évoquant. Il demeurait en elle. Il vivait dans son corps, son esprit, son cœur.

Entre leur rencontre en 1942 et la mort de Louis en 1944, ils s'étaient aimés. Follement, totalement. Deux ans. C'était court pour les autres. Une vie pour eux deux. Le temps ne fait rien à l'affaire. Deux ans avaient suffi pour que sa vision du monde se transforme et soit perçue au travers de lui, Louis Verley. L'homme de sa vie.

Lors de l'horrible découverte du corps calciné, un vertige avait emporté Céline vers les ténèbres. Son hurlement lui avait déchiré les entrailles, le sol s'était dérobé, elle avait sombré. Dévorée par une douleur sourde et intense, qui s'était propagée en elle comme un déferlement de horde barbare. Avaient succédé la fièvre, le délire... Des semaines durant, elle resta recroquevillée en boule, les lèvres muettes.

« Un laisser-aller, disait le médecin à son chevet, consécutif au choc. Elle peut s'en sortir, si elle le désire », avait-il conclu.

Sa mère s'était écriée, réfrénant l'envie de le frapper :

« Mais vous ne voyez pas que, justement, elle ne désire pas s'en sortir ! Pour elle, c'est le moyen de le rejoindre !

— Il n'est pas de mon ressort, madame, de guérir les suicides. »

La vie demeura la plus forte.

Un matin, Céline émergea de sa brume, ouvrit les yeux, épuisée, dévastée, hagarde, les muscles et les côtes brisés comme si elle avait roulé sous une voiture. Sans comprendre ce qui l'avait maintenue. Un espoir, aussi minime et improbable fût-il, avait subsisté au fond d'elle-même et l'avait tirée vers le haut par un fil ténu. Une petite voix l'avait suppliée de rester en vie. Pour lui. Cette parcelle de foi qu'elle gardait en secret au fond du cœur. De foi en quoi ? En son existence ? Mais où était-il ? La destinée qui les promettait l'un à l'autre s'était jouée de leur amour.

Quoi qu'il en fût, elle ne mit pas fin à sa vie, et quitta l'antichambre de la mort, sous l'œil vigilant de ses parents attentionnés. Elle ne fut pas guérie pour autant. Son mal-être perdurait. Un tourment destructeur dévastait son corps, son esprit, la rongeait de l'intérieur. Elle avait maigri, gardait un air égaré, avait perdu l'appétit et ses belles joues de jeune Flamande, perdu aussi le sommeil, et toute sa joie de vivre. Bouleversés, Alexandre et Hélène n'entendaient plus éclater son rire en cascade. Il s'était éteint, ou envolé, avec Louis.

« Elle l'aimait tellement, il faut laisser le temps faire son œuvre, disait Alexandre à sa femme pour tenter de la rassurer. Elle a toujours été très sensible, comme toi, Hélène. »

Pendant l'été 1944, ils restèrent calfeutrés dans la petite maison de réfugiés. Les maquisards, à présent bien approvisionnés en armes, dressaient des embuscades, et les représailles se multipliaient. Cet été de libération et de joie fut aussi un été de prudence. Chacun demeurait sur le qui-vive tandis que l'armée allemande, nerveuse, paniquée, repliait ses troupes du Sud-Ouest, remontait par le Morvan, et s'attaquait aux maquis de la région. Certains Allemands se vengeaient sur tout ce qui bougeait.

C'est la raison pour laquelle la famille de Lucie Verley interdit le voyage à cette dernière. Il fallut l'intervention du médecin et du curé pour l'empêcher de se jeter à cœur et corps perdus sur les routes. Ce n'était pas le moment de filer se faire tuer et de répéter la tragédie vécue par Louis. Le désespoir de Lucie frôla la folie. Elle ne pouvait se raccrocher à son frère, Bertin, disparu lui aussi. Mais elle était le pilier de leur famille, de ce qu'il en restait. Tous comptaient sur elle. Elle devait relever la tête. Comme elle l'avait toujours fait.

Dans la Nièvre, Alexandre était aux aguets.

Un matin, il prévint deux maquisards imprudents du danger qu'ils couraient à marcher au vu de tous, à pied sur la route, avec pelle et pioche sur l'épaule. Ils négligèrent le conseil. Le hameau entendit les rafales de mitrailleuses. Plus tard, on découvrit les corps criblés de balles des deux hommes. Après ce forfait, les Allemands ne poursuivirent pas leur chemin vers leur maison. Les Hermant eurent la vie sauve grâce à ces deux malheureux.

Le Nord fut libéré début septembre par les Alliés. De durs combats attendaient encore les Canadiens sur le littoral. Isolée, Dunkerque restait occupée par les Allemands. Le journal *La Voix du Nord* cessa sa clandestinité, parut au grand jour, après avoir payé sa liberté du prix de cinq cent trente personnes torturées dans les prisons et les camps : ceux qui l'avaient écrit, imprimé et distribué.

Le 7 septembre, les réfugiés entendirent sur les ondes – la radio marchait dorénavant à longueur de journée – la libération d'Hazebrouck.

— Nous allons bientôt remonter, annonça Alexandre.

Brisée, à la fin d'un été qui s'était déroulé pour elle dans un brouillard douloureux, Céline repartit vers le Nord avec sa famille. A vélo.

Les débuts du voyage furent épiques pour Hélène. Elle en était à ses débuts avec la petite reine, et la région était très vallonnée. Parfois, ils entendaient des rafales de mitraillette, sans savoir à qui s'adressaient ces salves effrayantes : Allemands, maquisards entre eux, ou civils exécutés de façon sommaire par soif de justice ou de vengeance. Céline pédala vaillamment avec ses parents, plusieurs jours d'affilée. Les routes étaient encombrées de convois militaires, de gigantesques camions qui portaient des tanks. Ils traversèrent les rivières aux ponts détruits, sur de modestes embarcations. Une route éprouvante. Céline ne voyait rien. Elle les suivait en aveugle. Comme une automate. Se couchant, exténuée, l'esprit vide, le cœur en miettes, ne sachant même plus si elle existait, endossant une fatigue que ses parents espéraient salutaire. Elle le fut, le temps du voyage, un temps aboli pour Céline. Elle n'entendait qu'une voix lui répéter jour après jour : « Je t'aime, je t'aimerai toujours. »

Un escadron aérien les surprit. Ils se précipitèrent, affolés, dans un fossé, avec le vieux réflexe de l'exode. Mais ces avions-là n'allaient pas les tuer. Au-dessus de leurs têtes, les appareils étaient disposés en triangle. Elle sortit de son mutisme et murmura, la voix sibylline :

« On dirait le vol des oiseaux migrateurs... »

De retour dans le Nord, Alexandre se rendit aussitôt chez les Verley. A la sinistre mission d'avoir annoncé le décès de Louis succédait celle de la confirmation de l'incarcération de l'oncle, pour faits de résistance. L'armée allemande n'avait pas encore capitulé, on ignorait tout du sort de Bertin. Cette dernière nouvelle fut accueillie avec consternation et suspicion. Lucie reprenait le dessus, mais elle gardait au fond du cœur une rancœur douloureuse à l'égard des Hermant. Malheureux, Alexandre les quitta avec l'impression de n'être qu'un oiseau de mauvais augure.

Céline se présenta à son tour. La rencontre fut très pénible pour la jeune fille. Elle s'attendait à des marques de tendresse. Lucie la reçut avec froideur, ne put ouvrir la bouche, laissa son fils François s'exprimer à sa place. Il fut très virulent. Sa mère s'était rangée au désir de Louis, à contrecœur. S'il avait attendu, rien de tout cela ne se serait passé, il n'aurait pas eu besoin d'Ausweis sur sa voiture, puisque les Allemands étaient en déroute. Céline fut parée de tous les maux. La mère souffrait, le frère accusait. Lucie quitta la pièce, sans un regard de bienveillance. François, la haine dans les yeux, referma la porte sur elle.

L'entrevue accrut la détresse de Céline. Sa responsabilité était indiscutable et la dureté des Verley était fondée. Son impatience de revoir Louis avait tout gâché, et déclenché le drame. La famille Verley qui avait fini par l'adopter, faisant fi de toutes leurs différences, l'abandonnait. Elle se sentait revenue aux tristes jours de son enfance. Par sa faute, cette fois. Elle se maintint dans un univers de désolation.

Elle refusa d'accompagner ses amis dans les bals qui se succédaient depuis la Libération.

« Belle comme tu es, tu iras de bras en bras, tu n'auras que le choix, disait sa mère.

— Viens ! ce sera la fête, on va tous se retrouver », bredouillait sa cousine, qui cumulait les maladresses.

Micheline ne la comprenait plus. Elle la jugea excessive, s'éloigna d'elle. L'après-guerre était trop belle, et sa cousine trop déprimante.

Céline n'arrivait pas à se réjouir avec les autres. Les danses qu'elle aimait tant, les chants de joie, leur bonheur ne la concernaient pas, leurs problèmes non plus. Ses rêves anéantis lui ôtaient toute compassion.

Dans le monde qui affluait dans les rues et les lieux publics, sans peur des bombardements, elle ne cherchait encore qu'une silhouette.

Elle reculait jour après jour toute décision concernant son entrée dans l'Education nationale. Elle se contentait de donner quelques cours particuliers. Elle restait souvent assise, à se morfondre, semblable à une petite vieille percluse de rhumatismes pour laquelle le moindre mouvement constitue un effort incroyable, une chape pesant sur ses épaules, les yeux fixés sur le plafond, le mur ou le néant, dans l'attente d'un ultime voyage, écoutant s'écouler les heures qui vont encore la séparer d'êtres aimés. La Céline du matin se levait sans courage, la Céline du soir se couchait tout aussi languissante. Elle ne voyait plus d'avenir sans Louis.

Entre le Débarquement et la capitulation de l'Allemagne, onze mois s'étaient écoulés, durant lesquels les Alliés n'avaient pas effectué une promenade de santé. Il s'était encore passé des choses terribles, comme cette bombe atomique sur Hiroshima en août 1945. Une guerre de six ans et de plus de cinquante millions de victimes. Qu'avait-elle fait ? Elle avait regardé les jours passer, lourds, sans joie, sans but. Il est incroyable comme la qualité du temps peut être différente selon les gens, les humeurs, les attentes. Sa durée aussi. Ce n'est, après tout, qu'une illusion personnelle.

Les premiers mois, elle recréait journellement l'arrivée de Louis dans la Nièvre. Un seul geste différait de la réalité : il ne klaxonnait pas. Elle revivait leurs merveilleuses retrouvailles, puis imaginait leur mariage. « La vie est si belle après avoir frôlé le néant », avait-elle écrit après l'opération de Louis.

Elle retombait vite dans son abattement.

Dans la griserie de la serrer dans ses bras, l'imprudent avait klaxonné, attiré la curiosité d'une voisine, et les alarmes des résistants. Quelques secondes de trop, impossibles à gommer. Et l'image du corps carbonisé prenait la place de tout le reste. Et le cauchemar recommençait.

En cachette de ses parents, elle se réfugiait dans leurs lettres du printemps 1944. Elle relisait, sans se lasser, les témoignages d'amour portés par chacun de ses mots :

« Je t'aime, c'est mon être tout entier qui le crie, mon être qui a soif de ta présence, de tes baisers, de tes caresses… Rien ni personne ne pourra ôter de mon cœur cet amour profond que je te porte. »

« Où es-tu, Louis, toi qui m'écrivais de tels serments d'amour ? »

Elle semblait écouter un moment le souffle de ses paroles, sentait son ombre l'effleurer, puis rentrait dans son silence.

Trois ans. Il avait fallu trois ans. Elle ne pleurait plus. Ses yeux s'étaient asséchés. Elle ne versait plus de larmes et avait secoué son apathie. Sa douleur était endormie, sinon cicatrisée. Avait-elle enfin accepté son sort, la perte de l'être adoré ? Il demeurait à ses côtés, à son réveil, dans les silhouettes croisées, et le soir en s'endormant. Il n'était pas mort. Invisible tout au plus. Guérirait-elle un jour ? Elle se revoyait souvent dans ses bras, dans la chambre étoilée de leur amour, le ciel en guise de plafond, les oiseaux pour chorale, tous deux rayonnant de bonheur, exaltés par les mots dictés par leur cœur, enivrés de leur passion et de leur émerveillement. Et elle le suppliait de faire ce signe promis, et qui ne venait pas.

Avec les Verley, les liens étaient rompus. Il avait fallu deux ans à Lucie pour faire rapatrier vers le Nord la dépouille méconnaissable de Louis, enterré dans la Nièvre.

François était visible au magasin de la Grand-Place. Il y remplaçait son frère. Il détournait le regard lorsque leurs chemins se croisaient. Les relations amicales entre les deux familles s'étaient vite effilochées, les contacts réduits à néant. Céline comprenait leur animosité à son égard. Mais à la culpabilité se mêlait à présent un sentiment d'injustice. A son tour, elle leur en voulait de ce rejet. Et souffrait de ne plus rencontrer Lucie et Juliette. Alexandre remporta des élections communales. Ils emménagèrent dans un village proche de Dunkerque, enfin libérée en 1945. Désormais, ils ne revenaient à Hazebrouck que pour rencontrer la famille.

Sous prétexte d'amoindrir sa peine, et désireux, en toute bonne foi, de l'aider à surmonter son chagrin, ses oncles et tantes minimisaient son histoire avec Louis. Ils tâchaient de la convaincre qu'elle n'aurait pas été heureuse – tant de choses les séparaient –, que ce bourgeois n'était pas pour elle, fille de communiste, qu'ils se seraient déchirés après le mariage.

« Tu aurais divorcé, comme ta mère, comme Alexandre, tu te rends compte ! Tu l'as échappé belle, Céline ! »

A les entendre, elle n'avait vécu qu'une simple amourette, elle s'était bercée d'un romantisme exacerbé par la triste réalité ambiante, et la mort, seule, avait porté Louis au rang de héros. Elle ne supportait pas son entourage. Elle détestait leurs visages de compassion, ces masques attendris qu'ils se croyaient obligés de revêtir. Leur soi-disant sollicitude lui pesait. Elle n'écoutait personne, se contentant d'un bref : « C'est ton avis. »

Plus les arguments s'accumulaient, plus elle entendait la petite voix intérieure lui souffler de lui rester fidèle, plus elle revoyait le sourire de Louis et ses doux yeux bleu-vert lui témoigner son amour.

L'un de ses soupirants du collège, Rodolphe, eut le tort de manifester son soulagement :

« C'est peut-être un bien qu'il ait disparu de ta vie, il t'a rendu service sans le vouloir !

— Va-t'en au diable, Rodolphe, disparais, toi, de ma vie ! »

Plus amoureux du théâtre que de Céline, il disparut. Encouragé par un oncle acteur qui avait assisté à leurs représentations d'amateurs, il allait tenter sa chance dans la capitale.

Le chagrin des parents de Céline était accru par un sentiment révoltant d'impuissance. Quels mots, quels gestes seraient susceptibles de l'aider à surmonter sa peine ? On a beau avoir été soi-même traversé par ces bourrasques amoureuses, avoir eu le cœur dévasté, on n'en est pas plus habile. Ils cessèrent leurs conseils, et se tinrent, discrets, aimants, vigilants, à ses côtés. Tout le monde s'aperçut alors autour d'elle à quel point cet amour, d'une intensité rare, bouleversante, avait agi sur elle comme un tremblement de terre.

Près d'elle, dans le wagon de chemins de fer, son père adoptif, Alexandre Hermant, maire communiste d'un village des Flandres françaises, se demandait s'il avait pris la bonne décision. Il tentait de répondre à de multiples interrogations. Valait-il mieux oublier son passé, pour investir le présent et construire l'avenir ? Que Céline acquière ainsi la force de recommencer, d'ouvrir de nouvelles portes ? Mais avec les crimes de cette redoutable guerre, il se disait qu'il ne fallait jamais oublier.

Cet homme, qui avait déjà beaucoup vécu, était toutefois certain d'une chose : lorsqu'il y a blessure, il faut la soigner. Et la guérir, si possible.

Lorsque Céline reçut un courrier de Paris, Alexandre y vit la chance à saisir. L'auteur de la lettre, un acteur renommé, avait assisté de façon tout à fait fortuite à l'une de leurs représentations théâtrales en compagnie de son meilleur ami, l'oncle de Rodolphe. Ayant croisé ce dernier à Paris, ils avaient longuement parlé d'elle. Il se rappelait sa prestation avec émotion, l'encourageait à poursuivre dans cette voie, en professionnelle. Il achevait sa lettre en ne lui proposant rien de moins qu'un rôle dans sa prochaine pièce.

Partir à Paris, pour le théâtre, était un pari risqué, mais qui pouvait sauver sa fille. Alexandre avait convaincu Hélène, laquelle n'arrêtait pas de pleurer en songeant au gâchis provoqué par la mort de Louis. Elle avait tant espéré que sa fille serait institutrice, imaginé une ribambelle de petits-enfants auréolant leur mariage de bonheur, et sa propre vieillesse de perles de joie !

Sa femme et lui avaient tout tenté pour lui redonner le goût de vivre. Mais la souffrance perdurait, la plaie ne voulait pas cicatriser. Sa petite fleur s'étiolait. Désarmés, ils avaient essayé de lui réapprendre à vivre. Ah, ce rire en clochette de sa petite fille, il avait tellement hâte de l'entendre à nouveau !

Le théâtre, seul, se disait Alexandre, aurait le don, sinon de lui faire oublier Louis, du moins de la transporter vers d'autres rivages – fussent-ils imaginaires – et d'apaiser son mal-être. De nouveaux rêves. En jouant les caméléons, comme elle aimait le faire depuis son enfance, elle oublierait la Céline d'aujourd'hui. Il l'espérait de tout cœur.

Il l'avait compris en guettant son regard lors d'une représentation en ville. Face au spectacle, ses yeux bleus brillaient de leur éclat de jadis. La couleur était revenue sur ses joues.

Ce monde parisien du théâtre l'effrayait malgré tout. Mais il ne la catapultait pas sans ressources. Un rôle l'y attendait.

Il ne serait pas dit qu'étant sorti vivant de la fumée jaune et foudroyante des gaz en 1915, ayant réussi à passer au travers des mailles de la Gestapo, des fusillades, des arrestations et des tortures, il ne puisse sauver sa propre fille ! Souvent, sa main osseuse prenait celle de sa petite Céline, il la tenait bien fort, ne parlait pas. Mais il savait en cet instant qu'il lui faisait du bien.

Un matin, il annonça à Hélène qu'il fallait favoriser son départ vers Paris.

« Tu deviens fou ! Un métier douteux, dans cette immense ville, seule, alors qu'elle tient à peine debout !

— N'exagérons pas. Elle a redressé la tête, notre Céline. Et c'est la seule chose à faire, si nous voulons l'aider. Devenir actrice, n'était-ce pas son rêve d'enfant ?

— C'est une profession trop incertaine, périlleuse... Par rapport au bon métier d'institutrice...

— Toi aussi, tu aimais jouer, dans ta jeunesse, Hélène, tu mimais tous les rôles des films muets que tu voyais.

— Pour le plaisir, Alexandre. Mais on ne connaît rien, nous, de ce métier !

— Sans cette proposition d'engagement, sans ta sœur à Paris, je n'y aurais même pas songé, Hélène. Et si cela ne se passe pas bien, je la ramène immédiatement. »

En sortant de la gare, sa valise à la main, Céline eut la sensation d'entrer dans une nouvelle existence.

Alexandre n'avait pas l'intention de la lâcher dans la nature. Il avait visité une chambre de bonne, plutôt confortable, chez des relations qui habitaient le 15e arrondissement, non loin de sa belle-sœur et de la petite Babette qu'aimait tant Céline. Ces personnes étaient accueillantes. Elle prendrait ses repas avec elles. Mais Céline s'était mis en tête de passer chez Claire

Paczki, d'avoir de ses nouvelles, et peut-être, qui sait, de partager son appartement, comme elle le lui avait proposé en 1940.

A ce sujet, Alexandre était inquiet. Il savait que ce que découvrirait sa fille risquait de la faire souffrir, mais elle devait peut-être se rendre compte par elle-même. Il avait appris le destin de Claire dès 1944, mais il n'avait osé lui en parler alors qu'elle pleurait la mort de Louis. Ensuite, c'était trop tard.

La gardienne de la rue Championnet, dans le 18e arrondissement, reconnut aussitôt l'homme à la haute taille et au doux regard, venu trois ans auparavant. Il était accompagné, cette fois, d'une jolie jeune fille aussi blonde qu'il était brun, aux grands yeux bleus en amande.

— C'est votre fille ?

— Oui, répondit-il avec une ostensible pointe de fierté. Elle s'installe à Paris. Elle désire... (Il s'arrêta, embarrassé, honteux de sa lâcheté.) Enfin, pouvez-vous lui dire, pour son amie Claire ?

— Oh, ma petite demoiselle, c'est comme je l'ai dit à votre papa, « ils » l'ont emmenée en juillet 42.

Céline le regarda, estomaquée :

— Tu es déjà venu ?

L'émotion envahit Alexandre. Les mots se coincèrent dans sa gorge. Il opina de la tête. Heureusement, la gardienne avait déjà repris la parole :

— Elle ne portait pas d'étoile jaune, je ne savais pas, moi, que c'était une Juive, cette Clara Paczki, en plus elle se faisait appeler Claire !

Céline se rappela. Louis lui avait conté l'horreur de ces deux jours de juillet, dans Paris.

— Elle était juive ? Mais… Il y avait un Christ sur le mur de leur salle à manger !

— Elle n'était effectivement pas juive, dit Alexandre. Son père, seul, l'était. Il se rendait à la synagogue à Lille, mais il se méfiait et s'en cachait. Il avait épousé une catholique. Ils étaient polonais. Cela a suffi aux malfaisants. Dès le début de l'Occupation, il a eu peur pour sa famille.

— Mais si elle ne l'était pas… Comment… ?

— Elle a dû être dénoncée, mademoiselle, enfin, je vous jure que c'est pas moi, j'ignorais que son père était juif ! déclara la gardienne, vaguement apeurée.

« Ah oui, songea Céline, parce que, si tu l'avais su, tu l'aurais dénoncée ?… » Elle ne prononça pas ces mots à voix haute, mais un sentiment insidieux de révolte montait en elle.

— Ses parents ont été sauvés ?

— Son père, comme beaucoup de Polonais, est resté pour nous aider dans notre lutte, puis j'ai organisé leur départ, ils sont en Amérique.

— Ils savent, pour Clara ?

— Oui.

Les lèvres tremblantes, le visage empourpré, elle demanda encore :

— Elle a été emmenée dans un de ces effroyables camps de la mort ?

— Oui. Elle n'a pas survécu.

Dans sa petite ville du Nord, il n'y avait pas d'étoiles jaunes. Sa Claire, sa Clara, exterminée avec ces millions d'innocents qui ne demandaient qu'à vivre et à aimer.

Qu'était donc son chagrin à côté de ces drames ? Céline se reprocha sa léthargie de ces derniers mois.

Elle n'envierait plus, le cœur ravagé, les amoureux qu'elle voyait s'embrasser lorsque les lumières adoucies du crépuscule leur donnaient l'impression d'être seuls au monde. Ce signe de Louis qu'elle attendait ne viendrait pas puisqu'il était mort. Mais elle devait vivre, pour lui, pour eux aussi. Les rescapés étaient rentrés, ayant échappé à la mort, mais non à l'humiliation, aux incommensurables souffrances. Aujourd'hui, ils se confrontaient au silence. Les foules en liesse de la Libération avaient fêté les résistants. Les chambres à gaz, l'extermination, c'était insupportable. Trop dur à entendre. Trop innommable. C'en était gênant dans tout ce bonheur retrouvé.

— Tu le savais, mon père, qu'elle avait été déportée ! Tu aurais dû me le dire !

Un long spasme l'étreignit. Des sanglots roulèrent dans sa poitrine, explosèrent hors d'elle-même, les larmes jaillirent, suivies aussitôt d'une colère immense, qui la submergea, se déversa dans son cœur en cendres, remplaça la « non-vie ». Une envie de frapper son père de ses poings, une colère de s'être abandonnée à son petit désespoir personnel, une colère contre le monde d'avoir laissé faire ce massacre. Mais aussi, une colère qui soulagea son père. Elle s'élevait contre lui, mais ne lui était pas adressée. Cet accès de violence, cette bravade était enfin l'éclair qu'il guettait depuis des mois. Céline sortait de sa nuit, de ses silences, elle remontait à la surface.

Elle se redressa. Sa décision était prise. Céline était morte avec Louis. Désormais, elle prendrait au théâtre le prénom de Clara, en hommage à son amie, pour la faire vivre, elle aussi.

3

Le visage ruisselant de sueur, les muscles des jambes tendus à l'extrême, Raymond Martin gravissait les pentes du Grand Bois. Il s'était inscrit pour l'épreuve de côte, mais peinait dans la dénivellation de six cents mètres. Les montagnes ne semblaient pas être son affaire.

« Tu ne vas pas lâcher maintenant ! s'ordonna-t-il en appuyant sur les pédales. Allez, un peu plus d'énergie ! »

Ses narines étaient pleines de poussière, sa selle le faisait souffrir. Il acheva son parcours en montant en danseuse.

« Lorsque je choisirai mes selles... » songea-t-il. Il pensa soudain au Tour que lui racontait Ti... Ti, ce curieux surnom lui revenait à l'esprit. Etait-ce cet homme qui lui avait transmis la passion de la bicyclette ?

Il s'en tira très honorablement dans sa catégorie. A son passage, quelques jeunes spectatrices repéraient parmi les coureurs de futurs chevaliers servants, voire de probables fiancés. Elles applaudirent ce bel homme blond, dont le maillot collant au corps laissait deviner une musculature d'athlète. Avec ses yeux verts et son visage juvénile, il était d'autant plus attirant qu'il paraissait inaccessible.

Depuis la reprise, un an auparavant, du « Vélocio », une foule exaltée échappait à l'air vicié du centre industriel pour s'y presser. Un millier de candidats, pas moins, à cette journée mémorable. Il y avait de tout. Des graines de champions qui s'entraînaient par ailleurs en solitaires pour un prochain Tour de France, heureux de se divertir en société. D'autres participants, plus humbles, qui n'en étaient pas à leur premier « Vélocio ». Amoureux de la petite reine, fidèles héritiers de Paul de Vivie, dit Vélocio. Cet ancien coursier en ruban, venu s'installer à Saint-Etienne, affectionnait la randonnée, pour le plaisir de découvrir le paysage, des chemins agrestes inexplorés et des sites attrayants. Robuste sportif, poussé par une insatiable curiosité, où comptait l'endurance, certes, mais surtout l'agrément. Aujourd'hui encore, il n'y avait ni suiveurs, ni entraîneurs. Au mieux une médaille. Un peu plus de solennité et de discours officiels. Une journée qui tenait davantage d'un rassemblement festif et populaire que d'une compétition, et pour laquelle la plupart des concurrents s'étaient déplacés en famille.

Relancé en 1947 également, par les journaux *L'Equipe* et *Le Parisien libéré*, le Tour de France cycliste n'offrait toujours pas d'étape à leur ville, malgré les sollicitations réitérées et tenaces des Stéphanois.

Paul de Vivie avait créé le cyclotourisme, le cadre sans raccords, un pédalier, et propulsé Saint-Etienne au rang de capitale du cycle, de berceau du dérailleur. Ce dernier avait été interdit sur le Tour jusqu'en 1937. Henri Desgranges, inventeur du Tour de France, réservait cette commodité aux femmes et aux personnes âgées. Vélocio le fit utiliser dans le cyclotourisme, et permit ainsi le maximum d'innovations. Cet homme d'exception n'avait pas plus que Le Grevès eu le bonheur de mourir sur sa bicyclette. Les autres moyens de transport se vengeaient-ils ? Paul de Vivie avait été happé en 1930 par un tramway.

A proximité du monument érigé en l'honneur de Vélocio, au col du Grand Bois, Raymond vit apparaître le tandem mené par Noël. Grâce à cet ami, il avait l'insigne honneur de faire partie d'un club amateur. Il en était flatté. Il n'ignorait pas qu'à l'époque de Vélocio ces associations sportives, très élitistes, n'acceptaient pas les ouvriers en leur sein.

— Comment as-tu fait pour me rattraper ?

— J'ai pensé aux bugnes que ma femme nous a préparées ! badina son ami, essoufflé. (Il descendit du tandem et le confia à son fils, qui l'accompagnait.) Mais toi, Raymond, tu n'as pas l'air crevé !

— Je l'étais.

— Bon, cela me rassure !

— Merci !

— Je plaisante, mais tu n'as pas suivi les règles de notre Vélocio.

— C'est-à-dire ?

— Tu ne t'es pas restauré assez fréquemment.

— J'ai respecté ses consignes : « Ni viande, ni vin, ni tabac ».

— Tu connais les autres ?

— Le médecin qui m'a hébergé après mon accident les avait énoncées. Je me souviens de celle-ci : « Le sang s'empoisonne par manque d'exercice. »

— Vélocio conseillait, pour la santé, de pédaler à

quinze kilomètres/heure, pas à trente. « Ne jamais forcer » était aussi l'un de ses sept commandements.

— Je n'ai pas forcé. Une bonne bicyclette doit demander le minimum d'efforts. C'est à cela qu'on reconnaît sa valeur.

Raymond était radieux. Le temps était superbe. Il était au milieu d'amis.

Il remit à plus tard ses doutes et ses flottements, il oublia pour un temps ses préoccupations, et, cette fois, l'oubli s'avéra être un allié. Avec une spontanéité déconcertante, ce jeune homme pudique effectua un véritable numéro d'équilibriste sur son vélo. Noël le regardait, bouche bée.

A la fin de la démonstration, ravie de ce spectacle inattendu, l'assemblée l'applaudit avec chaleur. Noël l'observait avec gravité.

— Qui es-tu, Raymond Martin ? D'où tiens-tu cette dextérité, ce talent ?

— Ce n'est pas difficile, tout tient à l'observation du vélo.

— Aux muscles aussi. Cela ne s'improvise pas, ni ne s'apprend en un jour !

— Ça, c'est une question d'entraînement.

Noël se mordit les lèvres, perplexe.

— Oui, Raymond, tu t'es donc entraîné quelque part.

— Sans doute… Mais pas sur les côtes !

Ils éclatèrent de rire. Leur hilarité se propagea à tout l'entourage. Tous partageaient la même soif de vivre. La jubilation d'être en paix.

— Ah ! C'est si bon de rire à gorge déployée ! conclut Noël d'une voix enjouée après ces longues minutes de liesse générale. Tu parlais de l'observation du vélo, Raymond. Que voulais-tu dire ?

— Par exemple : tu as remarqué qu'un vélo sans cycliste peut rouler longtemps en ligne droite. Ça semble tenir du prodige, et, en réalité, ça vient de la force centrifuge dont l'intensité augmente avec la vitesse. C'est pour cette raison que les virages du vélodrome sont si relevés : tourner à grande vitesse sur du plat, tu tombes à tous les coups ! L'équilibre tient à l'alignement des roues. Autre exemple : si je lâche le guidon en roulant, je pédale vite, et me mets en arrière, je pèse moins sur l'axe de la roue avant...

— Tu es le champion de l'équilibre cycliste !

Raymond resta silencieux un instant, soupira.

— Comment puis-je savoir tout ça sans savoir qui je suis ? C'est pitoyable !

— Ta mémoire est restée dans tes muscles... A propos de vélodrome, la réouverture de la Verrière est prévue pour août 49. Un an à attendre.

— Ce sera toujours la copie conforme du Vél'd'Hiv de Paris, avec autant de loges, de tribunes, la même cacophonie de musique et de hurlements dans les haut-parleurs ?

— Et la franche rigolade ! Mais... tu connais celui de Paris ?

— Je... j'ai dû en entendre parler.

Sur le chemin du retour, côte à côte, Raymond et Noël s'époumonaient d'un engin à l'autre.

— Je te dois tant, Noël ! Grâce à toi, je...

— Ne me remercie pas ! Je ne fais que t'offrir mon amitié.

— Mais je ne suis pas d'ici. Tu m'as adopté comme un frère, et cela, je ne l'oublierai jamais !

— C'est moi qui ai la chance de te connaître, et qui devrais te remercier !

— Vous arrêtez de vous remercier, tous les deux ? lança le fils de Noël, à l'arrière du tandem.

Les deux amis s'esclaffèrent.

— Il est vraiment incontournable chez vous, ce Vélocio !

— Il n'était pas de chez nous, lui non plus. C'était un Provençal. Un courageux. Rien ne le rebutait, un peu comme toi. Et un Stéphanois d'adoption. Comme toi aussi. Mais lui s'y est établi.

— Qui te dit que je vais partir ?

— Tu ne cherches pas à y fonder une famille, c'est dommage. J'aimerais bien être parrain ! Tu ne t'intéresses à aucune fille. Certains ouvriers se demandent même si tu es...

— Normal ?

— Eh bien... Tu préfères le vélo aux femmes, en tout cas.

— N'est-ce pas la « petite reine » ? Rassure-les, Noël, aucun de ces messieurs ne m'attire !

— Je le sais bien. Mais tu as une vingtaine d'années, tu es si déterminé par ailleurs, et, devant les filles, si emprunté, si gauche... Je m'inquiète pour toi.

— Je ressens comme un manque.

— Va au bal, tu le combleras, ton manque.

— Non, ce n'est pas ça, le manque de quelqu'un qui existe quelque part ! Je crois que j'aime.

— Qui ?

— Je ne sais pas.

— Ça, c'est la meilleure ! Tu plaisantes ?

— Non, c'est au fond de moi. Un amour, et qui m'attend.

— Comment peux-tu le savoir, si tu as perdu la mémoire ?

— C'est dans la peau, dans le cœur, c'est comme pour les vélos, tu l'as dit toi-même, la « mémoire des muscles ». Quoi qu'il en soit, la perte de mémoire m'a retiré ce que j'avais de plus précieux.

— Je ne comprends pas...

— J'avais des parents, peut-être une femme. J'ai aimé, oui, cela je le sens, Je n'ai plus leur souvenir. Je suis un être coupé de son passé, mais ce passé existe quelque part...

— Méfie-toi de ne pas être en quête d'un mirage.

Raymond humait une éclaircie. Un arc-en-ciel se profilait dans l'obscurité de sa tourmente intérieure. Il venait de recevoir un télégramme de Jean, le médecin qui l'avait ramené à la vie.

Le mot était succinct, et assez énigmatique pour attiser la curiosité de Raymond. Il avait sollicité un congé de deux jours, en fin de semaine, afin de les passer en la compagnie de cet autre ami. Impatient de le revoir, anxieux de savoir.

Le lendemain, ses projets se modifièrent. Il longeait la « fabrication », à proximité du service d'émaillage, lorsqu'il sentit qu'on l'observait.

Son regard croisa incidemment celui d'un ouvrier. L'homme le fixait avec une intensité malsaine. Il ne l'avait jamais rencontré dans l'entreprise. Il semblait très jeune. Dix-huit ans tout au plus. Pourtant, il le connaissait. D'où ?

Une douleur fulgurante lui déchira le sommet de la

tête. Tout en portant la main sur son crâne, il s'approcha.

L'homme l'avait visiblement reconnu. Il se tenait sur ses gardes. Il se saisit d'un tube. Il ne portait pas de gant. Sa main… Raymond distingua une cicatrice. Elle réveilla en lui un écho singulier. Et soudain, un déclic se produisit dans son cerveau. Un étau lui enserra les tempes, une sensation nauséeuse gagna sa poitrine. Un flot d'images fugaces. Des visions rapides, comme elles avaient dû se dérouler.

Elles émergent, ondoient, se bousculent. *Rien de prémédité : des hommes pointent des armes contre sa poitrine. Ils le saisissent par les épaules, s'apprêtent à l'emmener. Il mord une main de toutes ses forces. Il sent ses dents pénétrer dans la chair. Il la déchire. Un goût de sang se diffuse dans sa bouche. L'homme se défend et lui assène un coup sur le crâne, avec la crosse de sa mitraillette. Et aussi, en un éclair de seconde, deux grands yeux bleus tournés vers lui, des yeux de femme, et son cri qui se dilue dans le brouillard.*

Raymond perdit son sang-froid. Il attrapa l'homme par le col, lui fit lâcher le tube. Celui-ci tomba sur le sol, glissa entre les machines, acheva sa course aux pieds d'un soudeur, qui releva la tête, comprit le danger, et partit aussitôt en quête d'un responsable.

— Laissez-moi ! protesta l'inconnu.

— Qui êtes-vous ? hurla Raymond.

— Toi, tu n'es qu'un collabo ! lui souffla-t-il dans l'oreille.

— C'est faux !

Il lui envoya son poing dans la figure. Secoué, le jeune homme riposta, mais Raymond était costaud. *Il avait fallu s'y prendre à plusieurs pour l'emmener, ce matin de 44 ?* Il le jeta à terre. Lui enserra le cou.

— C'est toi, hein, c'est toi qui m'as assommé, tu vas avouer, ou... !

Deux ouvriers oublièrent le brasage. Leur camarade était prêt à commettre un acte irréparable.

— Lâche-le, Raymond, tu vas l'étouffer !

Ils tentaient de le maîtriser, lorsque Noël, prévenu du désordre provoqué par son ami, accourut. Incrédule. Puis stupéfait de constater qu'il en était bien la cause.

— Que se passe-t-il ici ? Tu deviens fou, Raymond ? demanda-t-il, affligé.

— Laissez-le, dit le nouvel employé en se relevant, ce n'est rien. Je lui dois une explication.

— Bon, vous sortez cinq minutes pour discuter, et après vous revenez tous les deux, ordonna Noël. Je n'alerterai pas la direction de cet incident. Mais à la moindre récidive, vous prenez la porte. L'un et l'autre, ajouta-t-il, le cœur lourd, en scrutant Raymond du fond des yeux. L'amitié ne permet pas les complaisances. Cette usine n'est pas un ring. Vous avez eu de la chance que je sois à proximité.

Noël songea qu'il ignorait le tempérament impulsif de son ami. Il était pudique, il ne s'épanchait pas. Jusqu'à présent, Noël imputait ses silences à ses trous de mémoire. S'était-il mépris ? Il ne parvenait pas à l'imaginer querelleur, encore moins mystificateur. Il le savait combatif, mais pas de cette manière. Se serait-il douté un instant de cette violence latente ? Son apparente fragilité cachait un corps d'athlète, dissimulait-elle une forte tête ? Il ne connaissait pas encore ce jeune étranger apparu un matin de 1945.

« Peu importe, se dit-il, c'est comme la foi, on n'a pas de preuve, mais on y croit. »

De cette idée de foi, il se rappela qu'il l'avait déjà vu se rebeller. Un dimanche, après la messe. Accablé de doutes.

« Comment croire en la survie de l'âme quand on n'a plus de mémoire ? Comment peut-on croire que l'on part, à notre mort, avec son amour ?

— Je crois que tu as aimé », avait-il répondu d'un ton placide, déplorant de le voir se démener au milieu de ses fantômes et de ses ombres.

Les deux hommes se dirigèrent vers la sortie.

— Raymond, pas de bêtises... Ça va aller ?

— Oui, ne t'inquiète pas, Noël, on va juste s'expliquer... calmement.

— Passe me voir au retour.

Dans la cour de l'usine, l'ancien FTP lui raconta leur intervention. C'était dans la Nièvre. L'amie d'un camarade du maquis les avait prévenus. Une espèce de collabo osait se pavaner dans le village avec un Ausweis sur sa voiture. Après l'avoir embarqué de force dans la 7 CV, les choses s'étaient compliquées. Ils n'étaient pas d'accord, tous les quatre. Leur « prisonnier » semblait trop sérieusement sonné. Ils fouillèrent ses poches, n'y dénichèrent qu'un stylo.

« On n'en tirera rien. Il a eu son compte », avait dit l'un d'eux en glissant l'objet dans sa propre poche.

Les autres voulaient l'achever. Lui, il venait de les rejoindre dans les collines. Il avait quinze ans. Il l'avait presque tué en l'assommant. Cela suffisait. Gardant la traction Citroën, ils étaient repartis à trois, les abandonnant tous deux sur la route. Il ne les avait plus revus. La main ensanglantée, tremblant de peur, il l'avait laissé, à son tour, inanimé sur le bas-côté du chemin.

— Mes camarades ont été retrouvés. Carbonisés, avec l'automobile.

Un silence suivit la nouvelle. Assis par terre, à ses côtés, Raymond soupira.

— Je suppose que… je dois vous remercier.

L'homme répondit par un sourire.

— Elle venait d'où, cette voiture ? s'enquit Raymond.

— Je l'ignore…

— Faites un effort, je vous en prie. La plaque minéralogique ?

— Oui, je me souviens : MB… et un chiffre je crois.

— MB, ce n'est pas le Nord ?

Il ne s'était pas intéressé aux immatriculations des automobiles depuis son « réveil ». *Mais il savait.* Les lettres distinctives pour le Nord étaient MB, MD, ME, et pour le Pas-de-Calais : NA, NB… Une exaltation l'envahit.

— Peut-être bien… Oui, je me rappelle, les gars ont dit : Il en a fait un chemin, celui-là, depuis le Nord, pour venir nous narguer !

— Tu es sûr que j'étais un collabo ?

— Il y avait cet Ausweis…

— J'étais un réfugié, peut-être, un collabo pas forcément, espéra-t-il en se touchant la tempe.

La migraine était là, bien installée. Et ce mal, le devait-il à cet homme en face de lui ? En souffrait-il auparavant ?

C'était fini.

Saint-Etienne, tout au moins. Son départ de fin de

semaine ne serait plus deux jours de congé, mais une étape vers le Nord. Il allait donner sa démission. Il était de là-haut. Il partait, pour ces grands yeux bleus tournés vers lui et projetés dans son présent avec une netteté incroyable, pour ce regard profond, gardé secrètement dans son cœur. Sa mémoire dormait encore, mais ne demandait qu'à s'éveiller. Il était temps pour lui de savoir, de se délivrer du poids des questions qui assiégeaient son esprit, et qui l'empêchaient d'avancer. Aujourd'hui, une autre interrogation le taraudait : avait-il été un collaborateur pendant la guerre ? Il n'avait aucune envie d'endosser ce costume. Ce laissez-passer, en avait-il besoin pour son travail ?... Il n'osait s'imaginer dans ce genre de personnage. Tout ce qu'il concevait de lui-même était-il basé sur un mensonge ? Etait-il honnête ? Au-delà de sa peur, découvrir la vérité sur lui-même. Cela seul comptait. Il devait quitter Raymond pour aller à la rencontre d'un inconnu.

Pourquoi n'était-il pas parti plus tôt ? Il venait de perdre trois ans à fabriquer des cadres de vélos. Non, il était injuste. Ses éclairs de mémoire lui revenaient grâce à la petite reine. A présent que le passé le rattrapait, il n'était pas question de fuir. Il n'avait jamais été lâche, mais ça, il l'ignorait encore.

« Je suis un peu comme une bicyclette bloquée par les freins, mais je me sens une dette, une dette de tendresse quelque part. »

Il sortit de sa poche le télégramme de Jean Roux, et le relut :

« J'ai découvert quelque chose d'important. Peux-tu venir ? »

Qu'allait-il lui annoncer ?

4

Là-haut attendait sa mémoire. Là-haut, il partait. Au milieu de volumineuses malles, son petit sac posé derrière lui dans le filet à bagages du compartiment paraissait bien modeste. Ce qu'il emportait devait tenir dans les sacoches de sa bicyclette. Contrairement aux voyageurs qui s'en allaient pour se dégarnir et se délivrer d'une vie passée, lui espérait, au bout du trajet, s'enrichir de tout ce qui l'avait personnalisé jadis.

Le réseau de chemin de fer achevait sa reconstruction et commençait sa mutation. Vingt mille kilomètres de voies avaient été déblayés puis réparés depuis les lampions de la liberté. L'euphorie de la Libération avait laissé place au travail.

En cette année 1948, le trafic de la jeune SNCF, redevenu normal, était même supérieur à celui de 1938. Sur certaines lignes régnait la traction électrique. La métamorphose s'amorçait.

Pourtant, sur les lignes secondaires, les horaires demeuraient incommodes et déconcertaient les usagers. Nombreux étaient ceux qui se laissaient séduire par l'automobile et contribuaient à son triomphe. Mais Raymond n'avait pas les moyens de s'offrir une voiture. Son vélo, qui l'accompagnait dans un des wagons spéciaux, lui suffisait.

Il était bercé par le reniflement de la machine, par les secousses et le tangage du train qui l'emmenait à présent de Lyon vers le Morvan. Ses pensées étaient rythmées par le va-et-vient des roues sur les rails. En cette fin de printemps, le paysage qui défilait sous ses yeux éclatait en une mosaïque de couleurs. Les villages tranquilles, découverts par la vitre, les vaches à la robe blanche dans les prés, les marguerites et les coquelicots, tout évoquait un poème pastoral, une paix bucolique. Seul le bruit des essieux et des oscillations censurait les cris d'ivresse des oiseaux. Le ciel eût été limpide sans les nuages de fumée noire crachés par la locomotive. Rien ne laissait deviner les cinq années terribles où la guerre avait dévasté la France.

Une phrase venue de loin lui trottait dans la tête :

« Les hommes sont comme les arbres. Ils ne croissent qu'en prenant leur sève dans le sol où ils plongent[1]. »

« Mes racines, où se cachent-elles ? Quel est mon port d'attache ? » songea celui qui aimait la mer, mais ne le savait plus.

Après le train, l'autocar vers Château-Chinon, où l'attendait, à vélo, son ami Jean Roux. Le médecin avait forci depuis leur séparation. Plus corpulent, bien nourri. Jean devina ses pensées.

— Eh oui, je me rattrape ! Je continue de fêter la paix avec le bon vin, que veux-tu... Mais toi, tu n'as pas grossi. Attends, je vais te remplumer durant ces... Combien de temps restes-tu avec moi ?

1. Paroles de l'abbé Lemire.

— Deux jours...

Jean soupira, visiblement déçu.

— Bon. C'est déjà ça !

On détacha le vélo du toit du bus. Raymond déposa dans les sacoches le contenu de son sac. Ils parcoururent les quelques kilomètres qui séparaient la ville du village du médecin, en pédalant côte à côte dans les petits chemins, entre bois et bocage, dans un Morvan resplendissant.

— Tu possèdes une sacrée bécane, dis-moi, la mienne est un vieux clou tout rouillé. Ton vélo semble léger et solide à la fois.

— Ce qu'il faut, oui, mais j'ai effectué quelques petites transformations. Le jour où je fabriquerai les miens, je t'en enverrai un, et crois-moi, tu n'en auras jamais vu de pareil. Des jantes chromées à l'éclairage, en passant par la selle de cuir et le serrage des patins de freins, tu m'en diras des nouvelles !

— Eh bien, je suis ravi de te voir dans ces dispositions ! Et j'attends mon vélo !

Jean n'était pas d'un naturel très bavard, mais, avec la joie de revoir son ami, il était intarissable. Son visage rayonnait de plaisir.

— Je ne croyais pas que tu viendrais si vite.

— Tu es très malin, mon cher Jean. N'as-tu pas tout fait pour m'intriguer ? Alors, dis-moi, de quoi s'agit-il ?

— Attends, on y arrive.

Raymond trépignait d'impatience à l'idée de se rendre à Saint-Saulge, le village de son agression, dont lui avait parlé l'ancien FTP, mais il devait savoir, d'abord, ce qu'avait découvert son ami.

En route, il lui conta sa brutale rencontre avec le résistant qui lui avait asséné le coup de crosse.

— Tu connais Saint-Saulge ?

— Oui, dans le pays du Nivernais. C'est à une petite cinquantaine de kilomètres. Des collines nous séparent. A Château-Chinon, tu prends la route de Nevers, et tu quittes la départementale, peu après Châtillon.

Il se tut quelques instants.

— C'est vrai, il y avait des maquis dans les forêts du massif de Saint-Saulge.

— Oui. J'étais dans un piètre état, ils étaient jeunes. Ils ont paniqué, et m'ont déposé assez loin, dans les monts... Là où tu m'as trouvé.

De retour chez lui, Jean déboucha une bonne bouteille de bourgogne. Ils trinquèrent à l'amitié. Puis, d'un geste cérémonieux, le regard espiègle, désireux de maintenir la surprise, et la savourant d'avance, il prit une veste posée sur le rebord de la chaise.

— Tu mets toujours mon ancienne veste... s'étonna Raymond.

— Oui. Et je dois ma découverte à ma prise de poids !

— Allez, explique-moi, je n'en peux plus ! supplia-t-il.

— Je l'aime bien, ta veste. Elle... (Sa pudeur l'empêcha de lui avouer qu'elle lui rappelait sa présence.) Bon, j'ai décidé de la faire reprendre à ma taille. L'autre jour, je l'ai enfin portée chez la couturière.

Il ouvrit le tiroir de son buffet, en sortit quelque chose que Raymond ne distingua pas d'abord. Il ouvrit la main.

— Voilà ce qu'elle a découvert dans la doublure. Enveloppé de ce papier de soie.

Raymond resta bouche bée. Il sentit son cœur

galoper dans la poitrine, tandis qu'il prononçait dans un souffle :

— Deux alliances... Cela signifie...

— Que tu allais te marier, mon cher ! A moins de les avoir volées, et je n'y crois pas, je ne vois pas d'autre éventualité !

— Je le savais...

Il lui révéla ses premières lueurs, qui s'exhalaient en bouffées d'étincelles, avant de vaciller et de disparaître, comme un mirage, et ses pensées toujours confuses, comme un puzzle dont il manque des morceaux essentiels pour restituer le tout.

— Ta mémoire cherche un chemin, tout ira très vite maintenant.

— Mais je suis encore incapable de mettre des noms de personnes et de lieux...

— C'est ce qu'on oublie le plus vite, les noms propres.

— Et il manque des visages à mon puzzle. Lorsque je ferme les yeux, j'en imagine. J'ignore s'ils existent ou si je les invente. Comme les personnages de mes rêves. Sont-ils des fantasmes ou des souvenirs ? J'ai l'impression de rester prisonnier d'une rive, alors que je ne songe qu'à larguer les amarres.

— C'est curieux, comme image, constata l'homme de la terre, du centre de la France.

Le lendemain, Jean décida de l'emmener au bord du lac. Ils roulèrent le long d'étangs survolés par les libellules. Raymond se sentait en paix au bord de l'eau scintillante.

— J'aime ces gouttelettes de soleil sur l'eau...

Jean l'observa. Les paupières de son ami s'abaissèrent.

Son visage exprimait un bien-être qu'il ne lui avait encore jamais vu.

— Cette eau me parle. Il y manque toutefois...

— Quoi ? murmura Jean avec la crainte de troubler ses visions.

— Je sens des embruns sur mon visage, je vois des dunes, une kyrielle d'oiseaux blancs, de l'écume...

— Tu connais donc la mer... Il est temps pour toi de partir.

« Un ami qui s'en va n'est pas forcément un ami que l'on perd », ajouta-t-il en lui-même. Au contact de la nature et de ses patients, le docteur Roux avait acquis une profitable philosophie de l'existence.

— Je sais que ce que tu vas découvrir est de l'ordre du privé, mais si tu peux...

— Je te promets de tout te raconter.

Le pays de Saint-Saulge était une région de forêts, d'étangs, de prairies verdoyantes, où les belles charolaises broutaient consciencieusement. Le gros bourg lui parut familier. Il y était déjà venu. La maison indiquée par le FTP avait été récupérée par la mairie, vendue à des particuliers, transformée, agrandie. Il ne la reconnut pas.

Il se dirigea vers la mairie. La chance n'était pas avec lui. L'ancien maire avait été exécuté en 1944.

— Si vous étiez un réfugié, il doit y avoir mention de votre inscription, pour la carte de ravitaillement. Mais il me faut votre nom.

— Mais c'est justement mon nom que je cherche !

— Alors, cherchez votre nom et revenez !

C'était un dialogue de fous.

— Cherchez par la date, s'il vous plaît ! Un réfugié venant du Nord...

Devant l'insistance et le visage décomposé de l'étranger, l'employé, qui était assez jeune, parcourut les listes. Il ne trouva personne en ce début juin 1944. Il soupira, referma son registre.

— De toute façon, ce n'est pas étonnant. Vous avez choisi le moment le plus confus, celui du Débarquement, constata-t-il comme un reproche. Bon, attendez ici, je vais demander.

— Et pour la voiture aussi !

Il disparut dans une autre salle pendant cinq longues et sinistres minutes. Il revint avec un air satisfait qui trompa Raymond.

— Vous avez quelque chose me concernant ?

— Non, mais je sais pourquoi ! On ne prenait plus de réfugiés du Nord à cette date. Ils devaient aller dans la Creuse. Et puis avec le flottement qui a suivi la mort du maire... Quant à l'accident ou... Enfin, pour la voiture, il n'y a pas eu mention dans le journal local. Après le 6 juin, on avait d'autres chats à fouetter, si on peut dire.

— Reste-t-il des gens... ?

— Les réfugiés sont repartis.

Il n'y avait donc rien sur son passage. Il interrogea des habitants, en vain. Il se demanda si certains ne l'avaient pas reconnu... S'il était ce qu'il craignait, c'était plausible. On se tait, c'est plus facile.

Avant de quitter les lieux, il eut soudain l'idée de se rendre au cimetière.

« On a découvert ma voiture, mon stylo près d'un cadavre. On me croit mort. Je suis peut-être enterré ici. » Mais sous quel nom ?

Le gardien, un vieil homme, était déjà là pendant la guerre. Un témoin, enfin ! Raymond réprima l'envie de l'embrasser pour le remercier.

— Ah oui ! cette vilaine histoire de voiture, je me rappelle. Les corps ont été enterrés vite fait, vous pensez, les événements s'accéléraient. Peu après, Nevers fut bombardé, et...

— Où sont ces corps ?

— Ce qu'il en restait, pardon, mon jeune monsieur, mais il paraît que c'était pas beau à voir.

— Où sont-ils ?

— Là-bas.

Leur nom n'évoqua rien à Raymond.

— Il en manque un.

— Le troisième est reparti chez lui.

— C'est-à-dire ?

— La famille l'a réclamé. Ils l'ont fait rapatrier, il n'y a pas si longtemps, c'était... Voyons...

L'homme n'était pas pressé. La compagnie des morts lui donnait une tout autre notion du temps.

— Bon, je me souviens plus. Vous savez, je perds la mémoire. Ma femme me dit toujours que si elle meurt avant moi, je ne saurai même plus où elle est enterrée...

Il rit, exhiba des dents qui se chevauchaient allègrement. Raymond ne put s'empêcher de montrer son impatience. Il avait envie de l'envoyer au diable et se contenait avec peine. Il était dans un état de nervosité insupportable. Sa respiration s'accéléra, la tête lui tourna, il dut s'appuyer à un arbre pour s'empêcher de tomber. Le gardien s'en aperçut.

— Vous allez bien ? Vous le connaissiez, hein, le mort ?

— N'y a-t-il plus trace de sa tombe ?

— Non.

— Son nom doit être inscrit dans vos registres ?

— Ah ça, c'est sûr !

Il éclata à nouveau de rire, sans bouger. Raymond le fixa.

— Venez ! dit-il, réalisant enfin l'urgence de la demande.

Dans sa petite guérite bordant le cimetière, il ouvrit un grand cahier épais, dont il feuilleta quelques pages, sans un mot, ne relevant la tête que pour considérer d'un air désolé le jeune homme aux yeux verts et anxieux.

— Le problème, c'est la date… Voilà ! ça y est : Louis Verley ! Il a été rapatrié vers Haze… Je n'arrive plus à me lire, Hazebreuck ou quelque chose de ce genre, c'est pas un nom français, ça, si, attendez, c'est dans le Nord. Ils ont toujours été bizarres, ces mangeurs de beurre.

Le cœur de Raymond battait la chamade. Ces derniers mots lui avaient fait l'effet d'une bombe.

Verley, Louis… Louis Verley… Les cycles Verley, la commande pour les cycles Verley, c'était bien ça.

Il ferma les yeux. Une ivresse l'envahit. Son nom !

Quatre ans. Quatre ans à se cogner contre un mur épais, à côtoyer le néant. C'était fini. Il ne le rongerait plus. Il sut qu'il partait rejoindre sa terre, sa famille, et celle à laquelle son cœur était resté fidèle, malgré lui. Ses errements s'achevaient. Il ne put retenir un éclat de rire. Le brave gardien du cimetière le vit s'éloigner, perplexe. Il l'entendit s'exclamer :

— Adieu, Raymond !

Il ne s'appelait pas Raymond, mais Henri. Il hocha

la tête devant les propos incohérents de ce jeune cerveau malade.

— Encore un malheureux égaré…

Il en avait tant vu déjà.

5

Les CYCLES FRANÇOIS VERLEY s'étalaient avec ostentation sur le fronton du magasin refait à neuf.

François s'arrêta de « travailler ». Etait-ce bien le terme ? Disons qu'il vaquait, sans entrain, à ses occupations. Parce qu'il fallait bien avoir un métier. Parce que celui-ci lui était tombé entre les mains. Sans trop d'efforts. Il avait repris le commerce avec Lucie, et, depuis ses vingt et un ans, il en était même l'unique dirigeant.

Il assujettissait sa mère à ses caprices, gardait des manigances enfantines dont elle n'était pas dupe.

Elle le laissait parvenir à ses fins et satisfaire ses appétences. Il lui en faisait voir de toutes les couleurs, comme jadis son frère Bertin. Celui-là lui manquait tant, avec ses tracasseries ! François exigeait, manipulait, obtenait, sans perfidie. Jusque-là. Et contempler son nom, affiché en grosses lettres, était pour lui une satisfaction, une fierté, une suprême revanche sur ses complexes, même s'il peinait à la besogne et accumulait certaines maladresses redressées à temps par Lucie. Les deux ouvriers engagés à la fin de la guerre ne compensaient pas sa paresse naturelle et son manque de professionnalisme. Mais à l'accueil du magasin, François faisait bonne figure aux clients, qui semblaient n'y voir que du feu, et lui s'y sentait le maître, un peu comme ces caissières des grands cafés lillois.

Son attention était attirée depuis quelques minutes par le manège d'un homme sur la Grand-Place. Son comportement l'intriguait. La silhouette lui rappelait vaguement quelqu'un. Un client, sans doute.

L'homme paraissait jeune, âgé de trois ou quatre années de plus que lui. Il attendait ou il guettait. Qui ? Quoi ? Non, il hésitait. Son visage à demi caché par un chapeau mou était tourné vers l'entrée de leurs établissements. Cherchait-il du travail ? « Ce serait une aubaine s'il était qualifié », songea François. L'un de ses ouvriers allait le quitter dans un mois. Ti ne reviendrait jamais de la guerre. Ils en avaient reçu une confirmation écrite par un membre de sa famille. Ti avait donc une famille. François en était resté stupéfait. L'incroyable, pour lui, n'était pas sa mort, mais le fait qu'il se permettait une vie privée, ignorée des Verley. C'en était presque révoltant. Quel cachottier, ce type !

Depuis le départ définitif de Dische vers Toulon, un an auparavant, deux ouvriers montaient les roues, effectuaient les réparations. Certains clients se plaignaient du montage, et l'entreprise allait vers la stagnation, voire la catastrophe, en dépit des grosses lettres sur le fronton. François s'en rendait compte, il n'était pas idiot. Loin de là. Il cachait à sa mère l'étendue du désastre. Par amour, et parce qu'il se refusait à lui abandonner les rênes du commerce.

« De toute façon, se confortait-il, elle est presque aveugle, il faut la ménager. »

A l'accueil, son caractère hâbleur et malin trompait son monde. Mais le commerce, en 1948, se devait d'être compétitif, et François avait besoin d'un expert en matière de cycles. Plusieurs employés s'étaient succédé. Il ne manquait pas d'hommes en quête d'embauche dans ces années de reconstruction, mais soit leur qualification était insuffisante, et François était bien incapable d'instruire un jeune apprenti, soit ils ne s'entendaient pas avec ce petit monsieur indolent qui se prenait pour un grand patron.

Non, l'étranger n'avait ni l'allure populacière, ni les vêtements d'un ouvrier. Etait-il venu pour lui ? Contre lui ? Qu'avait-il fait de mal ?

Avec son imperméable et son chapeau, cet individu lui rappelait vaguement d'autres silhouettes terrorisantes, celles de la Milice, aperçues çà et là en ces années de guerre. Le petit garçon réintégra sa place dans l'esprit de François. Son cœur s'accéléra, la peur prit possession de lui.

Il avait envie d'appeler sa mère, lorsque l'homme bougea, et d'un pas décidé s'approcha de la porte d'entrée. C'était trop tard. François le vit ouvrir la porte, qui s'ébranla avec le bruit de sonnette caractéristique. Il se précipita derrière son comptoir et se composa une figure avenante.

Allons, un client, c'est tout...

Louis s'était hâté de remonter vers le Nord. Dans le train qui l'y emmenait, il avait discuté avec un natif d'Hazebrouck.

Pour éviter les questions embarrassantes auxquelles

il n'aurait su répondre, et prudent sur ses liens avec les Verley, il se fit passer pour un Stéphanois. Le passager lui parla volontiers de sa ville. Si elle avait moins souffert qu'en 1914, et subi peu de combats terrestres, la population avait été traumatisée par les constantes attaques de bombardiers, les alertes perpétuelles, les destructions...

« Et la peur, mon jeune monsieur. La peur ! Qui ne l'a pas vécue de façon quotidienne ne peut comprendre, avait-il affirmé sur un ton de reproche. Ma femme ne se sent pas encore en sécurité, j'ai beau lui répéter que c'est fini... Vous vous rendez compte, depuis tout ce temps ? Ça, on peut dire que ça lui a tapé sur la tête. Elle fait encore des cauchemars la nuit, et moi, comme une andouille, il m'arrive de sursauter au moindre bruit suspect. Voilà ce que c'est que d'être un nœud ferroviaire important, conclut-il avec fierté. Mais vous, vous venez pourquoi ? De la famille ?

— Oui », répondit-il, sans ajouter mot.

« Pourvu qu'il ne cherche pas à en savoir davantage », songea-t-il. Respectueux de son silence, l'homme n'osa le questionner.

« Vous verrez, si vous n'êtes pas venu depuis longtemps, dit-il en ravalant sa curiosité, la vie reprend son cours. »

Au fur et à mesure qu'il approchait de sa destination, il se gorgeait de la sensation grisante de rentrer chez lui. Dans les communes traversées, les maisons de briques rouges, ocre ou saumon, les toits à pignons pointus ; dans les épis de blé, les étendues bleutées du lin non encore récolté, les fermes opulentes, les prairies fourmillant de fleurs de pavot, une espèce de fécondité semblait narguer les guerres passées. Dans tout cela, il respirait sa Flandre. Elle ne possédait pas les superbes paysages vallonnés et boisés du Morvan. Elle reflétait une personnalité secrète, un tempérament bouillonnant en profondeur, et pudique en surface. La vie était là. Sa vie. Il appartenait à ce pays.

A proximité de la gare, de nombreux jardinets bien entretenus s'étiraient en longueur et se succédaient : les « jardins ouvriers », se rappela-t-il, ceux de l'abbé Lemire... En sortant du train, il avait envie de galoper. Il reconnaissait la ville, ses odeurs de chicorée et de pomme de terre. Il entendait son cœur résonner bruyamment dans sa poitrine. Ses pas le dirigeaient d'une façon instinctive. Nul besoin de demander son chemin. Il réfréna son envie de courir, se força à maintenir un rythme respectable.

Ses bagages et son vélo étaient restés à la consigne de la gare. Il préférait reconnaître d'abord les lieux, et revoir les siens.

Pourtant, sur le pavé de la Grand-Place, face à l'enseigne des CYCLES FRANÇOIS VERLEY, il s'était arrêté, tenaillé par une indicible angoisse. Il était resté immobile. Combien de temps ?

Il eût été incapable de le préciser. Les souvenirs d'enfance affluaient en vagues et le pétrifiaient. Ils se bousculaient, se déroulaient sous ses yeux comme la pellicule d'un étrange film que l'on ne maîtrise pas ; d'agréables réminiscences se cognant à de douloureuses images. Toutefois, sa mémoire lui faisait encore défaut pour les années de guerre. Le puzzle était loin d'être reconstitué.

Il se voyait errer à l'intérieur de la maison, s'entendait crier « Maman ! », au milieu d'un fouillis indescriptible dû au pillage. Elle avait disparu. Puis soudain, spectateur de son passé, il se voyait s'affaisser, tandis qu'une ombre le frappait avec violence. Il avait donc reçu un premier coup à la tête, plusieurs années avant l'agression dans la Nièvre ?

Après cette image, c'était le flou total. Jusqu'à l'accident. Sinon le fracas des bombardements, et une espèce de peur bien assise au fond de lui. Sa mère était-elle morte ce jour-là ? Sa mémoire acceptait enfin de lui projeter son beau visage, sa volonté sans austérité, ses rires, sa mère dansant le tango, chantant la môme Piaf dans le salon au son d'un accordéon, son courage pour élever ses enfants sans mari. Sa mère, son exemple. Son grand amour, c'était elle, bien sûr ! La guerre l'avait-elle épargnée ?

Son père, à son tour, se présentait à ses yeux mi-clos, son père diminué par l'autre guerre, puis sa mort. Il voyait les images de sa sœur, de ses frères. Et celle d'un gros homme à l'allure débonnaire, aux yeux malins sous des sourcils broussailleux et facétieux. Celui de son rêve, qui criait : « Le roi est mort, vive le roi ! » Bon vivant, blagueur. Bertin ! L'oncle Bertin. Comme il serait heureux de l'embrasser, lui aussi !

Il se revit enfin dans l'arrière-salle de l'ancien estaminet, apprenant à monter une roue avec Arthur, l'ouvrier des Verley. Ti, celui qui lui avait enseigné tant de choses en matière de bicyclette.

Il sortit brutalement de sa torpeur, avec le klaxon impatient d'un automobiliste. Il regarda autour de lui. Combien de minutes s'étaient écoulées ? Quelle allure avait-il avec son nouveau costume, cet imperméable et son chapeau ? N'était-il pas ridicule ? Raymond, l'ouvrier du cycle, était peu à l'aise dans ces vêtements de bourgeois, mais ils étaient appropriés à Louis, soucieux de paraître décent et convenable à la famille Verley. Il devait leur faire honneur.

Il ne semblait pas avoir attiré l'attention de curieux éventuels. La Grand-Place était peu fréquentée en cette fin d'après-midi de l'été 1948. Les Hazebrouckois en congés payés partaient pour la journée vers la mer, à bicyclette ou en automobile, et ceux qui travaillaient étaient à leur poste. Ce n'était pas encore l'effervescence de la sortie de travail. La ville, gros bourg commercial et lieu de marché, était au cœur d'une région rurale, ponctuée de petites industries textiles.

Il se décida, prit une longue respiration, et s'avança.

Ils s'observèrent quelques instants en silence. Une odeur familière de pneus parvenait de l'atelier.

— Monsieur ? Vous désirez ? demanda le maître des lieux.

Tout en prononçant ces mots, un malaise prenait possession de François. Non, ce n'était pas possible !

— Fanfan ! s'écria Louis, la voix étranglée par l'émotion.

Personne ne l'avait plus appelé ainsi depuis au moins cinq ans. Il était le chef. Et personne ne se serait permis ; même sa mère n'osait plus, sauf pour le consoler d'un souci de santé.

« Non, c'est impossible. Tu es mort ! se dit-il, tandis que les coups dans la poitrine lui indiquaient le contraire. Tu es mort, et tu dois le rester ! »

— C'est incroyable ! J'ai cru voir un fantôme... lui avoua-t-il lorsque Louis lui eut raconté son coma et la perte de mémoire consécutifs à son agression. Où étais-tu, ces dernières années ?

— Après avoir été recueilli par ce médecin du Morvan, je me suis dirigé vers Saint-Etienne. J'ai appris à faire des cadres.

— Chez Mercier ?

— Tu connais ?

— Non, toi, tu connais, affirma François, soupçonneux.

— Je...

— Enfin, Louis, tu y as été pendant la guerre !

Louis soupira.

Il n'avait rien reconnu à Saint-Etienne, hormis l'odeur de pneus... Bien sûr, en tant que client, il avait dû être reçu par la direction commerciale, sans accès à l'usine.

Il lui raconta son séjour, son travail, ses idées. François n'était pas heureux, bien que son aîné rentrât avec des idées nouvelles susceptibles de faire prospérer l'entreprise.

— Attends, tu ne peux pas, comme ça, disparaître et réapparaître quand cela te chante, c'est trop facile ! Maman a failli mourir, tu ne peux lui faire peur en surgissant, tel un revenant...

— Maman... Elle est vivante...

— Tu te fais passer pour mort, et puis un jour, tu reviens...

— J'avais perdu la mémoire... Je ne l'ai pas retrouvée totalement. J'ai un trou énorme entre le début de la guerre et 1944. Aucun souvenir des lieux, des êtres que j'ai rencontrés, peut-être aimés...

— Tu as changé.

— Tant que ça ?

— Plus mince, plus âgé aussi.

— C'est normal, répondit-il avec un sourire désarmant.

Le Louis d'avant, avec toutes ses énervantes qualités. Avec sa force de caractère que François lui enviait, oubliant qu'il était le petit préféré.

— Mais si tu avais perdu la mémoire... Comment t'appelait-on, là-bas ?

— Raymond Martin. Martin, parce que c'est très courant, et Raymond, je ne sais... Est-ce un prénom qui existe dans la famille ?

— Non...

Il mentait. Il se souvenait du soldat breton qu'il avait détesté pour le temps qu'il consacrait à Louis.

Le cerveau de François allait vite, très vite. Allait-il se vautrer dans le mensonge ? Pouvait-il aller jusque... ?

Louis les avait abandonnés. Lui était resté avec leur mère. C'était facile pour le grand frère missionnaire, pour sa sœur aussi, de s'évanouir dans la nature. Il méritait sa place de premier. On disait parfois que la fin justifiait les moyens. Louis représentait une menace. Il redeviendrait le chef de famille, et le chef de leur entreprise. Cela surtout, François le refusait. Lui ne serait plus rien. C'était impossible. Louis était mort. Il n'avait qu'à le rester. Comment le convaincre ? Oui, c'était facile. François avait gardé des dispositions à jouer les enfants cruels et prétendument innocents.

— Maman est là ?

— Attends, Louis !

Il gagnait du temps, il devait réfléchir vite et bien. Il jeta ses scrupules aux oubliettes :

— Tes actes ont eu des conséquences terribles.

— Quels actes ?

François n'avait pas le temps de peaufiner son discours, mais il devait refuser de rendre à Louis sa place et son nom, et prétexter le danger. Il se lança dans une explication qui le surprit lui-même. Plus il mentait, plus il se confortait dans son choix, trouvait des justifications à ses paroles nocives, et se disait qu'il était intelligent, qu'il méritait bien sa nouvelle situation au sein de l'entreprise. Il lui rappela d'abord qu'ils avaient dû livrer des vélos aux Allemands, pendant la guerre.

— Les cycles étaient réquisitionnés, partout, en zone occupée, répondit Louis, surpris de ses propres paroles. (« Un souvenir qui me revient », songea-t-il.) Il n'y a pas de quoi s'alarmer, François.

— Non, mais il y a pire...

A partir de là, il mentit effrontément, comme aux beaux jours de son enfance lorsqu'il rivalisait d'invention pour éviter d'être puni de ses bêtises, et faire en sorte que ses frères et sœur soient corrigés à sa place.

— La famille a failli avoir de sérieux problèmes avec le comité d'épuration.

— Pourquoi ? La famille avait... ?

— Non, mais toi, oui.

— Moi ?

Louis chancela, se retint au comptoir.

— Tu étais en très bons termes avec le commandant allemand. En fait, tu étais son ami.

François n'entendit pas le gémissement muet de son frère. Il tenta de le convaincre de sa collaboration. Lui, ce modèle d'intégrité qui s'insurgeait sans cesse – François s'en souvenait – contre les envahisseurs. Il lui démontra qu'il ne pouvait reparaître au grand jour, au risque de provoquer la désaffection de leur clientèle, la fermeture de la boutique, au risque d'être montrés du doigt.

Pantelant, Louis tentait de comprendre, d'admettre ces actes répréhensibles qu'évoquait son frère. Un flot d'émotions contradictoires le submergeait. Sa mémoire ne revenait pas en ce sens, mais elle avait été si malmenée qu'elle en était douteuse. Il ne pouvait lui faire confiance. Des pans entiers restaient à combler. Et pourquoi son frère aurait-il menti ? Il avait l'air sincère, et désolé. Inconscient des pointes acérées qu'il lui enfonçait dans le crâne. Le bonheur de le retrouver n'avait pas encore permis à Louis de se rappeler les affabulations fréquentes de François durant leur enfance.

— Tu comprends que, vis-à-vis du comité d'épuration, j'ai été obligé de tout mettre sur ton dos, afin de sauver la famille. Cela ne changeait rien pour toi, tu étais mort. Et puis c'était toi le responsable. Ainsi maman n'a pas été inquiétée. Elle n'est pas au courant, elle doit continuer à l'ignorer, cela la ferait mourir !

Son frère resta muet. François s'affola. Le soupçonnait-il de duperie ? Il lui lança l'estocade.

— Tu ne me crois pas ? Pourquoi te mentirais-je ? Je suis si heureux que tu sois vivant ! Mais en 44, on ne livrait plus de cycles, m'a dit maman, pour la simple raison qu'il n'y en avait plus à livrer. Alors pourquoi aurais-tu eu cet Ausweis, inutile pour le travail, s'il ne t'avait été donné par l'ennemi ?

Oui, pourquoi... Ainsi, il était l'homme qu'il craignait d'être. Ses pertes de mémoire l'avaient arrangé, en quelque sorte. Etait-il possible qu'il se fût enfui volontairement dans l'oubli ?

— Dis-moi, François, j'ai retrouvé deux alliances dans ma veste. Allais-je me marier ?

François ne s'attendait pas à cette question. Il avait oublié Céline. Stupéfait, il resta un instant silencieux, incapable de prononcer un mot. Louis se méprit sur son silence.

— Vas-y, tu peux tout me dire, au point où j'en suis.

— Elle... elle ne t'aimait pas. Elle s'est moquée de toi. Elle voulait te quitter. Elle se fichait bien de toi, la garce.

— Comment s'appelle-t-elle ?

— A quoi cela te servirait... ? Elle n'est plus dans le Nord.

— Son nom.

— Euh... Marie. Marie... Andeval. Tu t'en souviens ?

— Non. Ce nom ne me dit rien.

— Tant mieux ! Ton amnésie t'aura au moins aidé à ça !

Cette fille, cette Marie, il l'avait oubliée, parce qu'il devait l'oublier. Pourtant son regard, ce sentiment de manque...

— Tu peux revenir travailler avec moi, dit François, grand seigneur, heureux d'avoir visé juste. Mais tu dois rester mort. Tu dois demeurer Raymond Martin. Cela vaudra mieux pour tout le monde. C'est trop dangereux.

— Tu m'as bien reconnu. Et les autres ?

— Moi, je suis de la famille, c'est normal.

— Et la famille, justement... Il faudra bien lui annoncer mon retour ?

— La famille a changé. Notre frère aîné, Gérard, est père blanc en Afrique, et Juliette est mariée, elle vit à Lille.

— Et l'oncle Bertin ?

Il lui apprit sa mort dans les geôles allemandes.

— Sursaut de dernière heure pour aider son ami le gendarme à déserter, ou recruté dès le début par la Résistance, nul ne le saura jamais. Qui l'eût cru, hein ? Il jouait à l'imbécile. Il ne faut pas se fier à la mine des gens.

Un espoir se profila dans la tête de Louis, en dépit du chagrin qu'il éprouvait à cette nouvelle.

— Que craint la famille avec un résistant, un héros, comme Bertin ?

— Bertin s'était fait connaître comme royaliste, tu te souviens de ça ?

Oui, son ruban noir à son anniversaire, jour commémoratif de la mort de Louis XVI, il se souvenait. Il en sourit.

— N'était-ce pas du folklore ?

— Peu importe. Les royalistes étaient fidèles par tradition au Maréchal. Et les résistants, eux, étaient très discrets. Alors qui nous croirait ?

— Mais nous sommes en 1948, la guerre est achevée depuis plusieurs années.

— Dans une petite ville, on peut vite réveiller les haines.

— Les haines ?

— Enfin, les jalousies, modifia François, qui était peut-être allé un peu loin.

— Et maman, elle va bien me reconnaître, elle !

— Maman... Non.

— Quoi ? C'est impossible !

— Elle a été atteinte par le croup, l'an passé.

— Le croup... Tu veux dire la diphtérie ?

— Oui.

— C'est une maladie d'enfant !

— Pas toujours, on en a eu la preuve. Elle s'en est sortie, après avoir eu une paralysie du voile du palais et des mains, mais sa vue a été atteinte.

— Elle est aveugle ?

— Pas totalement, Dieu merci. Mais elle ne vient plus au magasin, elle reste dans la partie d'habitation, avec la bonne... Oui, on a une bonne. Maman distingue mal les visages. (Il faillit ajouter que c'était une chance.) Je vais lui présenter Raymond Martin. S'il te plaît, ne me contredis pas.

François n'avait pas envie de se lancer, face à sa mère, dans les explications douteuses qu'il venait d'offrir à son frère. La jubilation qu'il y avait trouvée s'était envolée. Il redevenait l'enfant prêt à tout pour éviter la raclée ou le martinet. Avide d'être toujours aimé.

Louis avait rêvé un autre accueil. Ses rêves partaient en déliquescence. Il était obligé de payer ses imprudences, ses écarts de conduite. De prendre ses responsabilités. Il avait entaché d'opprobre la réputation de leur famille. S'était-il donc trompé sur lui-même à ce point ? C'est facile de se croire bon et juste quand on a perdu la mémoire.

Il aurait beau se maudire, il s'inclinerait devant la réalité. Oui, il resterait dans l'ombre, pour expier ses fautes. *Mea culpa. Mea culpa*, il se revit à la messe, revêtu de l'aube des enfants de chœur. L'odeur d'encens.

Il aiderait son petit frère, remonterait le commerce.

Il devait bien ça à la famille. Dans l'ombre. Après tout, n'était-il pas en jachère depuis des années ? Raymond il était devenu, Raymond il resterait. L'âme en cendres.

— Les employés ne vont-ils pas me reconnaître ?

— Les employés ont changé, eux aussi. Et tout le monde te croit mort. On ne pourra donc penser que c'est toi. On se dira, au pire, que tu lui ressembles. Tu as minci, avec des lunettes, tu tromperas...

— Et la voix ? Tu oublies la voix ? entendirent-ils.

Ils sursautèrent.

Lucie était devant eux, une canne à la main. Digne, altière. Ils ne l'avaient pas entendue arriver. Discrète, de grosses pantoufles aux pieds, qu'elle n'avait pas pris le temps d'ôter, elle qui se voulait élégante à la moindre rencontre.

Elle ne venait plus que de façon occasionnelle dans l'ancien estaminet transformé en commerce. Sa vue défaillante n'était pas en cause, quoi qu'en pensât François. Les bicyclettes lui rappelaient tellement Louis qu'elle les avait prises en grippe et s'était sentie soulagée en se déchargeant sur François. Elle ne l'eût jamais avoué.

Par une étrange intuition, elle avait été attirée vers la fenêtre. Elle était restée immobile. Figée, les mains moites, les sens en éveil. Ses yeux ne reconnaissaient pas cette informe silhouette sur la Grand-Place. Et c'était impensable.

Elle eut aussitôt l'intime conviction que la dépouille calcinée était celle d'un malheureux étranger. Son esprit avait capitulé, il s'était fait une raison, mais son cœur – le cœur d'une mère – ne se trompait pas, et ne l'avait jamais trahie.

Louis reconnut sa chaleur, sa tendresse, son odeur en l'embrassant, et ce merveilleux sourire que les malheurs avaient épargné.

Elle eut un semblant d'évanouissement. Les deux garçons se précipitèrent pour la faire asseoir.

— Non, ce n'est rien. Je vais bien, très bien. La tête me tourne tant je suis heureuse. J'ai enfin retrouvé mon fils. J'étais sûre, au fond de moi, que tu n'étais pas mort.

La vie n'avait pas été clémente avec leur mère. Son visage s'était fané prématurément. Ses joues s'étaient affaissées comme sous le poids des chagrins. Ses cheveux étaient blancs. Elle portait de grosses lunettes qui n'étaient pas suffisantes. Elle se tenait pourtant toujours très droite, mise avec soin, distinguée, telle qu'en ses souvenirs. Seule une canne trahissait une difficulté nouvelle.

La guerre avait décimé des familles entières. Elle ne devait pas se plaindre. Elle ne l'avait jamais fait. Et François avait pris la succession. Elle avait pu se retirer. Elle s'était laissé convaincre par lui de prendre une petite bonne à demeure, qui effectuait tous les travaux de maison dont elle était incapable avec sa vue déficiente. L'un de ses bonheurs restait ces longues lettres échangées avec son fils aîné le missionnaire qui vivait désormais si loin d'eux, en Afrique. Elle les faisait écrire et lire par la bonne, qu'elle avait choisie instruite à cette seule fin.

Ses douleurs rentrées, ses révoltes muettes, ses deuils de plus en plus difficilement surmontables l'avaient pourtant détruite de l'intérieur. Elle portait dans ses entrailles les stigmates de ses absents. Depuis la mort présumée de Louis, elle sentait avec plus d'acuité celle de son petit garçon ébouillanté, jadis. Il ne devait rien arriver à François. Elle le laissait donc agir à sa guise, acceptait ses sautes d'humeur. Même s'il devenait intolérant, même s'il l'effrayait par moments. Un jour, il avait osé lever la main vers elle. Heureusement, il n'était pas allé plus loin.

Le visage de Lucie étincela de bonheur. Celui de François devint cramoisi, mais ni la mère, ni le frère, tout à leur joie réciproque, ne s'en aperçurent. La haine revenait. Il avait eu raison de mentir. Pourvu que Louis obtienne de leur mère qu'il restât Raymond, un étranger venu chercher du travail ! Car déjà Lucie se levait pour aller proclamer son retour à la ronde. François l'arrêta dans son élan.

— Pourquoi n'annoncerions-nous pas le retour de Louis ?

— On l'a traité de collabo, on l'a accusé ! s'exclama son cadet, qui perdait de son assurance et s'étranglait dans ses mensonges.

— C'est faux !

— Non, mais je n'allais pas ajouter à tes malheurs, ma petite maman.

— Tu vas te rasseoir, maman, décréta Louis en la prenant avec douceur par le bras. François a raison. Il ne faut rien dire. Pas pour l'instant, ajouta-t-il. (La poitrine de son frère s'oppressa à ces derniers mots.) On me croit mort, c'est mieux pour la famille. Il ne faut pas réveiller les vieilles histoires, dit-on. Je ne veux pas que la famille soit inquiétée.

— Mais pourquoi le serait-elle ?

— N'en demande pas plus, c'est mieux ainsi.

Lucie n'en demanda pas plus. Après tout, elle en avait déjà tellement vu ! Son fils était là, peu importait le reste. Le chagrin était d'ordre privé, leur joie le serait aussi.

— Je vais garder le nom de Raymond, rester discret.

— Mais on finira bien par te reconnaître, émit Lucie, bien décidée à l'appeler secrètement Louis.

— Alors, on verra, se contenta de dire François, incapable d'émettre la moindre solution. On va y réfléchir, n'est-ce pas, Raymond ?

— François va rester à la tête de notre entreprise, maman. Toutefois, je désire une chose...

Ses rêves ne seraient pas tous anéantis.

— Oui ? murmura François, effrayé.

— Nous allons construire nos bicyclettes, au lieu de nous contenter de les monter avec les cadres de Saint-Etienne. Je m'y connais suffisamment, et nous formerons des ouvriers. Croyez-moi, dans quelques mois, nous sortirons nos premiers vélos, et la manufacture des cycles Verley...

— Des cycles « François Verley » ! corrigea ce dernier.

— Si tu veux, la « Manufacture des cycles François Verley » sera l'une des premières de France. Je le jure. Elle atteindra un haut niveau national.

— Et nous aurons notre équipe cycliste ! rêva François, rassuré.

Il avait déjà oublié ses mensonges, et redevenait, malgré lui, le petit frère admiratif de son aîné.

6

— La Parisienne est de retour !

Tout le village s'était donné le mot. Son arrivée n'était pas passée inaperçue à l'œil vigilant de quelques oisives papotant sur le pas de leur porte ; les unes avides de sujets à se mettre sous la dent, les autres attentives, estimant qu'il était important d'être au courant des allées et venues des voisins. Surtout celles de la fille du maire, partie conquérir la capitale et qui ne daignait visiter les siens que de façon exceptionnelle. Cette curiosité agaçait Céline. Elle n'était pas sans lui rappeler la fille en faction derrière sa fenêtre, dans la Nièvre, en 1944, et qui avait déclenché le drame.

« Je suis bien là-bas, répondait-elle à sa mère, qui tentait, à chacun de ses voyages, de lui faire regagner le giron familial.

— Dis tout de suite que tu es mal chez nous !

— Ne te blesse pas, maman. On se moque du regard d'autrui dans les grandes villes ; dans le village, on appartient au village, il faut être irréprochable, discret, sous peine d'être la cible des commérages. Les bruits courent vite, plus ou moins déformés... Ou alors, il ne faut pas avoir peur de défier les ragots. Je ne suis pas assez audacieuse.

— Mais ma fille est irréprochable ! N'est-ce pas, Céline ?

— Oui, maman, je le suis, ne t'inquiète pas. »

Elle songeait aux Verley. A sa responsabilité dans le décès de Louis. Il ne lui était plus possible de vivre dans le Nord. Et pourtant, la vie n'était pas si rose à Paris !

Elle cachait ses déboires à ses parents. Certes, il y avait eu ce rôle, mais la pièce, qui se voulait très moderne, était franchement mauvaise. Elle avait reçu de violentes critiques et n'avait tenu qu'un mois. Le temps, pour Céline, de se faire outrageusement courtiser par celui qui l'avait engagée. Le temps de s'apercevoir des épreuves qui attendent les jeunes Bécassines débarquant dans la capitale. Rodolphe, cet ancien camarade de collège et de théâtre, l'avait tirée de cette galère. Heureux de jouer les pygmalions, fier de l'importance qu'il prenait dorénavant aux yeux de la jeune Flamande qui jadis méprisait ses avances.

Aujourd'hui, Céline Baert-Hermant était moins candide, quelque peu désabusée, mais continuait à aller de l'avant pour enterrer le passé et tenter sa chance. Elle était devenue Clara Vermant, un nom qui essayait de gravir les échelons du métier.

« Quelle idée ! s'était exclamée Hélène. Céline, c'était aussi joli que Clara. Et Vermant ! Où as-tu été dénicher un nom pareil ?

— Vermant, cela sonne un peu comme Hermant, maman.

— Pourquoi pas Hermant, alors ?

— Les deux noms réunis, Clara Hermant, ne

sonnaient pas bien à l'oreille. J'ai légèrement modifié le patronyme. »

Elle omit d'ajouter que le « Ver » était pour « Verley », qu'elle avait failli porter pour la vie.

Céline revenait de temps à autre dans le Nord pour embrasser ses parents, au village dont Alexandre était le maire, et renouer avec de simples mais délicieux plaisirs d'enfance, comme le gâteau-tartine, ou les crêpes à la cassonade.

Elle ne revoyait guère Micheline. Sa cousine était devenue institutrice, à Bailleul. Hélène ne manquait pas de s'en extasier, ce qui avait le don d'agacer sa fille. Un sentiment de déception et de contrariété poursuivait Céline à l'issue de ses visites.

« On ne te reconnaît plus, lui reprochait Micheline. Ce théâtre te monte à la tête. Tu te crois quelqu'un !

— Mais c'est faux, Micheline ! »

Sa mère était envieuse du métier de Micheline, et Micheline de celui de Céline, comme elle s'était laissé dévorer par une réelle jalousie à l'égard de son amitié avec la Polonaise, de son amour avec le fils des vélos Verley, des œillades des garçons au collège, et de cet univers de rêve dans lequel baignait sa cousine. L'écart se creusait un peu plus à chaque rencontre. Céline cessa de la voir.

Elle fuyait tout ce qui avait trait aux bicyclettes, mais, en période estivale, Alexandre réussit à la faire remonter sur son vélo, pour des balades en bord de mer. Il l'emmenait, sans le savoir, sur les pas de Louis.

Elle s'attendait, par instants, à le voir apparaître au bout de la digue. Une nostalgie émanait de ces villas anciennes, construites à l'époque des premiers bains de mer. A Bray-Dunes, elle éprouvait un pincement au cœur en pédalant devant la villa Rêve de Mai, aux volets désespérément clos. Elle accélérait le rythme, non sans avoir jeté un coup d'œil fautif, partagée entre la peur d'être reconnue par un Verley et l'espoir absurde d'entendre Louis crier son prénom.

Un jour, juchée sur sa bicyclette, en compagnie d'Alexandre, un visage aperçu dans le reflet d'une vitre d'un café, sur la digue, lui fit battre le cœur plus vite. Allons, encore un de ses fourvoiements...

Des blockhaus enlaidissaient désormais les dunes. Des barbelés demeuraient, témoins d'un passé que chacun s'évertuait à oublier. Elle trouvait pourtant un bien-être à s'emplir les poumons d'air marin, auprès des goélands et autres oiseaux de mer. A pédaler des heures durant, le visage piqué par les embruns, sur ces immenses étendues de sable, à marée basse.

Elle n'avait pas remis les pieds dans sa ville natale. Louis était mort par sa faute et les Verley avaient raison de la traiter en criminelle. Mais à la culpabilité, au vide, à l'abattement avait succédé la colère. Il l'avait abandonnée, en dépit de ses promesses. Il n'avait pas le droit. Et après la colère, un espoir insensé était né de ses réflexions. Certains détails la troublaient. Elle en avait fait part à sa mère, présente en ce douloureux jour de 1944.

« Les alliances, maman, tu te souviens, il les avait apportées. Elles ont disparu.

— Elles étaient sûrement dans la voiture.

— Il n'y avait rien laissé, m'avait-il dit le soir de son arrivée. Et on n'a retrouvé que le stylo... Si ce n'était pas lui ?

— Ma chérie, ne commence pas à te faire du cinéma. »

Se montait-elle la tête ? Ses désillusions n'avaient pas eu raison de son esprit romanesque. Elle affectionnait toujours les contes de fées. Au cinéma, elle avait été touchée par *La Belle et la Bête* de Cocteau et cet incroyable amour au-delà des différences. Tout la ramenait encore à Louis. En dépit d'elle-même.

Pourtant, en cette année 1949, ses beaux yeux n'étaient plus rougis par la montée de sanglots. Avec l'animation de la capitale étaient revenus son rire, sa coquetterie, ses soupirants.

Aujourd'hui, elle se rendait à Hazebrouck pour jouer. Elle avait décliné plusieurs invitations, faute de temps. On la disait lancée dans les hautes sphères parisiennes, elle avait surtout peur de se retrouver nez à nez avec la famille de Louis. Mais cette soirée théâtrale de novembre était donnée au profit des orphelins de guerre. Elle avait accepté.

En juillet, la mère de Céline s'était emportée. Le pape Pie XII avait excommunié tous les militants communistes de la planète.

« Excommunier mon Alexandre ! »

Elle ne supportait pas cette injustice faite à l'un des meilleurs hommes de la terre. Elle se sentait prête à subir toutes les humiliations, mais toucher à son homme était inconcevable. Les Américains, de leur côté, organisaient une véritable chasse aux communistes, avec écoutes téléphoniques, surveillance du courrier venu d'Europe. Alexandre essayait de tranquilliser son épouse, l'entreprise était d'autant plus ardue qu'avec cette dernière guerre les angoisses d'Hélène avaient monté d'un cran.

« Ne t'inquiète pas, Hélène, nous ne comptons pas nous rendre en Amérique... Alors ? En France, le Parti est indéfectible. Souviens-toi du défilé gigantesque du 1er Mai. Nous étions fiers, n'est-ce pas ? »

La République populaire de Chine proclamée à Pékin avait à sa tête le président Mao. Le spectre du « péril jaune » se mélangeait dans l'esprit d'Hélène à la peur de la « guerre froide », qui pouvait dégénérer en « guerre chaude », puis en guerre atomique, maintenant que les Russes avaient la bombe. Sans se décourager, armé d'un inébranlable amour, Alexandre tentait de la rassurer sur la situation politique.

« On a créé un Conseil de l'Europe. Douze pays en font partie, bientôt il y aura la Grèce et la Turquie, et l'on envisage aussi la création d'un passeport européen. De plus, on parle de rapprochement entre la France et l'Allemagne, c'est ce qui pourrait arriver de mieux.

— C'est toi qui dis ça, Alexandre, toi le communiste ?

— Hitler n'était pas l'Allemagne. Je ne suis peut-être qu'un utopiste, mais je garde la foi en l'homme. »

Il n'osait confier ses craintes vis-à-vis du système soviétique. Les échos venant de Moscou le décevaient. Il regrettait ces rideaux de fer et autres séparations brutales entre deux mondes, comme si les gens devaient vivre cloisonnés, maintenus en une gigantesque prison terrestre. Deux blocs, Occidentaux d'un côté, Soviétiques de l'autre, deux Allemagnes... Son amour de la liberté était malmené. Mais il voulait continuer à se battre, dans son pays, pour l'égalité.

L'élégance sortait de la sobriété de l'après-guerre, du dépouillement de tout ornement superflu, des manques, de la récupération et de la débrouillardise. Le manteau de Céline était bordé d'une fourrure de renard qui s'assortissait aux reflets roux de son abondante chevelure. Sa robe était très moderne, avec un corsage à basques aux épaules arrondies, une jupe virevoltante à nombreux plis, dans le style New Look lancé par Dior. La taille, très marquée, soulignait sa minceur.

— Tu n'as pas grossi, ma fille, tu manges assez chez les Parisiens ?

— Oui, maman !

Son agacement s'évanouit en voyant la mine chagrinée de sa mère. Elle embrassa les bonnes joues rondes.

— Ne t'en fais pas, je me nourris, maman, mais le théâtre, tu sais, cela peut être fatigant.

— Surtout avec vos horaires, tu dois manger à minuit…

— Chut, maman ! (Elle sourit en lui mettant le doigt sur les lèvres, pour la faire taire.) Je vais bien. Là, tu es contente ?

Sa fille était devenue une Parisienne comme on en voyait sur les couvertures de magazines. Oubliant le métier d'institutrice, Hélène s'en rengorgeait, et pavoisait auprès des voisines. Elle avait toujours tenu à ce que sa petite Céline soit bien habillée et coquette, même lorsqu'elles n'avaient pas le sou. Mais aujourd'hui, sa Céline était belle sans son aide. Elle volait de ses propres ailes, elle n'avait plus besoin d'elle. Elle en éprouvait une indésirable tristesse au tréfonds de son âme, même si, ce soir, la ville entière allait la consacrer vedette, et l'applaudir au théâtre. De cela, elle ne doutait pas.

Céline s'était délestée de son béret, de ses robes bricolées et de ses jupes-culottes. Elle arborait un ravissant petit chapeau.

— Je n'ai pas attendu la mode pour adorer les bibis ! constata Hélène. C'est dommage, tu ne portes plus de bleu, cette couleur te mettait en valeur.

— Il faut changer, maman.

Elle n'avait jamais remis son tailleur bleu de la kermesse 1942. Sa mère perçut sa maladresse, et changea de ton et de sujet.

— A Paris, tu as rencontré Jean Gabin ?

— Lui, non, mais j'ai croisé de nombreux grands acteurs.

— Lesquels ?

— Maman, tu es incroyable, tu aspires à ce que j'abandonne ce métier et, d'un autre côté, tu veux me faire côtoyer toutes ces vedettes...

— Tant qu'à faire !

— Bon... François Périer désire que je sois prochainement sa partenaire. Mais ne le dis à personne, c'est encore un secret, c'est promis ? Je n'aime pas déflorer les projets...

— Tu dois être la reine du théâtre, à Paris !

— La reine, non, mais je me débrouille.

— Tout de même, te savoir seule dans cette grande ville !

— Je ne suis plus seule.

Céline reculait depuis plusieurs heures le moment

d'en parler, craignant que cette confidence ne devienne synonyme d'engagement. Elle ne voyait rien de définitif dans cette nouvelle situation. Elle avait peut-être tort de se confier, mais elle anticipait la joie de sa mère à l'idée qu'elle ne pleurait plus Louis jour et nuit.

— Tu as un amoureux ?

Une ondée de bonheur inonda Hélène.

— Ecoute, maman, mon métier me plaît, j'ai de bons amis et... tu te souviens de Rodolphe ?

— L'un de tes soupirants au collège ? Un beau brun... Mais tu le détestais !

— Il est parti à Paris avant moi, tu te rappelles ? Je l'ai retrouvé au théâtre. Il m'a beaucoup aidée.

— Vous allez vous marier ? espéra Hélène.

La question était on ne peut plus directe. Sa mère était impossible !

— Attends, maman, pas si vite !

Elle éclata d'un rire qui réchauffa le cœur d'Hélène.

— Mais vous êtes ensemble ?

— Oui.

— Ah bon ! Très bien. Je suis contente, ma chérie, même si le théâtre, eh bien...

— Oui ?

— Non, rien... Je savais bien que tu oublierais le fils Verley. Des commerçants... Et dans le vélo, en plus !

— Qu'as-tu contre les vélos, maman ?

Hélène ne répondit pas. Les frustrations de son enfance venaient de remonter à la surface et de lui échapper. Elle poursuivit, imprudente :

— Un épisode de deux ans dans une vie, qu'est-ce que c'est, hein ?

— Maman, tais-toi, je t'en prie !

— Ce Rodolphe, il est gentil avec toi, j'espère ?

— Oui, maman ! répondit-elle, regrettant sa confidence.

Le terme de « gentil » était inapproprié à Rodolphe. « Il est très gentil envers lui-même », songea-t-elle.

Charmeur, séducteur, il s'adorait plus qu'il n'aimait Céline. Il aimait surtout le couple qu'ils formaient vis-à-vis de leurs relations et du métier.

— Que font ses parents ?

— Maman !

Céline se disait qu'elle ne connaîtrait plus jamais l'amour intense qui l'avait unie à Louis. Elle ne pouvait s'attendre à revivre une réplique de son histoire passée. Elle ne voulait plus de souffrances, de promesses, de larmes, de tourments, alors, Rodolphe ou un autre...

Non, elle était injuste, Rodolphe la touchait malgré ses certitudes, et l'amusait par son insouciance, sa désinvolture et son épicurisme. Mais elle était encore incapable de lire dans ses propres pensées. L'épuisement plus que l'oubli avait séché ses larmes. Anesthésiée, il lui faudrait du temps. Louis était de ces blessures dont on ne guérit pas. Elle ne tournerait pas facilement la page. En avait-elle envie ? Elle guettait toujours un signe, en se traitant d'idiote.

Il était très tard lorsqu'ils sortirent de la salle municipale des fêtes pour rejoindre la voiture et regagner le village. D'anciens camarades d'école avaient envahi la loge de Céline après le spectacle.

Les rues étaient embrouillardées. Un froid humide pénétrait sous leur manteau, l'hiver faisait son entrée.

— C'est dommage que tu repartes, se lamenta Hélène. Tu seras là pour Noël, dis ?

— Si je ne joue pas, c'est promis, maman.

— Tu ne peux pas nous faire ça ! Nous te réserverons une surprise, n'est-ce pas, Alexandre ?

— Maintenant, si tu veux...

— Non ! coupa-t-elle. Ne dis rien... C'est une surprise, pour Noël.

— Quelle surprise ? Vous attisez ma curiosité !

— A Noël !

Hélène était enceinte, mais elle craignait une nouvelle fausse couche. Elle se taisait encore, par superstition. Par appréhension.

— Céline, tu ne voudrais pas revenir vivre ici ?

— Arrête, Hélène ! la rabroua Alexandre. Tu n'es pas fière de notre fille ? (Le « notre » lui mettait du baume au cœur.) Ces ovations ne te rassurent pas ?

— Il y a davantage de rôles à Paris, maman, de possibilités...

— Pourquoi ne pas faire de théâtre en amateur ? Juste pour ton plaisir, comme ce soir, insista sa mère. C'était bien, et tu pourrais en même temps être...

— Institutrice, je sais, maman. Tu ne changeras pas, hein ? (Elle lui sourit affectueusement.) Comprends-moi : la sensibilité, l'inspiration ne suffisent pas. C'est un métier qui s'apprend, qui exige. Il n'y a pas que le plaisir, il faut savoir aussi se mettre en danger, aller rechercher sa souffrance...

— Tu n'as pas assez souffert comme ça ?

7

« N'a-t-il pas assez souffert ? demandait Juliette en ce même soir de l'an 1949. N'est-il pas temps qu'il reprenne son identité ? »

La mémoire de son enfance était revenue dans la tête de Louis. Celle de la guerre était encore défaillante. Insomniaque depuis son agression, il déambulait souvent dans la maison familiale, en quête d'indices permettant de combler les béances de son cerveau. Certains objets tenaient leurs promesses et le ramenaient de longues années en arrière.

Ce matin-là, dès l'aube, il avait arpenté le grenier, délaissé par inadvertance. C'était un lieu très vaste, qui fleurait bon les pommes. Des papiers et des vieux journaux s'empilaient dans un coin. Il découvrit une chemise cartonnée, avec une étiquette et la mention MES IDÉES. C'était son écriture. Intrigué, il l'ouvrit. Elle contenait des esquisses de bicyclettes. Il les parcourut, ému, apprécia en connaisseur le modèle dit l'« après-guerre ». Avec deux ou trois modifications, il serait tout à fait adapté à la vie d'aujourd'hui. « Ne suis-je pas un peu prétentieux ? » songea-t-il. Son heureuse trouvaille l'encouragea à poursuivre sa fouille. Des revues anciennes captèrent son attention. Il se jeta dessus avec l'appétence d'un boulimique. *La Revue des Deux Mondes* lui ouvrit une brèche sur les années de guerre, avec le visage de Raymond, le soldat breton, émergeant enfin du passé.

— Raymond ! Mais alors, François le connaissait ! Il m'a affirmé que ce prénom ne lui disait rien !

Lui avait-il menti sur d'autres sujets ? Peut-être n'était-il pas ce fils indigne, qui ne méritait pas de porter le nom d'une famille honorable ?

Il dégringola les marches menant au rez-de-chaussée, en quête d'explications. Depuis son retour, son jeune frère paressait sans honte. On gardait son nom en grosses lettres, il était le chef. Cette reconnaissance lui suffisait.

« Les autres sèment et exécutent, le chef se montre dans les bonnes occasions, et récolte », se persuadait-il. Il continuait donc de parader, et ne voyait pas, ou refusait de voir que peu à peu Louis reprenait du terrain.

Devant la mine contrariée de son frère qui surgissait dans la cuisine comme une furie, François camoufla précipitamment le journal qu'il tenait entre les mains. Il lui demanda, le sourire aux lèvres, s'il désirait du café. Avait-il découvert l'annonce de la soirée théâtrale, et la photographie de l'actrice ? Cette Clara Vermant n'était autre que Céline Baert. Mais les doléances de Louis portaient sur une autre question.

— J'avais complètement oublié ce soldat, s'étonna-t-il d'un ton ingénu.

Son frère se taisait. Perplexe.

— Enfin, Raymond ! Tu oublies que j'étais encore un enfant !

— C'est vrai, excuse-moi.

François refusait de l'appeler Louis à l'instar de Lucie. C'était trop risqué. Mais Lucie était une Flamande extrêmement têtue.

A l'heure du déjeuner, il craignit à nouveau que Louis ne remarque l'article de presse. Il reconnaîtrait peut-être Céline, et lui, François, ne serait plus rien. Il constaterait un autre mensonge, celui du prénom, sciemment changé en Marie pour mieux se jouer de sa mémoire défaillante.

François trembla lorsqu'un ouvrier mentionna la soirée donnée à la salle des fêtes au bénéfice des orphelins de guerre. Les bavardages de cet homme s'arrêtèrent là. La peur de François aussi.

Jusqu'en fin d'après-midi.

Vers les dix-sept heures, Lucie débarqua dans les ateliers, guidée par la petite bonne. Circuler au milieu des machines et des bicyclettes n'était guère aisé avec sa mauvaise vue.

— Faites attention, madame Verley ! C'est dangereux ici, lui dit un émailleur.

Pour l'instant, ils ne disposaient encore que de simples cabines de peinture, avec ce fameux aspirateur rejetant les déchets vers l'extérieur. Mais Louis, alias Raymond, comptait faire l'acquisition dès l'an prochain d'une véritable chaîne de peinture.

Lucie émit l'idée de se rendre au théâtre pour la soirée de bienfaisance.

« Catastrophe ! » songea François. Elle ne semblait

pas, grâce au ciel et à son infirmité, avoir fait le rapprochement avec Céline.

— Qui m'accompagne ? Mes deux fils ? espéra-t-elle avec un sourire.

— Mais, maman, tu ne verras rien ! protesta François.

— J'entendrai ! Les voix me suffiront, et j'ai très envie de ressortir un peu.

— Je viens avec toi, déclara Louis.

François paniqua.

Juliette ne découvrit personne au bercail. Elle déposa ses deux grosses valises, sortit par la petite barrière blanche qui s'ouvrait à l'arrière du jardin, vers ce que l'on appelait, à présent, l'« usine ».

Pendant ce temps, François reconduisait sa mère par un autre chemin. Elle désirait s'arrêter chez un commerçant. Avec le prétexte de lui rendre service, il gagnait du temps, se creusait la cervelle pour inventer un obstacle et la dissuader de son projet nocturne.

Il entendait déjà son frère pousser un hurlement dans la salle en reconnaissant Céline. Il voyait cette dernière interrompre son jeu et crier « Louis ! » devant un parterre bien garni, et il imaginait le visage des spectateurs tournés vers eux, identifiant, ébahis, Louis Verley.

François craignait toujours que le pot aux roses ne soit découvert. Mais en ville, Louis restait prudent. Il allait, croyait-il, de la réputation familiale. Il travaillait sans relâche, ne s'arrêtait que pour manger et dormir. Il n'était pas fier de lui, du Louis présumé de jadis. Il acceptait donc avec un certain fatalisme de rester

Raymond. Il ne sortait pas au cinéma, ni au théâtre, ni au cirque.

Parfois, il rejoignait le littoral, et la longue plage de Bray-Dunes. Il n'y dormait pas et n'ouvrait pas la villa Rêve de Mai. Il ne s'accordait pas plus d'un après-midi de liberté. Que cette immensité soit bleue, grise, irisée, nimbée de soleil ou brumeuse, il y marchait longtemps jusqu'à ce qu'affluent dans son cerveau les promenades estivales de son enfance. Il contemplait le roulement des vagues, écoutait les bruits de ressac dans lesquels il avait l'impression d'entendre des voix féminines, presque imperceptibles. Il respirait l'odeur de la marée, contemplait le vol des oiseaux de mer. Après tout, Verley signifiait « de la rivière » en flamand. De l'eau, toujours de l'eau...

Un jour, deux silhouettes à bicyclette le firent relever la tête. Il prenait un chocolat, en solitaire, dans un café sur la digue. Elles disparurent trop vite. Le souvenir n'eut pas le temps d'émerger. Mais il songea à la mystérieuse Marie. Ce prénom ne lui évoquait rien, et l'impression désespérante de vide lui revint, spectre d'un chagrin d'amour perdu dans les profondeurs de son inconscience. Il ne sut jamais qu'une mince paroi de verre l'avait, cet après-midi-là, séparé de Céline.

Il se persuadait que sa mémoire, inquisitrice, avait déprogrammé à loisir les souvenirs gênants. Il s'était rappelé ses deux amis d'avant la guerre, aux destins si différents.

Dische, parti se marier et vivre avec sa Toulonnaise, percevait sa solde de marin sans avoir jamais revêtu l'uniforme – un chanceux celui-là, selon François – et Pierrot, engagé dans la Légion des volontaires français contre le bolchevisme, avait été fusillé à la Libération.

« Tu vois, ton copain non plus n'était pas très recommandable. »

Louis avait apprécié le « non plus ». »

Juliette cherchait Louis. Elle déambula dans les ateliers, humant l'odeur de pneus avec nostalgie, stupéfaite de découvrir le développement de l'ancien commerce Verley, devenu SARL Verley dès 1948.

Ils avaient acquis le terrain à l'arrière, construit un baraquement provisoire, comme Louis y avait songé durant la période floue de son existence. Ce dernier ayant la technicité nécessaire, ils n'engagèrent au départ que quatre personnes, et réussirent à sortir une dizaine de cadres de bicyclette par jour. Bientôt ce chiffre doubla, puis tripla.

Ils réalisèrent alors une extension. Un troisième bâtiment était prévu dès que les ventes le permettraient. Les différentes phases de la fabrication se faisaient à présent dans des ateliers distincts, et l'activité de chacun était impressionnante. En quelques mois, ils avaient accompli ce qu'escomptait Louis.

Admirative, Juliette salua la ténacité de son frère. Toutes ces transformations ne pouvaient être que de son ressort. Louis n'avait pas changé, il ressemblait bien à leur mère.

Un millier de « bicyclettes Verley » était sorti de leur manufacture en l'espace d'une année. A l'arrivée de la sableuse, leur première grosse machine, la petite vingtaine d'employés s'était alors arrêtée de travailler pour fêter l'événement, grisée par l'aventure qui prenait corps.

Juliette reconnut quelques têtes, mais la plupart des

ouvriers lui étaient de parfaits inconnus. De six, ils étaient passés à vingt, puis à cinquante employés.

Un grand tableau blanc s'étalait au mur de chacun des ateliers, et comportait le règlement intérieur, assez strict, établi par Louis. Consignes de sécurité et d'hygiène pour le personnel, accent mis sur les dispositifs de sécurité – il connaissait les dangers –, carte d'embauche dans les règles, visite médicale, périodes d'essai, horaires de travail sur les tableaux d'affichage, sanctions pour les retards ou inobservation du règlement.

Louis laissait le titre de directeur général à François, mais en réalité il dirigeait les ouvriers et les employés de la direction. Tout passait par lui, ou presque. François tenait à rencontrer les candidats le premier, « pour faire le tri », décharger officiellement Louis, qui décidait ensuite de leur compétence en les prenant à l'essai. S'il désirait montrer aux recrues qui était le vrai patron, il s'assurait surtout de ne pas engager des personnes ayant connu Louis avant la guerre.

Mais ce dernier portait des lunettes pour accueillir les clients, et nul ne songeait à Louis.

Les Verley continuèrent à se fournir en guidons, freins, poignées et jantes à Saint-Etienne. Ils se procurèrent les selles dans l'Ain, où l'on travaillait bien le cuir, les pédales dans la Haute-Loire, les rayons dans les Ardennes, les tubes à Solesmes dans le Nord et la boulonnerie en Savoie. Les pneus provenaient de différentes marques. Louis était très vigilant sur la qualité et la solidité des accessoires. Il comptait atteindre les cinq mille bicyclettes avant 1951. L'enjeu était audacieux. Des clients surgissaient de différents coins de la France, et bientôt de l'étranger.

C'est à la Foire internationale de Lille, où la SARL Verley avait un stand, que Juliette avait retrouvé son frère. N'y tenant plus, Lucie avait prévenu sa fille. Elle accourut aussitôt au Salon pour l'embrasser. Elle pleurait de joie. Des clients souriaient de leurs effusions, se méprenaient sur la teneur de leurs relations.

— Même au cinéma, la bicyclette est à l'honneur, lui avait-elle appris. (Habiter Lille lui permettait de satisfaire son appétit de cinéma.) *Jour de fête* de Jacques Tati – l'histoire d'un facteur sur son vélo – a été récompensé au festival de Venise. Et à celui de Knokke, c'est le film *Le Voleur de bicyclette* de Vittorio De Sica qui a remporté le premier prix.

— Eh bien, tu en sais, des choses !

— Tu devrais sortir, Louis. Il faudra venir me voir, maintenant !

— Es-tu heureuse, Juliette ? demanda-t-il avec anxiété.

Elle éluda la question.

— J'ai vu aussi *Les Enfants du paradis*. Avec Arletty.

— Arletty ? Je me souviens à quel point tu étais en colère lorsque nous nous moquions de toi en t'appelant « Arletty » ! Tu vois, ma mémoire est revenue !

— Toute ta mémoire ?

— Non, Juliette, pas celle des années de guerre... C'est étrange, n'est-ce pas ?

Elle faillit lui parler de Céline, mais elle n'osa pas. Elle la savait à Paris, et sa famille ne voulait plus entendre parler d'elle. Le pan de mémoire effacé de

Louis lui ôtait au moins cette souffrance. Elle ne dit rien.

— Le rôle était merveilleux, reprit-elle. Si j'ai une fille un jour, elle s'appellera Garance. Tu sais ce que m'a dit maman ? « Ce n'est pas le prénom d'une sainte, je doute qu'il soit accepté ! » (Elle éclata de rire.) Cela ne l'a pas empêchée de pleurer aux amours contrariées des deux héros qui se perdent dans la foule...

Elle se mordit la lèvre. Gaffeuse comme elle... Il ne réagit pas.

— L'an prochain, nous participerons au Salon international du cycle de Paris, Juliette !

La bicyclette était devenue son amante. Il ne vivait que pour elle.

Louis désirait aussi faire un tour à Saint-Etienne pour la réouverture de son vélodrome. Il l'avait promis à son ami Noël. Le Stéphanois pestait parce que sa ville n'était toujours pas une ville étape du Tour de France, alors qu'elle était réputée pour être la capitale du cycle.

En écoutant le Tour au poste de radio, pendant l'été, Louis s'était replongé dix ans en arrière, en cette année 1939 où tous les Verley étaient réunis, heureux, insouciants, ignorants encore des drames à venir.

Mais certains manquaient à l'appel. Ti n'était plus là, à lui enseigner le montage des roues. C'était lui, Louis, enfin Raymond, qui instruisait à présent les jeunes apprentis. Dans le salon, François écoutait le Tour, mais Bertin ne fumait plus avec son ami Albert, le gendarme, et ne provoquait plus le mécontentement de Lucie, qui ne supportait pas la fumée.

Ce 25 juillet 1949, après avoir endossé le maillot

jaune à Aoste sous les yeux émerveillés de milliers de supporters italiens, Fausto Coppi était devenu le grand vainqueur du Tour. Bartali, le « Lion de Toscane », encore appelé « Gino le Pieux », était second, mais Juliette elle aussi était absente, et l'on n'avait pu la plaisanter sur le beau Gino. Sur le bord des routes, entre amateurs de pique-nique et autres spectateurs placides et corrects, d'autres, lamentables, hurlants, odieux, stupides, avaient sifflé les vainqueurs italiens, leur lançant des peaux de banane.

Les pronostics de François étaient avérés. Cette année, leurs premiers maillots flottaient sur le torse de coureurs effectuant des courses régionales, comme le Grand Prix de Dunkerque, celui de Calais, le Tour de Flandre, assez renommé. De superbes maillots verts qui, espéraient-ils, s'illustreraient bientôt sur le prestigieux Tour de France.

Louis était en train d'instruire un nouvel ouvrier, au milieu de centaines de roues assemblées qui attendaient pour le montage des bicyclettes, lorsqu'il aperçut Juliette. Elle était vêtue d'un ensemble bleu. Ce bleu lui rappelait... C'était à Saint-Etienne... Il avait suivi une silhouette de jeune fille, toute vêtue de bleu. Puis il s'était arrêté, confus, vaguement coupable, avec l'espoir que l'inconnue n'avait pas repéré son manège.

Si Juliette n'avait pas perdu sa spontanéité, son humeur joyeuse, elle, s'en était allée. Son visage reflétait une gravité inhabituelle. Elle revenait vivre parmi eux. Elle avait décidé de divorcer.

Lucie en oublia la soirée théâtrale. Elle était décontenancée. Louis était soucieux pour sa sœur. François, heureux de ce changement de programme.

— Divorcer ! Mais, Juliette, c'est impossible !

— Si, maman.

— Cela ne s'est jamais fait dans une famille comme la nôtre.

— Eh bien, on va changer les habitudes !

— Juliette ! gronda-t-elle.

Une pointe transperça le cœur de Lucie. Elle songeait à son frère, Bertin. Si opposé au divorce.

— Et l'Eglise, tu oublies l'Eglise ?

— Oh, maman ! Je t'en prie, respecte mon choix. Il ne s'est pas fait de gaieté de cœur.

— Ton mari n'est pas un violent. Que lui reproches-tu ?

— Rien.

— Quoi ?

— J'aimerais pouvoir le haïr, le mépriser, mais c'est impossible, il est parfait. Honnête, bien élevé, droit, mais...

— Tu t'ennuies avec lui, n'est-ce pas ? acheva Louis. Il n'a aucune marque de tendresse à ton égard, et tu ne l'aimes pas ?

— Comment le sais-tu... ?

— Je l'avais deviné lorsqu'il est venu dîner à la maison, juste après tes fiançailles.

— Mais c'est un souvenir du temps de la guerre, ça, Louis ! C'est formidable ! s'écria Juliette. A ce propos, maman, j'ai aussi décidé autre chose. Voilà, Louis ne peut continuer à s'appeler Raymond. Il faut lui redonner sa place. N'a-t-il pas assez souffert ? N'est-il pas temps qu'il reprenne son identité ?

— Tu reviens pour te mêler de nos affaires ?

François était furieux.

— Juliette, c'est très gentil de ta part, répondit

Louis. Mais la famille aurait des ennuis, j'ai collaboré...

— Collaboré ? Toi ? (Elle pouffa.) C'est une plaisanterie ! (Son rire s'éteignit devant leur mine sérieuse.) Mais c'est faux ! Tu n'as jamais été... Enfin, maman, François, qu'est-ce que vous lui avez raconté ? Bon ! Si vous refusez de me parler, j'alerte Gérard. Il reviendra d'Afrique pour retrouver son frère, toute la ville se posera des questions, et tout le monde le saura, foi de Juliette !

Durant la soirée, une pluie avait inondé les routes et les fossés des alentours. Les chemins étaient détrempés, une chape humide recouvrait la ville ensommeillée. Le voile obscur s'épaississait, les contours des choses étaient émoussés, les rues plongées dans le noir. Aucune lumière encore ne restait allumée toute la nuit.

Louis n'arrivait pas à dormir. Des sentiments contradictoires s'entrechoquaient et agitaient son esprit. Il était excité et soulagé de ne pas être celui qu'avait prétendu François. Préoccupé et heurté par l'odieux mensonge de son frère concernant ses prétendues amitiés avec l'ennemi. Un certain nombre de petites et grosses affabulations d'antan lui revenaient en tête. Il était tracassé par la perspective du divorce de Juliette, et par le fait de reprendre son nom, Louis Verley. Il avait suggéré à sa famille de l'annoncer avec discrétion. Comme un secret. Pour éviter les questions. Pour éviter de mettre son jeune frère dans l'embarras. Il l'aimait, malgré tout.

Il éprouvait le besoin de marcher, de marcher sans arrêt, dans cette obscurité trempée de pluie. Le brouillard dansait devant ses yeux. Minuit sonna à l'église. Des ombres fugaces sortirent du théâtre. De dos, l'une des silhouettes, sa démarche gracieuse, évoquait un être familier... Encore ses errements, ses illusions !

Mais ce froid soudain, était-ce déjà le vent d'hiver qui s'engouffrait dans son être ?

8

Le retour de Céline à Paris, à la fin de 1949, fut épineux. Des grèves de transport paralysèrent le pays.

De virulentes campagnes de dénigrement secouaient la plus grande entreprise de France, la SNCF. Louée pour son action pendant la guerre, et son aide au redressement, on la critiquait à présent pour son déficit économique. Le parrain cheminot de Céline, actif durant l'Occupation, galvanisé par ces difficultés, militait avec acharnement. La concurrence rail route faisait rage. La petite reine, elle, gardait encore la tête haute dans cette course folle au progrès.

Une année s'écoula, avec ses péripéties, ses tragédies, ses crises et ses petits bonheurs. La France entière fredonnait *Ma cabane au Canada.*

— La demoiselle vient de chez nous [1] ! disait Lucie, comme s'il se fût agi de sa propre fille.

La France entière pleurait avec elle lorsque Piaf entonnait l'*Hymne à l'amour* pour Marcel Cerdan, disparu de façon tragique.

Un événement révolutionnait les soirées françaises.

1. Line Renaud, originaire du Nord.

Au son du *Carnaval romain* de Berlioz, la télévision prenait place, à petits pas, dans les foyers, remplaçant les veillées, dépeuplant les façades des maisons et les seuils des portes de leurs commères et de leurs chaises. D'intarissables conversations concernant les vedettes en noir et blanc supplantaient le papotage volubile entre voisins et sur les voisins. Ces nouveaux amis se nommaient Mireille, Jacqueline Joubert, Pierre Sabbagh et Gilles Margaritis, entre autres.

En cette année 1950, le Nord s'enorgueillissait de la première station régionale française : Télé Lille était née. Lorsque les Verley se procurèrent ce fameux poste de télévision, leurs relations s'installèrent dans leur salon pour la soirée théâtrale du mardi et les variétés du vendredi. En ce mois d'octobre, on se passionnait pour le premier feuilleton tourné par Claude Barma : *L'Agence Nostradamus*. Pendant l'été, on avait pu regarder, et non plus seulement entendre, le Tour de France. Louis avait été particulièrement attentif le 3 août à l'étape passionnante – la dix-neuvième – qui emmenait les concurrents de Briançon à Saint-Etienne. Il lui fut impossible d'apercevoir Noël et ses autres amis stéphanois, mais il imagina leur fierté. Bobet, héros de la journée, s'était effondré peu avant l'arrivée, laissant Raphaël Geminiani, le Clermontois, pénétrer en vainqueur sur le cours Fauriel, qui accueillait le Tour après quarante-six ans d'absence.

Les frères Verley, en dépit de leurs différences, partageaient une passion : celle des courses cyclistes. Ils côtoyaient les meilleurs coureurs nordistes comme César Marcelak et Louis Deprez. Certains couraient sous le maillot Mercier, dont les Verley étaient encore clients. D'autres commençaient à endosser leurs maillots verts.

En ce mois d'octobre 1950, l'ambiance du Grand Palais, à Paris, était extraordinaire. S'y déroulait le Salon du cycle et de l'automobile. Depuis neuf heures du matin, Louis, son frère et deux de leurs employés à l'avenir prometteur étaient sur le pied de guerre.

Leurs clients, mais aussi leurs fournisseurs – parfois eux-mêmes exposants – venaient les solliciter. Une foule dense se pressait dans les allées et sur les stands autos et cycles, parsemés de jeunes filles au joli nom d'« hôtesses ». Ces dernières accueillaient les acheteurs potentiels et rivalisaient de raffinement et de sourires, avec les « stewardess », anglicisme supplanté par le terme bien français d'« hôtesses de l'air ». La grâce féminine s'accordait à celle de la petite reine, et des superbes cabriolets et coupés qui s'offraient au désir des flâneurs.

Le délai d'attente pour obtenir son automobile avait considérablement diminué en un an. Les gens se ruaient pour admirer les nouveaux modèles. S'il y avait moins d'acheteurs étrangers pour le cycle que pour l'automobile, la bicyclette restait un objet de désir. De nombreux fournisseurs allemands et italiens étaient présents. La Seconde Guerre était bien achevée. L'Europe commençait à se construire avec les échanges commerciaux.

Au milieu des Hirondelle, Manufrance ou Mercier, les cycles Verley faisaient bonne figure. Divers modèles étaient présentés, sur leur stand, et témoignaient d'un large éventail. On pouvait lire les étiquettes : « Professionnel », « Tourisme », « Enfant », « Dame », « Dame sport », « Spécial mixte », « Randonneur ».

Près d'eux, la firme Chemineau avait sorti en 1949 un engin assez original. Leur « Cyclydro », ou « bicyclette flottante », était un vélo horizontal monté sur deux flotteurs. La petite reine des routes allait ainsi servir aux promenades sur l'eau, et s'appeler, dans ce cas précis, « pédalo ». La nouveauté, « absolument insubmersible », comme disait la réclame, amenait beaucoup de curieux dans leurs parages, et les Verley en bénéficiaient.

Louis avait pu acquérir un emplacement dans ce prestigieux salon. Il promettait de se hisser, dès l'an prochain, aux premières places nationales. Il était confiant en matière professionnelle. Il l'était moins sur des plans plus personnels. Il ne comprenait toujours pas l'histoire du laissez-passer. Interrogée, sa mère ignorait la façon dont il se l'était procuré. Et elle demeurait très silencieuse sur ces années terribles. Elle lui avait conté quelques faits, avec sobriété. Lucie et Louis, tout aussi pudiques, évitaient de rentrer dans un sujet plus intime. Entre ses deux agressions, celle de mai 1940, lors de l'exode, et celle de juin 1944, un flou désolant persistait. L'esprit de l'homme est une étrange machine, songeait-il, bien plus compliquée que toutes celles qu'il est en train de créer. Le cerveau de Louis, à la mémoire trouée, fourmillait d'idées et d'innovations.

En fin d'après-midi, il quitta son stand pour se rendre à son hôtel et s'y changer, avant de rejoindre son frère et quelques clients, qu'ils invitaient au Moulin Rouge. Le monde de l'automobile et du cycle se déversait, durant ces quelques soirs, aux Folies Bergère, au Casino de Paris, au Moulin Rouge, dans les théâtres et les cabarets où se produisaient des artistes renommés. Les frais étaient conséquents, ils n'avaient pas encore la carrure des grosses manufactures, mais François avait tenu à ne pas paraître pauvre, et pour une fois Louis donnait raison à son frère. Si l'on veut jouer dans la cour des grands, il faut s'en accorder les moyens. Et la manifestation du Grand Palais était une vitrine incontournable de leur industrie. Ils compensaient la dépense en logeant dans un hôtel modeste, accessible par un métro direct.

Le salon allait fermer ses portes pour la soirée.

Les clients et les flâneurs se dirigeaient vers les sorties, se pressaient dans les couloirs du métro et s'entassaient dans les rames. Les yeux remplis des petites merveilles convoitées, ils pestaient contre les embarras de la capitale tout en exhibant leur enthousiasme à l'idée de ressortir, un peu plus tard, pour admirer Paris, sa tour Eiffel, sa Seine et ses artistes.

Louis choisit la sortie des stands automobiles. Il n'avait pas encore eu le loisir de s'y attarder. De ce côté du salon, on pensait au luxe et aux records de vitesse. Et, comble de richesse ou de futilité, on exposait des autos miniatures pour enfants. L'ère du baby-boom jaillissait.

La silhouette gracieuse d'une jeune femme posant pour une marque américaine attira son attention. Les grandes firmes commençaient à rivaliser de réclames, prônant l'image de la femme star, séductrice et déesse.

L'inconnue était revêtue d'un manteau haute couture, dont la fourrure était assortie aux reflets roux d'une abondante chevelure. Il ne la voyait que de profil. Des badauds s'amassaient autour des prises de vue et l'empêchaient d'approcher.

Elle, c'était elle…

Mais qui ? *Elle*. Tout simplement. Avec ce visage aux grands yeux rêveurs, aux cheveux un peu fous et au rire éclatant.

Elle disparut, sans doute pour revêtir un autre costume, pour une autre pose.

— Une actrice de cinéma, murmurait-on devant lui.

— Qui est-ce ?

— Vous la reconnaissez ?

— Une Américaine, affirmait un autre, sûr de lui. Regardez la marque de la voiture, c'est une Buick, alors c'est forcément une vedette américaine !

Mais elle ne revint pas, et les curieux se dispersèrent, le laissant tout ébaubi. Le photographe rangeait son matériel. Louis l'aborda. Il devait absolument s'enquérir du nom de la jeune artiste.

— Pardon, monsieur, la jeune femme qui était là…

— Clara ? Elle est partie. C'est terminé, on range !

— Excusez-moi, mais quel nom avez-vous dit ?

— Clara, Clara Vermant…

Il leva la tête d'un air soupçonneux. Son regard s'éclaircit en découvrant le visage ému de Louis.

— Si vous voulez la revoir, c'est au théâtre qu'il faut courir…

Louis avait filé. Ce nom, Clara Vermant, ne lui disait rien. Mais il lui fallait se rendre au plus vite au théâtre où elle se produisait. Le hasard venait de le mettre sur les traces de son amour disparu. Ce n'était plus une chimère. Hasard, providence ou signe ?

Il s'arrêta net.

« Quel idiot je fais ! »

Il revint précipitamment sur ses pas. Le photographe s'était fondu dans la foule. Dans quel théâtre jouait-elle ? Il avait oublié de le demander. Par chance, le matériel de l'homme était conséquent. Il l'aperçut qui se dirigeait vers une autre sortie. Il le rattrapa de justesse, lui tapa à l'épaule, le fit sursauter.

— Excusez-moi, vous avez dit quel théâtre ?

— Je n'ai rien dit. (Il le jaugea avant de poursuivre.) C'est à la Michodière. Mais avec l'affluence au salon, je doute que vous ayez des places !

— Merci... merci !

Il s'éloigna sous le regard amusé du photographe.

— S'il croit passer la soirée avec Clara ! On en voit au salon qui ne doutent de rien.

9

Le théâtre de la Michodière se lovait à proximité de l'Opéra ; son hôtel, du côté de Montparnasse. Louis fit prévenir son frère d'une indisposition due à une crise migraineuse. Il usait de ce prétexte pour la première fois de sa vie. Mais sa vie, ce soir-là, était en jeu, et François le remplaçait sans problème dès qu'il était question de divertissement.

Il mit davantage de temps que prévu pour se rendre au théâtre. François Périer y triomphait depuis le printemps, dans la nouvelle création d'André Roussin, *Bobosse*.

Louis n'était pas encore arrivé qu'il entendait une sonnerie, celle qui enjoignait aux spectateurs de gagner leurs places. Il courut, se présenta, essoufflé, à la caisse. C'était complet.

Il insista.

— Non, monsieur, je vous répète que c'est complet. Pour demain, il reste quelques disponibilités.

Louis ne se résignait pas à partir. Il eut raison, car au dernier moment une personne se présenta dans l'espoir de se faire rembourser sa place.

— On ne rembourse pas, dit le guichetier, mais

attendez, il y a là quelqu'un... J'ai votre place, monsieur ! lui cria-t-il au travers de la vitre.

La salle plongeait dans le noir.

L'ouvreuse aida Louis à rejoindre son fauteuil. La place était onéreuse, au cinquième rang d'orchestre, mais il eût déboursé des millions pour assister à cette représentation. Il y allait de sa vie.

Il était entré sans rien savoir de la pièce ni de son sujet. Dès que le rideau rouge s'ouvrit, tel un comédien, le trac l'envahit. Celui qui était sur scène, lui, ne paraissait nullement l'avoir. L'acteur commençait le spectacle en faisant le poirier, ce qui lui valut aussitôt un tonnerre d'applaudissements.

Quelle ne fut sa surprise en découvrant qu'il interprétait le rôle d'un homme ayant une bosse sur la tête ! Louis songea, l'espace d'une seconde, à ce qu'« elle » lui disait... Mon Dieu, quel était donc son prénom ? Ce n'était ni Clara, ni Marie, mais il l'entendait murmurer : « Tu m'enverras un signe. »

N'était-ce pas elle, ce soir, qui lui envoyait ce signe ?

Dans cette pièce, la vie privée se mêlait au théâtre, c'était le théâtre dans le théâtre, ou les deux faces d'un homme... De quoi rêver sur sa propre situation.

Et elle apparut. Le doute n'était plus permis. C'était elle. Clara. Non !...

— Céline !

Le prénom dut lui échapper des lèvres, car plusieurs têtes se retournèrent vers lui. L'un des spectateurs, offusqué, murmura, les sourcils froncés :

— Chut !

La comédienne maîtrisait son rôle, se contrôlait parfaitement, elle était dans la pièce. Pourtant, il eût juré la voir frémir. Cette petite flamme, perceptible au fond de ses prunelles, n'en témoignait-elle pas ?

Il avait prononcé le mot magique. Le plus cher au monde. Le sésame de sa mémoire. Ce prénom venait de déchirer l'obscurité de son cerveau avec la fulgurance de l'éclair. Il déclencha un assaut de souvenirs. Un flot ininterrompu d'images se succéda : Céline et son rire inimitable, Céline et ses yeux magnifiques posés sur lui avec tendresse, Céline sur son cadre de bicyclette, son corps contre le sien, sa chevelure rousse se mouvant avec sensualité, et dégageant un parfum qui l'envoûtait. L'émotion de leur rencontre à la kermesse. Le vol des oiseaux migrateurs. Sa promesse... Comme il l'avait mal tenue !

Elle portait un autre prénom, et ce soir, un autre encore, dans son personnage. Clara, la vraie Clara, était l'amie polonaise. Pourquoi Céline avait-elle pris son prénom ? Etait-elle... ?

Mais déjà d'autres pensées affluaient dans son cerveau en vrille. Le temps n'existait plus. Le reste de la pièce passa comme dans un rêve. Une autre action se déroulait parallèlement, se juxtaposait à la pièce et à la pièce dans la pièce. De quoi devenir fou. Il se faisait l'effet d'être l'un de ces aveugles à qui il est donné de voir la lumière pour la première fois.

A la fin du spectacle, ses yeux ne pouvaient se détacher de la rayonnante actrice que les projecteurs nimbaient de lumière. Il était dans une autre dimension, celle de l'amour, quand l'amour rejoint l'éternité.

Clara Vermant n'était autre que Céline Baert. Sa Céline. Il avait envie de le crier à tous.

Plus que les autres spectateurs, les battements de

son cœur guidaient ses mains qui se joignaient pour applaudir. Comment avait-il pu l'oublier ?

Non, son subconscient l'avait gardée quelque part, lui interdisant de courtiser ailleurs. Son cœur lui avait enjoint de rester sourd aux autres femmes.

Envoûté, il regardait les acteurs, il ne voyait que des images d'un bonheur passé, un bonheur lié à ce sourire, là, sur scène, un sourire qui jadis croquait la vie à pleines dents en dépit des souffrances rencontrées, un sourire qui lui appartenait. Il s'entendait lui murmurer : « Je t'aime. Jamais je ne t'oublierai. »

Quelle ironie !

Il se souvenait de tout. Tout ce que son subconscient avait effacé, avec l'agression, le coma, la fièvre, donnant à sa vie, par ricochet, l'aspect d'un puzzle inachevé. Recomposer son passé avait exigé de l'application, mais le plus important – son amour – lui avait été volé par les siens. Personne, dans son entourage, n'avait évoqué Céline Baert. Pour qu'elle restât à jamais perdue dans les méandres d'un cerveau endommagé ? Son frère lui avait menti une fois de plus. Certes, Céline était d'une famille aux antipodes de la sienne, cela expliquait sans doute le silence de sa mère et de sa sœur... Mais elle l'aimait !

Le processus de remise en mémoire se poursuivait. Impossible de le contrôler, comme une pellicule un peu folle qu'un projectionniste oublie de retirer à la fin d'une séance cinématographique. Les souvenirs se bousculaient pour décrocher la première place. Ils jaillissaient, le pénétraient, le piquaient, lui faisaient exploser le crâne, le bouleversaient, le grisaient.

Soudain, on se pencha vers lui :

— Monsieur, il faut partir, le théâtre ferme !

— Mais…

Il prit brusquement conscience de l'accalmie qui l'entourait. Le bruit diffus des conversations propres à la fin d'un spectacle avait disparu. Il jeta un regard autour de lui. La salle était vide.

— Où sont les loges ? murmura-t-il, la gorge serrée.

— Je regrette, monsieur, il n'y a plus personne, les acteurs sont partis,

— Je veux voir Clara Vermant, annonça-t-il avec une brusquerie enfantine.

— Je vous dis qu'ils sont tous partis ! Pour ça, il faut revenir, monsieur, j'allais fermer le théâtre lorsque je vous ai aperçu. Vous allez bien ? demanda-t-il, inquiet.

Ce spectateur était blanc comme un linge.

— Oui, oui, merci, au revoir…

Le lendemain, Louis fut obsédé toute la journée par l'image de Céline.

— Où es-tu, tu rêves ? s'enquit son frère. N'oublie pas tes rendez-vous !

François ne tenait pas à assumer les clients importants. Il ne s'en sentait pas la carrure. Ces journées exceptionnelles étaient plutôt pour lui une occasion de parader sur le stand, de lorgner les petites Parisiennes et, le soir, de s'amuser dans les lieux de divertissement.

Lorsque Louis prévint son frère de son absence pour la soirée, ce dernier se fâcha.

— Encore ? Tu me laisses seul avec eux ?

Dans le brouhaha du salon, son frère semblait être ailleurs.

— Tu entends ce que je te dis ?

— Oui, pardon. Ce soir, nous sommes invités par Mercier aux Folies Bergère, n'est-ce pas ? Tu sauras très bien nous représenter. Et n'es-tu pas le directeur en titre ? ajouta-t-il avec une pointe de raillerie.

Il tenait rigueur à François de son silence au sujet de Céline, de ses multiples mensonges. Le fatalisme de la culpabilité désertait son être, au profit d'un sentiment plus agressif, mais peut-être aussi plus constructif, et qui parachevait sa personnalité de jadis : la colère. Il n'en toucha mot à François. Ce n'était ni le lieu, ni le moment. Au retour, après le salon, après l'avoir revue...

Son frère se méprit. Louis avait travaillé chez Mercier. Il ne tenait sans doute pas à s'épandre en explications. Cela valait mieux.

Louis avait peur de la revoir.

Elle devait être heureuse avec son théâtre, ses amis, et l'avait sûrement oublié dans cette vie trépidante de Paris. Il ignorait que Céline était troublée, elle aussi, depuis la veille au soir.

Lors de son entrée sur scène, il lui avait semblé entendre « Céline ».

Ce prénom, seules ses relations du Nord le connaissaient, et Rodolphe, bien sûr, mais Rodolphe était sur scène, à ses côtés. Et cette voix dans la pénombre... En un éclair, tout en parlant à son partenaire, elle s'était imaginé un fin visage, des cheveux blonds. Elle avait songé au poème de ses quinze ans. Lors des derniers applaudissements, la lumière avait éclairé la salle. Ses yeux avaient parcouru les rangs, s'étaient arrêtés au cinquième. Mais à cet instant précis, le spectateur avait porté la main à sa tempe et baissé la tête.

Ce geste lui avait rappelé subitement celui de Louis lorsque la migraine commençait à le faire souffrir. Etait-il possible qu'il soit vivant ? Elle essayait d'accrocher son regard à cet homme lorsque le rideau se ferma.

« Ne traîne pas, nous sommes attendus pour souper !

— Attends, Rodolphe, derrière le rideau, j'ai l'impression d'avoir vu... D'avoir reconnu...

— Si tu as des admirateurs, coupa-t-il en l'entraînant vers les loges, tu les retrouveras là-haut. (Il découvrit le visage livide de Céline.) Mais qu'as-tu, ça ne va pas ? Tu es pâle ! Tu as vu un fantôme, on dirait...

— Tu ne crois pas si bien dire. C'est Louis, je crois l'avoir vu... »

Le visage de Rodolphe se durcit.

« Vas-tu en finir avec ces hallucinations ? Tu t'illusionnes, ma petite !

— J'ai vraiment cru...

— Le reconnaître ? Il est mort, bien mort, tu l'as constaté toi-même. Tu cours après un tas d'os calcinés !

— Rodolphe !

— Il est temps que tu tournes la page, Clara », affirma-t-il en insistant sur le prénom.

En quittant le salon, Louis se dirigea d'abord vers le théâtre pour retenir une place, avant d'aller se changer à l'hôtel.

— C'est complet !

— Comment ? Mais hier vous m'avez dit...

— Hier, c'était hier, monsieur, les gens défilent sans

arrêt depuis la matinée pour applaudir monsieur Périer, déclara-t-il d'un air pompeux.

Où se croyait-il, celui-là ?

— Je vous en prie…

Il le toisa de dessus ses lunettes. Il avait un air passionné, ce spectateur. Un mordu du théâtre. Il méritait un effort. Il remit le nez dans son plan.

— Ah ! il me reste un petit strapontin, dit-il comme s'il y en avait des grands. C'est tout au fond, si cela ne vous fait rien de…

— Je le prends !

Il était mal placé. Peu importait. Il irait la retrouver à la fin du spectacle. Allait-il acheter des fleurs ? C'était de tradition pour une générale, mais là ? Il se souvint de sa gourmandise, et des rochers au praliné qu'il avait dénichés pour elle. Achetés au marché noir. Etait-ce une habitude ? Par amour pour Céline, il était prêt à n'importe quoi. Le laissez-passer… La randonnée nocturne avec Dische lui revint à l'esprit. Les risques courus. Sa mère, inquiète, dans le rétroviseur, tandis qu'il dévalait la rue à grande vitesse pour aller épouser Céline, au mépris de tous les dangers. Le laissez-passer, l'Ausweis, il l'avait volé. Il n'était pas l'ami des nazis, comme le répétait son frère. Une autre invention de François. Combien de mensonges avait-il proférés ? Il ressentit un spasme douloureux dans la poitrine. Il ne perdait rien pour attendre, celui-là !

Après un passage dans une confiserie, il revint au théâtre et se procura un programme. La photo de Céline s'étalait sur un quart de page, sous le nom de Clara Vermant. Il la fixa, jusqu'à ce que le noir envahît la salle, le cœur serré, prenant conscience du temps qui s'était écoulé et qui était à jamais perdu. Quelques lignes étaient écrites concernant différents rôles interprétés. Pièces de répertoire, essentiellement. C'était sa deuxième apparition dans une pièce dite « de boulevard ».

Au moment où le rideau s'ouvrit, il retint une envie de s'enfuir à toutes jambes.

Dès qu'elle entra sur scène, la magie opéra de nouveau. A la grâce de jadis se mêlaient une maîtrise du métier et une vulnérabilité touchante. S'il avait oublié son amour, il serait retombé amoureux aujourd'hui. Mais un autre sentiment, désagréable celui-là, s'insinuait en lui. Elle paraissait si sincère dans ce rôle ! Et si sa famille avait raison ? Il manquait peut-être encore des pièces à son puzzle. Comment faire confiance à une mémoire qui lui avait fait défaut pendant quatre ans ? Céline s'était-elle moquée de lui ? Une frimousse amoureuse s'offrait à son partenaire, sur scène. Que cachait ce sourire émouvant ? Dans ce « jeu de l'amour et du théâtre », comme l'annonçait l'auteur dans le programme, elle jouait à merveille. C'était bien elle, et en même temps elle était absorbée dans son personnage. Elle s'oubliait dedans, mimait l'amour, provoquait le regard avec une telle conviction ! Et lui, le partenaire, où l'avait-il vu ? La veille, il n'avait eu d'yeux que pour Céline. Le reste avait été noyé dans une brume. Ce comédien était jeune, ce n'était pas encore une vedette comme François Périer. Il reprit son programme, le feuilleta, provoqua le grognement exaspéré de son voisin. Rodolphe Gauthier ! Un camarade de collège de Céline. Louis ne l'aimait guère parce qu'il la courtisait dès qu'il avait le dos tourné. Etaient-ils ensemble aujourd'hui ?

« Les entrées en scène sont toujours une demande d'amour, lui avait-elle confié un jour.

— As-tu peur que je ne t'aime pas assez ? » lui avait-il répondu.

C'était plus fort que lui. Il étouffait. Il paniquait. Il devait aller la retrouver, lui montrer qu'il était vivant, savoir, l'aimer, rattraper ce temps perdu… Il n'attendit pas la fin du spectacle.

Il dérangea quelques spectateurs outragés. Il se dirigea d'un pas décidé vers un escalier repéré avant le spectacle, entre deux colonnes, comme étant celui menant aux loges. Il entendit l'écho de leurs voix dans les haut-parleurs, puis un silence, bref, suivi par les applaudissements.

Perdu dans un labyrinthe de couloirs, il croisa une dame élégante. Elle chantonnait, sans aucune gêne. La directrice en personne, Yvonne Printemps. Il l'ignorait. Il remarqua juste qu'elle était de ces femmes que l'on dit « encore belles ». L'ex-épouse de Sacha Guitry était une artiste de cinéma, du théâtre et de la chanson. Il lui demanda où se trouvait la loge de Clara Vermant. Elle la lui indiqua, lui offrit un large sourire. Elle soupira avec la nostalgie de ses cinquante-cinq ans, fredonna un air d'opérette et s'en alla rejoindre son mari, Pierre Fresnay, qui partageait à présent la direction avec elle.

Alors que Louis atteignait l'étage en question, des éclats de voix lui parvinrent. Il se tassa derrière un portant sur lequel étaient accrochés des costumes et qui encombrait le passage. Céline regagnait sa loge, en compagnie de Rodolphe. Louis ne saisit pas leurs premières paroles.

— Allons, plus d'idées noires, exigeait Rodolphe, c'est promis ?

Ils s'approchaient dangereusement de lui.

— Promis ! entendit-il.

— Cela vaut un baiser de ma petite femme !

Rodolphe l'embrassa dans le cou, provoqua son rire, puis il la prit dans les bras, pressa ses lèvres sur les siennes, et lui captura la bouche avec gourmandise.

Le cœur de Louis s'accéléra. Son souffle était saccadé et bruyant. Il craignit d'être découvert, mais les deux partenaires dans la ville et au théâtre s'étaient engouffrés dans la loge de Clara Vermant.

Hébété, comme si on venait de lui asséner un nouveau coup invisible et autrement plus douloureux que les précédents, Louis resta un instant collé près de la porte de la loge.

Le rire de Céline lui était d'une violence insupportable. Rodolphe venait de dresser entre eux un fossé infranchissable, de rompre des liens à peine renoués. Il la perdait à l'instant même où il croyait la retrouver. Leurs destins étaient-ils donc d'être divergents ? Elle semblait tellement à l'aise, tellement dans son élément ! La conclusion n'en était que trop évidente.

Il déposa les rochers au praliné à la porte de la loge et s'éloigna dans un brouillard. Un rire blessant dans la tête, égaré par sa peine, aveugle à la meute des spectateurs se hâtant vers les coulisses, il se cogna à quelques ombres.

On ne rattrape pas un temps irrattrapable, comme on ne peut forcer un destin. Et le hasard ne fait pas toujours bien les choses. Tout était faux. Elle devait être mariée, ou fiancée, elle le croyait mort, elle avait sa vie, elle suivait sa vocation. Elle était heureuse. Il ne pouvait tout détruire.

Céline avait traversé sa vie comme une éblouissante comète. Il repartit le lendemain dans le Nord, avec sa mémoire et sa souffrance.

10

Au théâtre, Céline s'était tournée vers le fauteuil du cinquième rang d'orchestre. Une femme élégante y siégeait, au côté d'un homme au visage replet. Quelle nouvelle aberration l'avait conduite à imaginer « son » spectateur assis à la même place que la veille ?

« Incorrigible romanesque ! » Son rêve était digne d'un pièce ou d'un film. Non, il ne serait pas là, soir après soir. Il ne se lèverait pas pour la rejoindre, comme le héros du film *To be or not to be* de Lubitsch, cinéaste décédé depuis peu, et auquel, ayant eu la chance de voir ses films, elle vouait une véritable adoration.

Et pourtant, ce soir-là, dans la pénombre de la salle, Louis venait bien de quitter son strapontin du fond.

Parmi les spectateurs venus la féliciter dans sa loge, un homme lui avait offert des rochers au praliné. Sa friandise préférée.

« Il ne fallait pas !

— Je les ai trouvés par terre, avait balbutié son admirateur, le visage empourpré. On allait marcher dessus.

— C'est trop gentil ! » avait-elle répondu en riant, croyant qu'il plaisantait.

Un an plus tard, Céline repensait à ce dialogue. Et si ce spectateur disait vrai ? Il était trop tard pour l'interroger.

Quelque chose en elle persistait à croire Louis vivant. Cette intuition, cette presque conviction à laquelle manquaient les preuves, lui imposait sa loi depuis plusieurs années et entravait ses projets de mariage avec Rodolphe. Cette situation était en passe de changer.

Pour cette raison, elle se rendait en Flandre.

Les soupirants affluaient vers la ravissante comédienne à la frimousse innocente et mutine à la fois. Les assiduités, ou plutôt le harcèlement du beau Rodolphe, charmeur et conscient de l'être, semblaient avoir gagné. Après l'avoir prodigieusement agacée par sa frivolité, ses frasques, et son humour qui frisait parfois le cynisme ou le mauvais goût, leurs origines communes les avaient rapprochés. Une complicité était née. Il prônait sa liberté, mais s'était attaché à Céline ; son amour se nourrissait des rebuffades et de l'apparente légèreté de la jeune femme.

Il la poursuivait, inlassable, comme un chasseur traque sa proie. Comme un jeu, d'abord ; puis une nécessité. Le cœur de Céline lui échappait, il restait « pris » ailleurs, et cela, il ne le supportait pas.

Un soir, durant l'été 1951, en sortant des caves de Saint-Germain, où le jazz crépitait de toutes parts, il lui avait demandé de l'épouser.

Elle voulait tant oublier, perdre la mémoire, afin d'accepter, le cœur libre, la proposition de Rodolphe.

Elle souhaita quelques jours de réflexion, émit le désir de le présenter à ses parents.

« Maintenant ? Pourquoi pas lorsque tu auras accepté d'être ma femme ? Crains-tu que je me comporte d'une manière peu convenable ?

— Peut-être ! »

Elle éclata de rire et entendit que son rire sonnait faux. Elle se forçait. Une fois encore.

« Je serai l'homme dont toutes les belles-mères rêvent, ma chérie ! »

Ces derniers mots, les siens, paniquèrent Rodolphe. Il réprima l'envie de s'enfuir. Devenir un beau-fils, quelle horreur ! Que lui avait-il pris de lui proposer le mariage ? Il soupira.

« Allons-y, tâcha-t-il de se convaincre, cela n'engage à rien, rien encore… Et je verrai au moins de quoi ils ont l'air. »

Céline avait souvent rêvé la vie à deux, avec Louis… Leur mariage, leurs enfants, leurs réveils l'un près de l'autre. Elle ne parvenait pas à effacer son souvenir, ni ce chant d'amour dans son cœur. Aucun homme ne peut rivaliser avec un tel élan. La durée ne fait rien à l'affaire. Deux ans, lui avait-on répété, qu'est-ce ? Assez pour provoquer un gouffre. Elle s'acharnait à se rentrer dans le crâne qu'un bonheur trop intense ne dure pas. Qu'aujourd'hui elle l'idéalisait. Ce nouvel amour que lui offrait Rodolphe était différent, rien ne serait pareil, mais il était peut-être là pour la sauver,

« C'est l'opportunité à ne pas rater », se disait-elle sans se rendre compte du côté dérisoire de sa réflexion.

Ce soir d'été, sur le boulevard Saint-Germain, il l'avait exhortée à tourner définitivement la page.

« Je n'y arrive pas.

— Parce que tu ne veux pas ! » s'était-il écrié avec un grand geste théâtral.

Il s'était éloigné sur le boulevard, solitaire et boudeur, lui faisant le grand jeu de l'amant répudié. Elle n'en était pas dupe. Quand s'arrêteraient-ils de jouer, tous les deux ? Au moins, songeait-elle, elle ne s'ennuyait pas avec lui.

Elle l'avait rattrapé, supplié d'être patient.

« Non !

— Je t'en prie !

— Veux-tu m'épouser ? »

Avec ses premiers véritables et honorables cachets d'artiste, Céline s'était offert une petite voiture, très en vogue, la Renault 4CV.

Tandis qu'elle conduisait, le mariage et l'inconnu du cinquième rang s'entremêlaient dans sa tête. Ses idées étaient bien loin de celles de Rodolphe, assis à ses côtés. Il évoquait leur vie future – la sienne surtout – en tant que stars du cinéma. « Il ne doute de rien », songea-t-elle.

Rodolphe l'avait présentée au metteur en scène avec lequel il avait tourné pendant l'été. Elle venait d'accomplir ses premiers pas au cinéma et n'avait pas repris la pièce à la Michodière, les extérieurs se tournant dans le midi de la France. Dans ce métier, la chance appelle la chance. Les réalisateurs américains découvraient la Côte d'Azur. Une proposition venant d'Hollywood, pas moins, était arrivée.

Le statut d'Alexandre Hermant ne lui était pas monté à la tête. Il ne s'était pas racheté de voiture depuis la guerre, et roulait à bicyclette.

La mairie et l'école se partageaient les salles d'une jolie bâtisse flamande du XVIIe siècle au pignon dit « à pas de moineau[1] », et le maire avait abandonné son logement de fonction au profit de l'instituteur chargé d'une nombreuse famille.

« On ne le changera pas, mon homme », avait soupiré Hélène, fière de montrer leur abnégation.

Ils habitaient dans une rangée de petites maisons mitoyennes et étroites à deux étages.

Des gazouillis d'enfant, ou d'oiseaux, la tirèrent de son rêve. Céline ouvrit les volets qui donnaient à l'arrière, sur le jardinet tout en longueur. En cette fin septembre, l'été s'éternisait, répugnant à laisser la place qui revenait de droit à l'automne. Des moineaux s'agitaient dans le buisson. Un rouge-gorge vint la saluer sur le rebord de la fenêtre. Comme un signe avant-coureur...

Rodolphe avait dormi sur le canapé du salon. Elle l'entendait discuter avec sa mère dans la cuisine et saisissait quelques-unes de leurs paroles. Rodolphe avait la voix sonore et bien posée des acteurs. Il s'écoutait avec complaisance. Elle tendit l'oreille. Les noms de certains artistes lui parvinrent. Les vedettes côtoyées lors des générales de théâtre devenaient des amis proches dans la bouche de Rodolphe. Hélène était aux anges et se promettait d'en faire pâlir d'envie ses voisines. « Il n'a pas mis longtemps avant de se la mettre dans la poche », constata-t-elle. Elle sourit avec indulgence. « Il vaut mieux ça que le contraire. » Elle éprouva un léger sentiment de culpabilité. Elle allait le trahir, en quelque sorte.

1. En escalier, caractéristique de l'architecture flamande.

Ce projet secret avait-il motivé sa venue ? Elle dut l'admettre. Avant de s'engager vis-à-vis de Rodolphe et d'en aviser ses parents, elle voulait en avoir le cœur net. Elle restait hantée par le geste du spectateur : la main portée à la tempe. C'était ridicule, la quantité de personnes souffrant de maux de tête était innombrable, mais elle eût juré, l'espace d'un instant... Aussi lui fallait-il coûte que coûte arracher cette douloureuse épine avant de prendre sa décision.

Elle vieillissait. Elle allait coiffer sainte Catherine. Dans le Nord, toutes les petites filles sont catherinettes, mais à Paris le sont celles qui atteignent leurs vingt-cinq ans. Les vieilles filles.

Et il y avait aussi cette possibilité de partir, très loin, avec Rodolphe. Entrer et s'établir à l'étranger, surtout en Amérique, serait plus aisé s'ils étaient officiellement mariés.

Elle choisit la fin de la matinée. Rodolphe s'était confortablement installé sur un fauteuil du salon et lisait un synopsis. Son père Alexandre était en mairie. Sa mère venait de sortir faire quelques courses.

Il ne lui fallait pas beaucoup de temps pour effectuer la vingtaine de kilomètres qui la séparait d'Hazebrouck.

Elle n'avait posé aucune question sur les Verley.

Elle se rendit sur la Grand-Place et se dirigea vers le magasin. Le nom de François Verley sur le fronton lui pinça la poitrine.

Elle retint son souffle en ouvrant la porte.

L'intérieur était méconnaissable. Au fond, un pan de mur abattu ouvrait sur des pièces à l'arrière, lesquelles se succédaient et donnaient sur l'une des entrées des bâtiments de fabrication. Ils semblaient s'être dotés de nouvelles installations. Ses proches avaient gardé le silence sur le développement de l'entreprise Verley. Elle ignorait que le commerce s'était converti en une manufacture de bicyclettes.

Elle tomba nez à nez avec François. Leur dernière rencontre datait de 1945. Six ans s'étaient écoulés. Ils se reconnurent aussitôt.

L'entrevue fut brève. François ne désirait pas s'éterniser dans un tête-à-tête inconfortable. Avec le désir de l'égratigner, il omit le tutoiement et l'usage de son prénom.

— Pas mort ? S'il ne l'était pas, il serait ici, à sa place, mademoiselle. Vous n'avez rien à faire chez nous.

Céline sortit sur-le-champ.

Ses cicatrices rouvertes, le cœur en miettes, les yeux embués de larmes, elle remonta dans sa 4CV et quitta la ville. Après quelle chimère courait-elle ? Elle s'était laissé abuser par des signes qui n'existaient pas.

Sa décision était prise.

« Ouf ! je l'ai échappé belle ! » songea François, le sourire aux lèvres, lorsque la porte se fut refermée.

La chance était au rendez-vous ce matin. Une chance inouïe : il était au comptoir, ce qui n'était pas si fréquent. Et Louis était sur la route en direction de Saint-Etienne.

Il guetta toutefois son départ, s'assura qu'elle ne revenait pas sur ses pas.

« Elle s'est payé une automobile, elle a fait du chemin, la Parisienne ! »

Comme si elle l'eût entendu, elle se retourna avant

de monter en voiture. Il baissa la tête. Lorsqu'il la releva, elle avait disparu.

Une fouineuse. Pourquoi le croyait-elle vivant ? L'aurait-elle aperçu à Paris ? Quelqu'un lui aurait-il parlé ? Il l'avait encore oubliée, celle-là ! Il s'assit, s'aperçut de ses tremblements. Quelle bonne idée son frère avait-il eue de partir !

Il ne vit pas l'ombre disparaître derrière la porte.

Lucie avait tout entendu.

11

Une foule se massait autour des différents guichets. Pressés les uns contre les autres, les spectateurs munis de leurs billets se dirigeaient vers les gradins de la piste ou les galeries. Les invités et les « riches » vers les onéreuses tribunes d'honneur. Les places populaires étaient situées du côté des garages à bicyclettes, des toilettes, salles de douche et vestiaires. La ténacité des associations cyclistes avait porté ses fruits. Le vélodrome de Saint-Etienne, la Verrière, était rouvert depuis un an. Cette année, les Six Jours stéphanois se déroulaient du 27 septembre au 3 octobre. Sous l'immense toiture de charpente métallique et de verre, le spectacle était haut en couleur.

Avec Noël et ses autres amis stéphanois, ils étaient venus en force. Avant la course, Noël emmena son ami Raymond – il peinait à l'appeler Louis – au quartier des coureurs. Certains se faisaient masser à l'aide d'huiles corporelles pour pallier les crampes éventuelles.

Ils s'installèrent sur les gradins.

— Avec l'élévation du niveau de vie, la reprise de la concurrence allemande et anglaise, le cyclomoteur arrive « en trombe », c'est le cas de le dire, et les entreprises stéphanoises stagnent. Elles s'orientent vers le motocycle. Nous ne vivons plus les jours fastes de l'« entre-deux-guerres », comme on dit. Ce n'est pas ton cas, dans le Nord. Tant mieux pour toi, tu le mérites. Mais à Saint-Etienne, il semblerait que les plus belles années du vélo soient derrière nous.

— Quel pessimisme ! Tu m'inquiètes, Noël.

L'objectif des cinq mille bicyclettes était largement dépassé chez les Verley. Louis profitait d'une tournée en France pour sillonner la région stéphanoise, rendre visite à ses différents clients, et assister au départ des Six Jours.

Il était passé chez Mercier, était rentré dans l'usine pour la première fois depuis son départ. Certains ouvriers l'avaient reconnu. Noël avait sollicité un congé pour accompagner son ami, devenu un fabricant de cycles incontournable.

— Si un jour tu en as assez, ou que les affaires vont mal, Noël, tu as ta place chez moi !

— Quitter mon pays ? Fouilla ! Y a qu'un gars d'ailleurs pour dire ça ! répondit-il avec une bourrade amicale dans le dos.

— Dans le milieu du vélo, on est de toutes les régions, voire de tous les pays. Le « Lion des Flandres » est bien l'Italien Magni !

— Oui, j'ai entendu ça : il a gagné trois années consécutives.

— Le triplé gagnant !

A vingt heures trente, on inaugura le nouvel aménagement de la pelouse, suivi des présentations des entraîneurs motocycles, des routiers français, du

« kilomètre contre la montre ». Suivirent les courses individuelles : six kilomètres à effectuer en vingt-quatre tours sur une piste faite de lames en bois dur. Le public tapait des pieds pour les sprints. Les noms des favoris lancés sur la piste étaient scandés. Ils arrêtèrent leur conversation. Ils ne s'entendaient plus. La griserie du spectacle était communicative. L'atmosphère totalement enfumée, chargée de poussière, la cacophonie, la musique, la voix du speaker, tout lui rappelait le vélodrome de Paris. Les images lui revenaient en force, d'une façon précise, comme si elles cherchaient à se faire pardonner leur absence. D'autres images surgirent, plus pénibles, liées au temple du sport parisien : des autobus déchargeaient leur cargaison humaine condamnée à l'abomination et au supplice. L'ampleur de la barbarie avait frappé le monde en plein visage à la fin de la guerre. Sa poitrine lui fit mal. L'humanité lui faisait mal.

Il ferma les yeux.

— Ça ne va pas ? s'inquiéta Noël.

Le douloureux soupir exhalé par son ami ne lui avait pas échappé.

Louis le rassura d'un sourire. Il tenta d'« oublier » pour un moment – cela lui paraissait tellement absurde, incongru, de vouloir oublier ! L'atmosphère l'y aida.

A vingt-trois heures, le grand départ fut donné. Les coureurs allaient se relayer, deux par deux, pendant cent quarante-cinq heures. Des abris, appelés « guitounes » – réminiscence des tranchées de 1914 –, creusés sous la piste, accueillaient les candidats au repos, dans une odeur d'embrocation, de colle à boyau et de frites.

Plus tard, dans la nuit, Louis lui raconta Céline, revue et perdue.

— Jean Roux avait raison. Ma mémoire n'était pas perdue, elle s'était égarée dans le labyrinthe de mon subconscient. Je gardais mon amour pour Céline au fond du cœur.

— De belles paroles tout ça, mon vieux. En attendant... N'étais-tu pas plus heureux, toi, sans mémoire ?

— C'est dur, mais je sais qui je suis, je sais qui j'ai aimé, j'ai retrouvé la responsabilité de mes actes, et, au fond, ma liberté.

— Oui, mais la liberté sans amour... Tu souffres, et cela ne me plaît pas.

— Céline, je ne l'oublierai jamais, elle restera à mes côtés.

— Tu n'as plus qu'à enfiler la robe de bure et à te faire moine !

Louis était poursuivi par une sensation étrange depuis qu'il avait quitté le Nord. Un malaise auquel il ne pouvait prêter de nom. Une appréhension le tiraillait, s'infusait dans son être de manière diffuse, comme un pressentiment. Avait-il bien fait de partir ? N'allait-il pas se produire des revers imprévus durant son absence ?

Il haussa les épaules, agacé par ses angoisses stériles. Il en était survenu, des événements, durant ses années d'oubli. Et la terre ne s'était pas arrêtée de tourner.

Il se passait des choses.

Derrière la porte du magasin, Lucie avait entendu le dialogue entre François et Céline. Elle n'était pas entrée. Trop secouée, honteuse, intimidée par la jeune femme, et, en fin de compte, émue.

Nul besoin d'exiger des explications de la part de François. Ses yeux lui faisaient défaut, mais elle voyait clair dans le jeu de son fils cadet.

« Malheureux enfant ! le plaignit-elle. La jalousie te perdra. »

Elle devait agir. Ne pas attendre que Céline fût repartie pour Paris. Elle devait savoir, elle aussi. Si Céline aimait toujours Louis, s'il y avait une chance de les réunir, si le bonheur était possible pour eux deux, si...

Louis cachait sa peine. Il était bien comme elle, à ne jamais se plaindre. Elle ne pouvait plus distinguer ses traits soucieux, mais elle ressentait le chagrin silencieux de son fils. Elle « voyait » aussi le changement qui s'était opéré en lui. Elle n'avait peut-être jamais si bien « vu », depuis sa cécité.

A son retour du Salon de Paris, il avait juste annoncé, avec sa pudeur naturelle :

« Toute ma mémoire m'est revenue. J'ai aperçu Céline au théâtre. Le chapitre est clos. C'est ce que vous désiriez, je suppose. Ne m'en parlez jamais. »

Le cœur de Lucie s'était déchiré, et dès lors, rouvrant le livre de leur amour, elle s'était reproché sa dureté vis-à-vis de la jeune fille. Son injustice. Elle éprouvait de l'affection pour Céline. Fallait-il qu'elle souffre pour avoir rejeté toute la responsabilité de la mort présumée de Louis sur sa petite fiancée ! Elle pleurait aux chagrins de Scarlett ou de Garance, ses héroïnes de cinéma, elle méprisait celui de Céline. Le déménagement des Hermant vers la campagne avait facilité l'oubli, la « fuite ». Ne plus penser à cette période maudite. Oublier l'amour intense qui unissait les deux jeunes gens, oublier leur fougue, et la force de persuasion qui avait réussi à bousculer les principes des deux familles.

Les différences sociales étaient évacuées depuis belle lurette. Elle respectait Alexandre, même si elle ne partageait pas ses opinions.

Quant aux critiques formulées par un entourage bien né et bien éduqué, sur ces « divorcés » qu'étaient les Hermant, elles paraissaient vaines et malvenues aujourd'hui, avec l'annonce du divorce de sa terrible Juliette.

Sa fille maintenait sa décision. Lucie était revenue sur ce grave sujet.

« S'ennuyer avec son mari ! Tu demandes le divorce parce que tu t'ennuies, ce n'est pas un peu léger ? Une femme doit mettre un peu d'eau dans son vin, Juliette.

— L'homme, seul, aurait le droit de s'enivrer ? Non, maman. Quand on a fait une erreur, il vaut mieux la réparer dès que possible, et ne pas attendre que les choses s'enveniment. C'est ce que m'a appris ma mère, en tout cas. Ce mariage, c'était une erreur. »

Lucie n'avait pas répondu. « Un sacré caractère, celle-là », avait-elle soupiré, tandis que son cœur lui donnait raison.

Lucie attendit le retour de Juliette, qui s'était absentée au marché avec la petite bonne. Elle lui conta ce qu'elle avait entendu, et perçu dans les silences.

— Je m'en doutais ! s'exclama Juliette. Céline n'a pas pu oublier Louis.

— Ma fille, j'ai besoin de toi. On n'a pas de temps à perdre. Je ne peux plus conduire...

— Aucun problème, maman. (Elle l'embrassa tendrement.) Je suis contente, maman, si tu savais comme je suis contente ! Je pars chez les parents de Céline. Compte sur moi, on va les réunir, ces deux-là ! Et s'il faut la suivre jusqu'à Paris, j'y vais de ce pas !

Juliette gara la voiture dans un chemin agreste, à l'extérieur du village. Elle tenait à rester discrète. Elle s'enquit de la demeure du maire. A proximité, elle ressentit un immense trac. Elle souffla un bon coup pour évacuer ses tensions.

« Juliette, ma petite, ce n'est pas le moment de reculer ! »

Avant de sonner, elle jugea toutefois préférable de faire le tour du pâté de maisons et d'aller en reconnaissance.

« Il doit bien y en avoir deux ou trois qui m'épient à leur fenêtre », songea-t-elle.

Les habitations modestes qui se succédaient, à l'identique, possédaient toutes des jardins étroits et coquets, avec une entrée à leur extrémité. De petites barrières blanches ouvraient sur des voies rectilignes, bordées de plantes ou de légumes. En les traversant, on accédait à l'arrière des maisons.

Avec son cran – ou, selon certains, son toupet –, Juliette poussa l'une des barrières. Elle semblait correspondre à la maison du maire.

Elle s'avança de quelques pas dans l'allée. Un arbuste la dissimulait aux yeux des habitants. Pourvu qu'elle ne se soit pas trompée ! Les jardins se ressemblaient. Elle ne tenait ni à tomber chez de parfaits inconnus, ni à surprendre les Hermant de cette façon inopportune. Ces entrées étaient réservées aux familiers. Elle devait courir le risque. Elle voulait observer d'abord.

Plusieurs personnes se tenaient sur la véranda.

Cachée derrière son arbre, elle écarta sans bruit une branche. Elle aperçut un homme, assez jeune. Il lui faisait face.

« Il est drôlement beau. Il existe encore des gars comme ça ? Rien que pour lui, le voyage vaut le coup », songea-t-elle, incorrigible.

Quelqu'un s'approcha de lui, une femme. Juliette ne distinguait pas son visage. Elle portait un petit dans les bras.

« Un an, le môme », se dit Juliette.

La jeune femme – elle était jeune, étant donné sa tenue et son allure – donna l'enfant au « bel homme », qui le fit sauter sur ses genoux.

« Je me suis trompée de maison, quelle idiote ! »

Elle s'apprêtait à revenir sur ses pas lorsque la jeune femme se retourna, reprit l'enfant.

« Mon Dieu !... Céline ! »

Le bel homme se leva et embrassa Céline sur la bouche avec un tel élan qu'aucun doute n'était permis. La jeune femme éclata de ce rire en cascade si personnel. Leurs baisers, le rire, l'enfant... Leur enfant, bien sûr !

Juliette s'aplatit contre l'arbuste, la gorge serrée. Ses jambes flageolaient. Elle ne se retourna pas vers eux. Elle en avait assez vu.

Elle regagna sa voiture. Effondrée, elle resta de

longues minutes incapable de démarrer, indécise sur la conduite à tenir face à Louis, sur les paroles à prononcer. Les larmes si souvent refoulées dans sa propre histoire coulaient à profusion sur le volant. Le tableau du couple heureux avec son enfant n'offrait aucune ambiguïté. Une immense colère déborda à l'adresse de Céline, de l'amour et de la vie, et elle décida de tout dire à son frère.

Il fallait mettre un point final à cette histoire.

Si Juliette s'était retournée, elle aurait vu Hélène s'approcher, reprendre son fils, son tout petit garçon, tant désiré, « né sur le tard », comme on dit, quelques mois auparavant, tandis que les terreurs d'Hélène dues aux bombardements de la guerre s'éloignaient.

Après un dernier baiser, Céline rendit son petit frère, cette petite merveille qu'elle adorait et qui embellissait la vie de ses parents.

Elle leur avait annoncé son mariage. Hélène était folle de joie et imaginait déjà un petit compagnon pour leur fils. Alexandre fut plus mesuré.

— Alors, vous repartez déjà ? demanda Hélène, son fils dans les bras. On n'a pas eu le temps de préparer une fête pour vos fiançailles. Car vous êtes fiancés, n'est-ce pas, on peut l'annoncer ?

— Oui, maman !

— Et le mariage est prévu pour quand ?

— Dès cet hiver, maman.

— Ce n'est pas un peu rapide ? se risqua Alexandre.

— Nous nous connaissons depuis longtemps déjà.

— Eh bien, si on s'attendait ! s'exclama Hélène. Rodolphe, je peux vous embrasser ?

— Bien sûr !

Alexandre emmena sa fille à l'écart.

— Viens voir, ma Linette, j'ai de nouvelles plantes.

Ils laissèrent Hélène en compagnie de Rodolphe. Alexandre se moquait des plantations. Cela n'avait jamais été son fort. Céline n'était pas dupe.

— Vous serez prudents pour le retour, lui conseilla-t-il en guise d'introduction.

— Tu devrais faire comme moi, te racheter une voiture...

— Je reste fidèle à la petite reine. Un jour, on verra... Tant qu'à faire, je préférerais la 2CV Citroën. Elle est surprenante, elle me plaît bien... Dis-moi, ajouta-t-il en la prenant par le bras, dis-moi...

— Je sais, mon père, j'avais juré que je ne me marierais avec aucun autre homme que Louis.

— Cela n'est rien, ma fille, tout le monde a le droit de changer d'avis. Mais es-tu bien sûre de toi ?

— On n'aime jamais deux fois de la même façon, n'est-ce pas ? C'est vous deux, avec votre expérience, qui me l'avez appris. Ne sois pas inquiet. C'est promis ?

— Promis, mais fais-moi plaisir : pour rien au monde, ne te laisse mettre un collier...

— Comme dans ta fable favorite, « Le loup et le chien » ?

Elle sourit. Son père restait un homme très épris de liberté.

— Sauf si tu le désires profondément. Tu es bien sûre de ton choix ? Tu ne m'as pas répondu.

Il ne portait pas Rodolphe en grande estime. Son manque de retenue, sa vanité, son désir de s'afficher l'exaspéraient plus qu'il ne voulait l'admettre. Le visage de Louis lui revenait souvent à l'esprit. Ces deux garçons étaient aux antipodes l'un de l'autre. Mais le second amour est souvent fonction des souffrances liées au premier. Sa petite fille était si vulnérable ! Avait-il eu raison de la pousser vers ce métier, vers ce genre de rencontres ?

— Sûre de mon choix ? Mais je n'ai pas eu le choix, mon père. Louis est mort, non ?

Rodolphe, lui, ne se rendait compte de rien. Il discourait allègrement avec Hélène, poursuivant son opération de charme.

En voiture, sur la route de Paris, il revint sur leurs projets.

— Et la proposition en Amérique, tu ne leur en as pas parlé ?

— Chaque chose en son temps, Rodolphe. Le mariage était la bonne nouvelle, je n'ai pas eu envie de la ternir aujourd'hui. Je le leur annoncerai, ainsi que la date de notre mariage, dès la confirmation de notre départ. Nous aurons alors à nous occuper de mille détails, n'est-ce pas ?

— Tu ne m'avais pas dit que ton père était communiste.

— Non… Quelle importance ?

— Aucune, répondit-il de façon laconique.

12

La date du mariage fut fixée, la proposition émanant du cinéaste américain confirmée, les parents de Céline prévenus. Leurs alarmes étouffées. Céline promit de revenir en France dès la fin du tournage. A l'inverse de Rodolphe, elle n'envisageait pas de faire carrière outre-Atlantique. Elle gardait la tête froide. L'Amérique ne les attendait pas. Rodolphe et elle ne discutaient pas de ce désaccord, qui venait s'ajouter à la liste des malentendus et restait, comme maints autres sujets, dans le domaine des non-dits, celui qui précède les frustrations et les rancœurs.

Le jeune comédien, lui, nageait en pleine utopie. Il allait arpenter le monde comme le Phileas Fogg de Jules Verne, et le monde reconnaîtrait en lui un nouveau Rhett Butler[1]. Et puisque le mariage était préférable pour une telle aventure, il l'acceptait, oubliant qu'il était à l'origine du projet.

Alexandre et Hélène ne se faisaient pas trop d'illusions. L'Amérique signifiait de longs mois sans leur

1. Héros de *Autant en emporte le vent.*

fille, mais la chrysalide était devenue femme. C'était sa vie, sa décision, ils allaient la respecter.

« J'ai besoin de m'envoler comme les oiseaux, mon père, s'était-elle justifiée. De migrer dans ma tête.

— Je comprends, ma fille... »

Il songea, avec une bonne dose de méfiance envers cette Amérique où l'on idolâtrait l'argent : « Les oiseaux vont du nord au sud, pas d'est en ouest. »

Céline se persuadait que le vide créé par son éloignement serait compensé par les babillages de leur adorable petit bonhomme. Son frère. Elle se refusait à voir son propre déchirement. Elle s'accrochait à cette échappatoire comme à une bouée de sauvetage.

Elle finit par se complaire, à l'instar de Rodolphe, dans ce qu'une telle aventure laissait augurer. Dans la multitude des pièces en enfilade que représente la vie, certaines portes sont plus agréables que d'autres à ouvrir.

Le mariage était prévu pour avril. A la mairie de leur arrondissement parisien, et dans une stricte intimité. Une cérémonie réduite au minimum, des invités qui se comptaient sur les doigts de la main. Officiellement, pour éviter des frais importuns avant leur installation en Amérique.

Hélène eût préféré qu'Alexandre marie sa fille au village.

« Sinon, à quoi cela sert-il d'être maire ? » s'était-elle écriée, dans sa déception.

Mais Rodolphe tenait à Paris. Non pour la gloriole, comme on eût pu le penser, puisque le mariage serait intime. Cette étonnante discrétion venait d'une peur quasi viscérale d'ébruiter une union qui le rendrait indisponible aux yeux des autres femmes de l'univers.

Seuls les parents de Céline étaient attendus pour ce 19 avril 1952, date fatidique. Ses propres parents, qu'il trouvait trop vieux et sans doute pas assez représentatifs, n'étaient pas invités.

Fin mars, Rodolphe reçut un télégramme. Céline était sortie pour effectuer quelques emplettes. Ils vivaient ensemble depuis un an. Dans leur milieu d'artistes parisiens, cette union libre, appelée concubinage, était fréquente.

Le message émanait des studios américains. « On » y souhaitait la bienvenue à Clara Vermant, on lui rappelait ses rendez-vous. Toutefois, la participation de Rodolphe n'était plus d'actualité. On ne pouvait lui procurer le rôle espéré. Le ton restait enjoué, en dépit de la mauvaise nouvelle le concernant. Le fameux optimisme américain. Aucune excuse. Rien. Net. Précis. Il était atterré.

« Je me suis fait avoir comme un bleu ! songea-t-il. On m'a fait miroiter ce rôle uniquement pour obtenir l'accord de Céline. »

Il serra les poings de rage. Il se rappelait les paroles et l'attitude du metteur en scène américain rencontré lors du tournage des extérieurs sur la Côte d'Azur.

« Vous avez des yeux, Miss, qui crèvent l'écran ! Comme Loulou, vous connaissez Loulou, Louise Brooks ? Elle ne tourne plus. Trop de problèmes, cette fille. Mais vous, une Loulou frenchy ! Nous allons faire du bon travail ensemble ! »

En fin de matinée, Céline ouvrit la porte, les bras chargés de denrées alimentaires. Elle croisa Rodolphe, qui sortait.

— Où vas-tu ?

— Ne m'attends pas pour le déjeuner, j'ai un rendez-vous, répondit-il en évitant son regard.

Elle déballa les victuailles achetées au marché. Perplexe. Il s'était littéralement sauvé à son arrivée. Avec l'approche du mariage, Rodolphe semblait s'éloigner d'elle. Insaisissable, lointain. Regrettait-il sa décision ?

« Il me le dirait ! Nous n'avons plus seize ans. » A cette pensée, elle soupira, refoula de lointains souvenirs. « Après tout, c'est normal, moi-même je... je quoi ? Je... rien du tout. »

Le charmant comédien, optimiste et insouciant, se muait en un être irascible et silencieux. « Céline, tu te montes la tête, ma fille. On ne va pas rejouer *Docteur Jekyll et Mister Hyde* ! »

Son indécrottable propension au drame et au romanesque ! Elle imagina Rodolphe en monstre du cinéma muet. Elle en rit toute seule, évacua ses idées noires et rangea ses provisions.

Rodolphe marchait dans les rues de Paris, sans but, révolté. Ses rêves s'écroulaient. Cette fois, il avait fui Céline, non par lâcheté et peur d'affronter la réalité, mais pour modérer son envie de la molester. Ce n'était pas la première fois qu'il refoulait une pulsion agressive. L'expression théâtrale en était un formidable exutoire. Mais, depuis quelque temps, Céline avait le don de le mettre hors de lui. Sa présence seule l'exaspérait.

Deux heures durant, il erra, mortifié, guidé par des pensées néfastes. Ses pas le conduisirent devant les services d'immigration de l'ambassade. Ils attendaient leurs visas.

« Mon visa ! songea-t-il avec hargne. Il ne sert plus à rien. »

Partir là-bas sans travail était impensable. C'était bien la peine d'avoir déboursé autant d'argent en cours d'anglais accélérés à l'école Berlitz, l'un et l'autre, depuis six mois. Des cours efficaces, basés sur l'oral, mais si fatigants ! Et Céline ? Il avait besoin de la rendre responsable de ses désagréments. Il allait la châtier. En lui naissaient des idées de vengeance, se créaient des intentions destructrices. Mister Hyde n'était pas loin. Si lui ne pouvait mettre les pieds sur le sol hollywoodien, sa femme n'irait pas non plus. S'il n'accédait pas à la gloire, elle ne la connaîtrait pas. Il ne supporterait pas sa réussite. Et puisque échec il y avait, ils le subiraient tous les deux.

Il s'enquit de leurs visas.

— Vous recevrez l'avis de disponibilité chez vous, monsieur, cela ne saurait tarder, d'ailleurs.

— Je sais, mais comme j'étais dans le quartier, je suis passé à tout hasard, répondit-il avec un large sourire.

— Bien. Je vais voir s'ils sont prêts.

— Merci ! Au fait, ajouta-t-il avec un air innocent avant que l'employé ne disparaisse derrière une porte, ma future femme est fille de maire communiste, cela ne lui posera pas de problème, n'est-ce pas ?

L'employé le fixa, décontenancé. Ce Français se moquait-il de lui, ou était-il naïf à ce point ? Sa question laissait présumer qu'il était au courant de la « chasse aux sorcières » entamée par le sénateur McCarthy. Il fronça les sourcils et répondit :

— Je dois en informer les autorités, monsieur. Vous

n'êtes pas sans savoir que notre gouvernement refuse l'entrée aux communistes.

— Oh, je suis désolé.

Il était soulagé. Peu fier de lui, mais soulagé. En quittant les lieux, il s'interrogeait sur la raison de sa délation. Etait-ce pour la garder près de lui ? Il n'en était pas convaincu. Depuis qu'elle avait accepté de l'épouser, qu'ils vivaient ensemble sur sa demande et avait obtenu ce qu'il désirait, il s'en trouvait comme moins épris. Sans doute parce qu'il ne connaissait pas le véritable amour, mais cela, il l'ignorait.

Les jours suivants, les événements se succédèrent d'une façon inattendue.

La réponse de l'ambassade se faisait attendre. Céline guettait en vain le courrier. Elle s'en inquiéta.

— C'est curieux, tu ne trouves pas ? Nous n'avons rien reçu concernant nos visas.

— Oh, cela ne va pas tarder, je suppose.

Rodolphe s'esquiva sans ajouter mot. Céline songea que son fiancé se comportait encore de manière étrange. Il fuyait toute conversation sérieuse, pour une raison qui lui échappait. Le malaise s'accroissait. Que lui cachait-il ?

Elle soupçonnait de lourds mensonges. Il lui fallait rompre l'abcès avant le mariage.

Alors, ce matin du 11 avril, mue par une impulsion irrépressible, elle décida une fouille systématique de ses affaires. Elle se traita de fureteuse, balaya ses scrupules, et se dirigea vers le secrétaire de Rodolphe. La serrure d'un des quatre tiroirs était bloquée.

Inutilement. La clef était fixée à un autre tiroir. Elle sourit. Cela reflétait bien le caractère de Rodolphe : plus écervelé que cachottier.

Elle ne tarda pas à y dénicher un télégramme. Elle l'ouvrit avec fébrilité.

« Mon Dieu, songea-t-elle après l'avoir lu, les studios ne veulent pas de Rodolphe. Quelle gifle pour lui... Pour son amour-propre ! »

Elle allait arrêter les recherches lorsqu'elle aperçut une autre enveloppe, au nom de Céline Baert. Elle provenait de l'ambassade américaine.

« Décachetée ! Rodolphe ouvre mon courrier, mais où se croit-il ? On n'est plus au XIXe siècle. S'il pense diriger ma vie après notre mariage, il se trompe ! »

Et pourquoi ne le lui avait-il pas montré ? Etait-il négligent au point de l'oublier, ou le contenu était-il, lui aussi, porteur de mauvaises nouvelles ?

Ce n'était pas l'avis escompté, l'invitant à reprendre son passeport muni de l'indispensable sceau qui permettait de fouler le sol américain. Non, une brève information en forme de verdict. On lui refusait son visa. Elle ne comprenait pas. Les formulaires avaient été correctement remplis. Les employés n'y avaient pas vu d'éléments susceptibles de lui interdire le séjour en Amérique. C'était un malentendu.

Elle enfila une légère gabardine, saisit prestement son sac et ses clefs, et sortit. Elle ne se soucia pas de la tiédeur ambiante et printanière. Elle ne voyait rien, ne sentait rien, sinon une immense angoisse au fond du cœur. Elle descendit dans le métro, courut dans les couloirs, courut en sortant des rames, et courut jusqu'aux services d'immigration. Les bureaux étaient encore ouverts en cette avant-veille de Pâques.

Soulagée, elle reprit son souffle et pénétra dans les locaux.

L'employé lui remit son passeport. Son visa y figurait. Il s'étalait sur la page entière, mais il était grossièrement barré au stylo rouge, avec la mention *« Communist »*.

Elle se tut un instant, sans quitter des yeux cette inscription démesurée qui lui faisait l'effet d'être excommuniée, exclue et dépravée. Elle avala sa salive, releva les yeux. Ses paupières étaient bordées de larmes.

— Attendez ! Je ne comprends pas. Je ne suis pas communiste, protesta-t-elle avec le vague sentiment de trahir son cher père Alexandre.

— Ah ?

L'employé la considéra d'un air ennuyé.

— Vous êtes sûre ? ajouta-t-il bêtement.

Elle paraissait si désemparée, la jolie Française !

— Bon, vous patientez ? Je reviens !

Il disparut. L'attente s'éternisa. De temps à autre, il passait la tête, lui faisait un petit signe quémandant sa patience, puis disparaissait à nouveau.

« Oui ! je suis toujours là, et j'attends ! marmonnait-elle, et j'attendrai des heures s'il le faut ! »

Le jeune Américain revint enfin. Il parla d'une traite, le regard oblique, pour cacher sa gêne :

— Votre visa est abrogé, parce que votre famille est communiste. Votre père est bien Alexandre Hermant, n'est-ce pas ?

— Mon père adoptif, et je ne vois pas...

— C'est pour cette raison que votre visa vous était d'abord accordé : seul le nom de Baert figurait sur les papiers que vous avez dû remplir.

— C'est le nom de mon géniteur, railla-t-elle, amère. Il n'y avait pas de case prévue pour l'adoption. Pourquoi alors, ce refus ?

— Votre mari...

— Futur mari, répliqua-t-elle d'un ton sec.

— Oui, enfin, c'est lui qui nous a appris – incidemment, précisa-t-il dans l'espoir d'arrondir les angles – votre parenté avec le communiste.

Elle blêmit.

— Qu'avez-vous ? Attendez, prenez cette chaise. Tout va bien, mademoiselle ?

— Oui, murmura-t-elle, la voix éteinte.

— Ne vous en faites pas. C'est mieux ainsi, croyez-moi.

Ces mots la fouettèrent. Elle se redressa.

— Oui, continuait l'employé. Sans l'intervention de votre fiancé, vous vous seriez peut-être embarquée, parce que ce n'était pas marqué dans vos papiers, mais...

Il se sentait maladroit face à cette jeune femme qui le foudroyait du regard.

— Soyez heureuse, madame, mademoiselle, en débarquant sur le sol américain, vous auriez sûrement été retenue comme tous les étrangers indésirables. A Ellis Island, vous savez !

Non, elle ne savait pas, elle ne l'écoutait plus.

— Ellis Island, la fameuse « porte » des immigrants, l'île de toutes les espérances, est un vrai centre de détention[1] à l'heure actuelle.

1. Ellis Island sera fermée en 1954.

Elle attendit longtemps Rodolphe. Le jour déclina. Il fit irruption dans l'appartement bien après minuit. Il avait bu. Elle s'était couchée. Le voyant tituber dans la chambre, elle fit semblant de dormir. Elle n'avait plus le courage de se lancer dans une pénible polémique, qui ne déboucherait sur rien, vu son état déplorable. Elle l'observa au travers de ses longs cils. L'attente avait amenuisé son exaspération. Dès le lendemain matin, ils auraient cette discussion essentielle à leur avenir.

« Incidemment », avait dit l'employé. Rodolphe avait encore trop parlé, et aujourd'hui, penaud, il ne savait comment lui annoncer la nouvelle. Et en admettant qu'il ait été conscient de la gravité de ses paroles, il avait agi uniquement pour la garder près de lui, parce qu'il l'aimait. Sinon, pourquoi l'épouserait-il ? Elle s'endormit sur ces apaisantes pensées.

Sa nuit fut brève, ponctuée de cauchemars. Elle se réveilla plusieurs fois, l'esprit cotonneux, assaillie par un fatras d'images, poursuivie par une sourde et incoercible angoisse.

Qu'essayait de lui indiquer son inconscient ? Elle replongea dans un sommeil agité. A ses côtés, Rodolphe dormait comme une masse.

Vers cinq heures du matin, elle se redressa, le corps trempé, le visage en feu. Avec les paroles de son père Alexandre en tête :

« C'est à l'instant même où tu te cognes à une impasse, à un mur infranchissable, que tout bascule. C'est comme une clef qui te fait accéder, par une petite porte dérobée, à un nouvel univers. J'étais au bord du gouffre, jadis, lorsque j'ai croisé, de façon imprévue, la petite fille qui m'a fait gravir le seuil du bonheur. »

Elle se prépara un café et attendit.

A l'heure tardive où il émergea de son sommeil éthylique, Rodolphe ouvrit les yeux sur Céline. Il sursauta. Immobile comme un spectre, la physionomie impénétrable, elle était assise très droite sur une chaise près du lit, le télégramme et la lettre de l'ambassade à la main.

Il se mit sur son séant, dégrisé par cette vision. Il prit un air contrit et se disculpa. Loin de chercher à lui nuire, il avait été régi par le désir de la garder à ses côtés. Il souffrirait trop de leur éloignement. Excellent comédien, il flatta, tenta de l'enjôler, mêlant sourire charmeur à des larmes au coin des yeux. Le grand jeu du repenti et du séducteur. Il ne gagna pas. Ses paroles ne faisaient que creuser un fossé entre eux, taillant un chemin de lucidité à Céline.

La vérité fulgurait dans l'esprit de la jeune femme. Evidente, claire, sans objection possible : Rodolphe était malveillant !

Cette conviction déplaisante s'intensifiait à mesure qu'il s'épanchait sur lui-même. Il mentait, avec cette application que l'on met au théâtre lorsqu'on ment. Comédienne, elle le savait par expérience. On s'applique encore plus, on en fait des tonnes car on se sent en faute. Il mentait comme... François Verley mentait, lorsqu'elle était allée s'enquérir de Louis dans le magasin de cycles !

— Ah, mon Dieu ! s'écria-t-elle.

Rodolphe se tut, réalisa qu'elle ne l'écoutait pas. Ses yeux lançaient des flammes, mais elle ne le regardait pas. Elle semblait plongée de façon brutale dans un état de transe. Il ne la reconnaissait plus.

— Qu'est-ce que tu as ? demanda-t-il, effrayé.

— C'était ça ! Oui, c'était donc ça !

— Tu vas me dire ce qui se passe, maintenant ? insista-t-il avec davantage d'assurance.

Elle devenait folle ?

— Il mentait !

— Il ?

— Manufacture ! C'est une manufacture !

Elle se leva, marcha de long en large dans la chambre. Rodolphe ne disait plus rien. Il l'observait, ahuri, sans comprendre.

Céline avait oublié Rodolphe. Dans son esprit, tout était clair. L'image que sa conscience tentait désespérément de lui rappeler durant la nuit, c'était celle du fronton du magasin des cycles Verley. Il était écrit « *Manufacture* ». Ce mot n'existait pas auparavant sur leur devanture. Le commerce de vélos était devenu une manufacture, une entreprise de construction, or François ne se serait jamais lancé dans une telle aventure sans son frère.

Louis était-il vivant ? Elle se souvenait de la paresse de François, de son peu d'intérêt pour la fabrication. Et combien Louis le déplorait.

C'était évident ! Louis avait créé la manufacture. Lui seul en était capable. La physionomie de Rodolphe était identique à celle de François Verley : c'était le visage du mensonge. Louis était...

« Il est vivant ! »

Elle se tourna vers Rodolphe. Le fixa avec une intensité qui lui fit détourner le regard. Oui, il était bel homme. Il était surtout beau parleur, imbu de lui-même, frivole, fuyant les problèmes, tout le contraire de Louis. Elle songea à ce que l'un de ses aînés, au théâtre, lui avait enseigné : « L'intimité avec le partenaire commence à se créer lorsqu'on l'écoute, lorsqu'on aime ce qu'il dit, puis lorsqu'on le regarde évoluer. » Il n'y avait pas d'intimité avec Rodolphe. Il n'y en avait jamais eu. Elle trichait avec lui, comme il trichait avec elle, et l'amour ne peut se concilier avec la tricherie. Que savait-il d'elle, de sa vie intime ? Rien, et il croyait tout savoir.

— Rodolphe, tu mens. Tu n'arrêtes pas de mentir. Tu as agi uniquement dans le but de m'empêcher de faire carrière en Amérique.

Il se déroba d'abord, comme à son habitude, ne répondit pas, mais passa à l'attaque.

— La manufacture dont tu parles, c'est celle des cycles Verley ?

— Oui.

— Tu aimes toujours Louis ? demanda-t-il, la voix impatiente, les traits crispés.

— Je l'ai aimé, c'est vrai.

— Tu l'aimes ! Le seul problème entre nous a toujours été Louis, et reste Louis.

— Peut-être… admit-elle. Je suis navrée, Rodolphe.

— Ta passion t'a embrumé le cerveau, ma pauvre fille, tu cours après un cadavre !

— C'est faux !

— Qu'est-ce qui te fait dire ça ?

A son tour, elle éluda les explications.

— Ta vanité a miné notre relation, tu aurais pu gagner mon cœur, Rodolphe. C'est fini.

Ce qui l'avait séduite en lui avait fondu comme neige au soleil. Le constat était implacable : elle s'était laissé entraîner vers ce qui serait tôt ou tard, et plus probablement tôt, un marasme complet.

C'était compter sans l'amour-propre de Rodolphe.

Elle lui offrait la porte de sortie espérée. Mais il était inadmissible qu'elle le renvoyât. C'était à lui de partir.

— Tu n'es qu'une petite coco insignifiante et bête ! cria-t-il.

— Si tu élèves la voix, je pars ! menaça-t-elle.

Elle se souvenait d'une fillette épouvantée par des accès de fureur paternelle, et dont la seule issue était de fuir.

— Eh bien, pars ! Va-t'en ! Je n'attends que ça ! Je me demande comment j'ai pu rester avec toi, toi et tes fantômes. Tu ne sais même pas te débarrasser des déchets qui encombrent !

— Merci ! répliqua-t-elle. Tu as toujours eu le chic des formules blessantes. Ces déchets, figure-toi, sont les plus beaux moments de ma vie.

— Eh bien, vis avec ! Garde-les !

Il éclata d'un rire méchant.

— Je ne vais pas écouter davantage les divagations d'une...

— D'une folle ! C'est ça ?

— Salut, ma petite, je vais retrouver d'autres amies moins compliquées.

Elle resta seule, hébétée par cette scène épuisante. Elle avait fermé les yeux sur ce qu'elle ne voulait pas voir. Rodolphe aimait en elle sa liberté, comme il disait. Elle ne l'aimait pas, tout simplement. Leur relation n'était qu'une sinistre farce. Leur complicité, factice. Une supercherie.

En l'espace de quelques instants, tout entre eux était devenu laid. Ils avaient plongé sans hésitation dans les eaux sales des vieux couples qui ne s'aiment plus depuis longtemps mais se déchirent, parce qu'ils n'ont plus que ça pour sortir de la routine et du quotidien, parce que cette soif de piment leur donne encore l'impression d'exister. Parce qu'ils essaient de retrouver les griseries amoureuses d'antan dans le drame. Comment s'était-elle fourvoyée dans cette liaison ? Elle ne l'aimait pas. Ne l'avait jamais aimé. C'était Louis qu'elle aimait.

Plus tard, apaisée, elle écrivit un mot pour Rodolphe. Une grande tristesse succédait à l'hostilité. Si leur relation se soldait par un échec, elle seule était en cause. Rodolphe avait raison. Le vide était toujours rempli par Louis.

« Il saura très bien s'en remettre, songea-t-elle en reposant son stylo. A-t-il besoin de s'en remettre, du reste ? Ne suis-je pas remplacée, déjà ? »

Oui, elle aimait toujours Louis. Et il était vivant. Son cœur ne la trompait pas. Mais alors, pourquoi ne lui avait-il pas fait signe depuis tout ce temps ? Pourquoi ?

Une colère incommensurable monta en elle. Elle savait ce qu'il lui restait à faire.

13

Les premiers lilas, mouillés par la rosée printanière, embaumaient l'air des jardins d'un subtil parfum. Dans les parterres bien entretenus de ces jardins du Nord, les tulipes et les jacinthes rejoignaient les narcisses et les giroflées en une flambée de couleurs et de senteurs voluptueuses. Dans les champs des alentours, on s'apprêtait à planter le houblon, et les pommes de terre dites « d'hiver ». La Flandre laborieuse plantait et semait. La Flandre festive invitait aux kermesses et sortait ses géants. La Flandre pieuse s'allégeait de ses péchés, se refaisait une virginité, et glorifiait Pâques, la résurrection et la nature. Le monde entier chassait l'hiver et le diable, traquait les idées noires, renouvelait ses toilettes, balayait ses soucis, revivait avec la suavité et la lumière chatoyante du printemps, et toutes les espérances qu'il faisait renaître chaque année.

Louis, lui, ne voyait plus de motifs d'espérer. Il avait été tenté de tomber dans l'alcool, pour oublier, cette fois. L'oubli volontaire s'avérait une discipline aussi ardue que de faire fonctionner une mémoire défaillante. Quelle ironie du sort ! Mais il savait que l'abus d'alcool n'efface rien, que son pouvoir est aussi vain qu'éphémère, et surtout peu rédempteur. Il n'était plus l'être désorienté d'après-guerre. Son passé retrouvé, il allait de l'avant.

Et il y allait avec succès. Les cycles Verley grimpaient avec une étonnante célérité dans l'échelle nationale et, désormais, les grosses manufactures devaient compter avec leur concurrence. La SARL était muée en Société anonyme, dont Louis était le président-directeur général. François avait capitulé devant le professionnalisme de son frère. Après une violente altercation au sujet de ses mensonges, et devant le désarroi de leur mère, Louis avait pardonné. Son petit frère, après tout, avait comblé son absence auprès de Lucie. Il avait repris toutes les affaires en main. François avait encore le loisir de parader lors des salons et des visites aux clients, cela lui suffisait.

Louis profitait de ses moments de repos pour dessiner des prototypes de bicyclettes, et de cyclomoteurs dont il venait de mettre en route la fabrication. Il renouait avec le rêve secret du jeune garçon d'antan, celui d'être dessinateur industriel. Son ambition d'allier la création et la réalité de la vie voyait enfin le jour. Il s'immergeait dans cet exercice avec un plaisir indescriptible.

Son ami Noël, venu en visite, s'était extasié devant la dextérité ignorée de son ami et les idées révolutionnaires de ses réalisations.

— Mais ce système de suspension n'existe pas !

— Pas encore !

— Je retiens l'un de ces modèles.

— Je te réserve le premier.

— Celui-ci, « Spécial Export-Belgique », est remarquable. Elégant avec ses garde-boue très enveloppants.

— Figure-toi qu'il s'agit de la première bicyclette que j'ai dessinée, il y a de nombreuses années. J'ai juste procédé à des améliorations, comme le frein tambour à l'avant.

— Mais pourquoi la Belgique ?

— C'est notre premier territoire d'exportation. Le plus proche, et sans problème de langue ! Et que penses-tu de celui-ci, le bleu pâle ? Il sera le fleuron de ma fabrication, si je mène bien ma barque.

— Tu y arriveras, ça, j'en mettrais ma main au feu !

Le Stéphanois était venu découvrir ce Nord méconnu. Pour encourager son ami dans ses entreprises et fêter avec lui sa réussite. Pour le réconforter au besoin durant ce temps pascal, et l'aider à cicatriser ses plaies de l'âme. Et pour ce cinquantième Paris-Roubaix.

En ce dimanche 13 avril, le temps était superbe. Louis lui avait présenté la cité nordiste de Roubaix comme la ville jumelle, sinon jumelée, de Saint-Etienne en matière cycliste. Il lui avait conté, à son tour, des anecdotes concernant la fameuse course.

— Elle est née en 1896, du désir de deux filateurs.

— Le vélo est lié au textile. Comme chez nous ! Vélocio était rubanier.

— C'est vrai ! Ils firent construire à leurs frais le premier vélodrome de la ville. C'est une longue histoire que ce Paris-Roubaix, qui partit d'abord de la porte Maillot. Aujourd'hui, il démarre à Compiègne.

— Combien de kilomètres ?

— Deux cent quarante-cinq, avec une moyenne de

plus de quarante kilomètres à l'heure, sur le maximum de pavés, bien sûr. Il s'en est passé, des choses… Figure-toi qu'en 1907 un coureur fut arrêté à l'entrée du vélodrome par un gendarme tatillon, anxieux de vérifier sa plaque et le règlement de son impôt bicyclette ! Et il n'y a pas si longtemps, en 49, un agent du service a fait entrer trois coureurs du mauvais côté du vélodrome !

— Il faut supprimer la maréchaussée et ce qui s'ensuit !

Ils éclatèrent d'un bon rire salvateur.

Ce Paris-Roubaix méritait-il son surnom d'« enfer du Nord » ? Toujours est-il que les directeurs sportifs se livraient une lutte acharnée et peu courtoise pour se glisser le plus près possible de leurs coureurs. Les crevaisons, nombreuses, n'épargnaient personne, frappaient les favoris comme les novices, et constituaient l'une des grandes peurs des participants. Le professionnalisme ne suffisait pas à contrer la malchance. Surtout sur ces pavés ancestraux conservés pour les besoins de la course. Leur ventre était entouré de vieux journaux pour absorber la sueur, des boyaux de bicyclette leur encerclaient le torse, leurs genoux étaient gonflés, les cuisses déchirées par les chutes, les paupières brûlées par la poussière et les larmes, mais ils étaient armés de la hargne nécessaire à cette course particulièrement éprouvante ; la plus exigeante qui soit, disait-on, dans ce monde du cyclisme. Un calvaire pour ces solitaires qui s'étaient préparés des mois entiers à la grande bagarre. Après un parcours exténuant, ponctué par les cloches de Pâques présentes à la fête, les héros débouchaient dans le vélodrome, les maillots gris de poussière, les jambes crottées de boue et percluses de contractures. Ils franchissaient la ligne d'arrivée avec des crissements de roues, dans une effervescence à son comble, au milieu d'un public enthousiaste qui reconnaissait et louait leur endurance. Un public bon enfant qui saluait les petits jeunes comme les vétérans. Tous méritaient leurs ovations.

Noël s'apercevait avec stupéfaction de l'immense popularité de la petite reine dans le Nord.

— Fouilla ! criait-il. Ils sont aussi fêlés que chez nous ! Quel folklore !

— La course cycliste, avec les efforts des concurrents, leurs difficultés, reflète toute la mentalité de notre région : festive et consciencieuse à la fois.

Louis ajouta, non sans une pointe de chauvinisme :

— Le Paris-Roubaix est une course de l'effort, mais c'est la reine des courses !

Un redoutable sprinter, Van Stenbergen, ne laissa aucune chance au grand Fausto Coppi. Ce dernier, roi de la montagne, n'allait pas l'être sur les pavés. Après un extraordinaire duel, le Belge arriva « en cinq heures cinquante minutes et trente et une secondes », clama le speaker d'une voix tonitruante. Le troisième était un Breton, François Mahé. Et l'un des coureurs bien placés portait le maillot vert des Verley.

Pourtant, Louis, pour la première fois de sa vie, n'assista pas à l'arrivée triomphale du gagnant.

Depuis quelques minutes, Noël observait le manège d'une séduisante spectatrice. Debout sur le promenoir, à l'arrière des gradins, elle n'avait pas le visage tourné vers les coureurs. Ses grands yeux bleus en amande étaient obstinément fixés sur Louis. Une sacrée belle fille, apprécia le Stéphanois. Et brusquement, il devina. Son allure, sa chevelure dorée...

— Louis... Je crois que... Ne te retourne pas tout de suite, mais il y a une jeune femme, derrière nous... Je jurerais que c'est...

Louis sentit sa présence dans son dos. Il se retourna. La silhouette fine et élégante quitta son poste en haut des marches.

Vêtue d'une robe imprimée d'un feuillage bleu pâle assorti à la couleur de ses yeux, au décolleté « style bateau » et à la jupe ondoyante, Céline s'avançait vers lui. Il se leva.

Il ne rêvait pas. Non, ce n'était plus le mirage trompeur de ses désirs. Un mélange d'ivresse et d'angoisse l'enveloppa. Il oublia le Paris-Roubaix et le vélodrome, et murmura :

— Céline !

Il n'y eut plus d'autres humains, plus de musique ni de bruits, comme si le monde qui les entourait s'était écroulé. Juste eux deux. Ils plongèrent l'un dans l'autre durant une éternité silencieuse de quelques secondes.

Les cris allaient pourtant crescendo avec l'arrivée des coureurs. Des spectateurs les exhortèrent à s'asseoir. Ils ne les entendirent pas. Ils s'approchèrent l'un de l'autre davantage, jusqu'à se faire face.

— Céline, répéta-t-il, la gorge serrée.

— Oui, Céline, murmura-t-elle.

La colère qui l'avait incitée à rouler de nuit était retombée en le découvrant sur les gradins du vélodrome.

— Tu es venue de Paris ? demanda-t-il, ému et désemparé.

Sa présence était peut-être le simple fruit du hasard.

La grâce des retrouvailles s'évanouit à cette seconde précise. A ces trois petits mots maladroits, un revirement subit se produisit en elle. « Venue de Paris ? » Il savait où elle habitait, et il n'était pas allé vers elle. Sans doute était-il ce spectateur aperçu au cinquième rang de l'orchestre. Et il ne l'avait pas rejointe dans sa loge, ni enlevée à ce monde... Une douloureuse et gigantesque rancune s'empara d'elle.

— J'ai été assez sotte pour imaginer que tu m'aimais !

— Je vais t'expliquer... balbutia-t-il devant son imprévisible comportement. Je t'aime, Céline.

Ses dernières paroles se perdirent dans le brouhaha ambiant. Elle ne les comprit pas.

— Taisez-vous ! Asseyez-vous ! blâmaient les voisins.

Très intrigué, Noël assistait, lui aussi, à cette entrevue inattendue. Le visage obstinément tourné vers eux, il n'écoutait ni les commentaires de l'arrivée ni les remarques désobligeantes des spectateurs à leur égard. Se sentant impuissant, il se mit à réciter en son for intérieur une prière pour conjurer l'incompréhension et le malentendu qui, visiblement, s'étendaient entre eux.

— Non ! répliquait déjà Céline, je me suis bercée d'illusions durant des années. J'ai cru... Oh, mon Dieu, j'ai cru...

Elle criait entre larmes et colère.

Elle s'était précipitée dans le Nord pour confronter le fantôme qui la persécutait depuis des lustres à l'homme bien réel et vivant, et qui l'avait abandonnée.

Avant l'aube, elle était montée dans sa petite 4CV. Elle avait roulé sans arrêt jusqu'à Hazebrouck. Une jeune inconnue lui avait ouvert la porte des Verley, mais presque aussitôt Lucie était arrivée, une canne blanche à la main.

« Madame... avait-elle juste prononcé, rouge de confusion, ébranlée par l'altération du visage de Lucie, qui affichait, bien malgré elle, son lot de peines.

— Céline, n'est-ce pas ? »

Il n'en avait pas fallu davantage pour que Lucie la reconnaisse.

« Il est à Roubaix, à l'arrivée de la course. Vite, Céline, allez-y ! »

Elle ne se maîtrisait plus. Louis tendit la main vers elle. Elle se rebiffa, et le gifla avec une violence insoupçonnée.

Il recula, médusé. Elle le frappa une seconde fois. Il ne riposta pas, mais saisit ses poignets. La physionomie aussi crispée que ses poings, faisant fi des regards braqués sur elle, elle s'écria :

— Adieu, Louis Verley ! Tu n'es pas mort, mais toi, tu m'as réduite à l'état de cendres ! Adieu !

Le froid s'infiltra dans le corps de Louis. Il sentit battre sur ses tempes les pulsations maudites de son sang. Elle avait hurlé ces derniers mots.

Une clameur s'éleva. Elle leur était destinée. Autour d'eux, les spectateurs étaient partagés. Certains étaient outragés d'avoir été déviés de leur centre d'intérêt. D'autres les dévisageaient d'un drôle d'air, réprouvant l'attitude défensive de Louis, se demandant qui était cette furie – sans doute une de ces acariâtres, jalouse de la dévotion de son mari à la petite reine. D'autres encore s'amusaient de la scène de ménage. Après tout, cet esclandre était digne de la véritable foire d'empoigne qu'était la course.

Echevelée, empourprée, les yeux lançant des flammes, Céline se dégagea de son emprise, et s'enfuit.

Elle le laissa, livide, atterré.

Le lendemain, les parents de Céline se concertaient pour savoir s'ils devaient préparer leur valise. La cérémonie de mariage, à Paris, approchait à grands pas.

Céline avait débarqué la veille au soir. Vidée de son énergie, elle avait refusé toute nourriture, et répondu de façon succincte à leurs questions.

— On peut t'aider ?

— Vous êtes là, vous m'aidez déjà.

— Pour le mariage… ?

— Plus tard !

Ils ne lui avaient rien soutiré de plus. Leur fille, rebelle et fragile, se torturait mentalement. Que signifiait ce « plus tard » ? Etait-ce : « On en parle plus tard » ou « Le mariage se fera plus tard » ?

Elle se confinait à présent dans un mutisme désolant. Hélène craignait qu'elle ne s'enfonce dans un nouvel état dépressif.

— Je ne crois pas, chuchota Alexandre à sa femme, il existe une grande différence aujourd'hui : ses prunelles brûlent de colère. Elle vit.

Ils étaient toutefois indécis sur la conduite à tenir, quand arriva, en trombe, Juliette Verley. Elle sonna de façon impérieuse à la porte d'entrée, ne s'embarrassa d'aucune précaution, cette fois. Hélène s'était mise aux fourneaux, après avoir annulé leur visite pascale rituelle chez sa sœur. C'était plus prudent, vu l'attitude de Céline. Mais, tradition oblige, on ne fête pas Pâques sans agneau et flageolets, et elle s'était débrouillée pour en dénicher à la dernière minute. Sans préambule ni marque de politesse envers Alexandre – il n'eut que le temps de s'écraser contre le mur –, Juliette entra dans la première pièce donnant sur le couloir de l'entrée, et s'avança droit vers Céline, assise dans ce petit salon.

— Il faut que je vous parle, exigea-t-elle sans oser le tutoiement qui les unissait jadis.

Céline tressaillit. Elle se leva, le corps tendu.

— Pourquoi ?

— Louis a enfourché son vélo. Il est parti comme un fou.

— Où ?

— La mer, je pense… J'ai peur de ce que j'ai lu dans le regard de mon frère.

Elle ne répondit pas.

— Il vous aime encore, Céline.

— C'est faux ! répliqua-t-elle. C'est faux ! Quand on aime, on court vers la personne aimée, on ne la laisse pas pendant huit ans sans nouvelles !

— Sauf quand on a perdu la mémoire.

Céline pâlit. Elle lui fit signe de s'asseoir. Juliette lui expliqua tout. L'agression qui les avait séparés. La perte de ses repères. L'œdème, la méningite, le médecin qui l'avait sauvé, son long séjour à Saint-Etienne sous le nom de Raymond Martin, puis les signes de sa guérison, son retour dans le Nord, sa venue au théâtre, et elle dans les bras de son partenaire.

— Je le croyais mort, murmura-t-elle pour excuser

sa relation avec Rodolphe. Mais ma vie sans lui était aussi vide qu'un cerveau privé de mémoire. D'après ce que vous relatez, Juliette, cela fait deux ans qu'il l'a récupérée, pourquoi n'est-il pas revenu vers moi ?

— Vous êtes mariée, vous avez un enfant, vous suivez votre vocation, il ne s'est pas senti le droit de briser votre vie et celle de vos proches.

— Je ne suis pas encore mariée, et je n'ai pas d'enfant !

— Mais...

Juliette s'arrêta sur le blondinet aux fossettes rieuses qui entrait, un petit panier sous le bras.

— Tiens, un œuf, proposa-t-il à la visiteuse.

— Comme ils sont beaux ! s'extasia Juliette pour cacher son embarras.

S'était-elle fourvoyée ?

— Ils étaient cachés sous les salades ! proclama-t-il, fier de ses découvertes.

— J'en prends un, merci.

Elle fit un gros baiser sur la joue ronde. Elle se tourna vers Céline :

— Pardon, mais qui est... ?

— Chris ? Mais c'est mon frère ! Mon petit frère !

Céline s'étrangla entre le rire et les larmes.

— Juliette, je te présente Christoffel Hermant.

— Christoffel ?

— Il a le prénom flamand de mon grand-père mineur.

— Ce n'est pas ton fils... ? Mon Dieu !

Hélène et Alexandre tendaient l'oreille derrière la porte. Ils les rejoignirent aussitôt.

— Eh oui, Juliette, je l'ai eu à quarante et un ans,

annonça Hélène. Vous vous rendez compte ? Un enfant sur le tard, mais n'est-ce pas un ange ?

— Oh oui, madame, mais ne vous excusez pas, enfin, euh...

Elle bafouilla, confuse :

— Je suis désolée. Tout est ma faute...

Elle avoua sa méprise lorsqu'elle les avait épiés dans le jardinet.

— Bon, qu'est-ce qu'on fait pour le mariage, alors ? s'enquit Hélène, impatiente. C'est samedi...

Céline fondit en larmes. Son père la prit dans ses bras.

— Qu'as-tu, ma Linette ?

Elle hoqueta :

— J'ai tout gâché. Le mariage... Il ne peut plus avoir lieu, je vais encore vous décevoir...

— Non ! C'est parfait, lança Hélène.

Un silence s'ensuivit. Les sanglots de Céline s'arrêtèrent.

— Que dis-tu, maman ?

— Je dis que c'est parfait. Cela aurait été une grossière erreur de faire ta vie avec ce cabotin de Rodolphe.

— Mais je croyais, maman...

— Je ne suis pas stupide, ma chérie, dit-elle en lui tendant son mouchoir, il avait réussi à m'embobiner un peu, c'est vrai, mais j'ai réfléchi. Il est très imbu de lui-même, son assurance frise l'arrogance. Ah ! sa fatuité va en souffrir, c'est certain ! Mais il s'en remettra, et tu lui rends un fier service, ma fille. Il a bien besoin d'une bonne claque !

Alexandre reprit la parole.

— Et, tu sais, le cœur d'une mère ne se trompe pas. Serais-tu prête à quitter un métier qui te comble ?

— Il ne comblera jamais le manque de Louis.

— Alors, tu serais même déjà mariée que je te dirais : va le retrouver. Tu te rendrais malheureuse, et Rodolphe aussi. Il n'y a rien de plus fugace que la vie. Si ton amour est plus fort que tout, rattrape-le, arrête le temps, va avant qu'il ne disparaisse à nouveau.

Sa main osseuse se posa sur la sienne, ses yeux plongèrent dans ceux de Céline nimbés de larmes.

— Allez ! file !

14

Lequel des deux attendit l'autre sur la digue ? Peu importe.

Le soleil descendait sur l'horizon, embrasant le ciel d'une symphonie orangée.

— Vous cherchez… ?

Elle se tourna vers lui :

— Le chemin de la villa Rêve de Mai.

Il lui sourit. Elle s'approcha, posa son vélo près du sien. Le regard bleu-vert de Louis embrassait l'étendue impressionnante d'un paysage marin comme esquissé au pastel. Une plage immense et nue, une mer aux couleurs changeantes.

— Voilà pourquoi j'aime tant la mer… On la sent, on la devine avant même de la voir.

Leur parvenaient le bruit des vagues, le souffle du vent et le cri discordant des mouettes qui survolaient la surface de l'eau. Au-delà des petites cabines de bain blanches, quelques paravents rayés dévoilaient la présence discrète de l'homme.

Il se tourna vers elle, sonda ses yeux clairs. Un halo de lumière baignait ses mèches rousses. La jeune fille de seize ans s'était muée en une belle jeune femme de vingt-six ans. « Belle, belle à en crever », se remémora-t-il.

— Juliette m'a tout expliqué... Je ne savais pas, Louis. Elle m'a dit que... Que tu m'aimais encore...

— Je n'ai jamais cessé de t'aimer, même pendant mon amnésie, mon amour était là en moi, il ne manquait que toi. Je n'ai donné mon cœur à personne, Céline...

Elle crut percevoir un reproche dans sa voix. Elle en eut confirmation lorsqu'il ajouta :

— Tu as un enfant, c'est bien, je te souhaite beaucoup de bonheur.

— Je n'ai pas d'enfant, Louis. Chris est mon petit frère.

— Ton frère ?

— Eh oui...

— Mais tu vas te marier ? J'ai lu l'avis dans la presse.

— Annulé !

Un silence accueillit ses paroles. Une émotion soudaine fit irruption dans la poitrine de Louis.

Dans la lumière mouvante du jour qui déclinait, ils suivirent un instant un petit cerf-volant dont le vol se confondait avec celui des oiseaux de mer.

— Je ne me mariais, poursuivit-elle, que pour faire plaisir, et pour partir aussi en Amérique, où l'on me proposait un contrat cinématographique.

— Voilà beaucoup de raisons !

— On ne se marie pas pour faire plaisir. Je me trompais. Le pire est que mes parents, eux aussi, l'acceptaient avec le sourire parce qu'ils croyaient me faire plaisir. Cette relation fut un chemin de traverse, et ce mariage aurait abouti sur une impasse. C'était une erreur. Oui, il est annulé, rayé, oublié... Et je t'aime, Louis.

Elle lui prit la main d'autorité.

— Et l'Amérique ?

— Je crie merci à l'Amérique qui a refusé mon visa. Des stars sont en prison pour sympathies communistes, des listes noires circulent, ils voient des espions partout.

— N'étais-tu pas une espionne dans ton enfance ?

Elle reconnut la flamme malicieuse qui pétillait au fond de ses prunelles. Elle sourit.

— Tu te souviens de ça ? De toute façon, là-bas, il paraît qu'il y a davantage de carrières brisées, de vies ruinées, d'acteurs menacés, d'injustices, que de gloire. Le succès même est éphémère.

— Mais on y prend goût.

— La seule chose qui ait duré, c'est mon amour pour toi.

— Et ton appétit de vivre.

— En fin de compte, l'Amérique peut nous envier. Ils n'auront jamais un Gérard Philipe.

— Je vais être jaloux !

— Lorsque je l'ai vu dans *Le Cid*, j'ai songé à toi. Cette fougue, ce mélange d'innocence et de sérieux, cet œil qui reflète la vie, toute la vie, c'était toi. Si j'avais traversé l'Atlantique, je ne t'aurais jamais retrouvé. Il a fallu un rouge-gorge à ma fenêtre pour me décider à me rendre chez toi, puis la vision d'un mensonge, celui de François, j'ai su alors que tu étais vivant.

— Je vais devoir penser à remercier mon frère pour ses mensonges !

Ils se turent un instant, hypnotisés par le spectacle

d'une petite colonie de mouettes. Elles piquaient du bec vers le sable, attrapaient une quelconque nourriture et s'élevaient aussitôt en un battement d'ailes. Ils goûtèrent cet instant de sérénité. Peut-être songèrent-ils, l'espace d'une seconde, à leur enfance et aux joies que procurait la recherche des étoiles de mer et de ces coquillages nommés « couteaux » ou « tourelles ».

— La petite reine est une amante exigeante, reprit Céline. Me laissera-t-elle une place ?

— Serais-tu jalouse d'une bicyclette ?

— Une, non, mais des milliers, oui !

— A moins d'arrêter ma production, je ne peux habiter Paris...

— Alors, rien n'est plus possible entre nous ? C'est trop tard ? C'est cela que tu essaies de me dire ? Tu ne vas pas baisser les bras maintenant, Louis Verley ?

Il se sentit criblé de balles. Elle avait le port de tête d'une reine à qui rien ne résiste. Il devait pourtant...

— Tu es libre, tu es faite pour la liberté.

— Sans toi, je ne le suis pas. Je me suis crue libre, mais j'étais confinée dans mes peurs.

Elle se serra contre lui.

— Ecoute-moi, espèce de... !

Son sourire, irrésistible, remplaça le juron.

— Le théâtre, je peux le faire en amateur, tandis que toi, les bicyclettes, ce sera difficile !

— Je ne peux te demander ça, Céline. Je ne veux pas que tu vives avec des regrets. Tu as du talent, tu as besoin de ton public, de la lumière.

— Je n'ai pas besoin de lumière factice pour vivre. Tu m'apportes la tienne.

— Mais c'est impossible ! Ton théâtre, Céline... !

— Je ferai du théâtre en amateur, répéta-t-elle, obstinée.

— Il te faudra me suivre.

— Je suis prête. N'ai-je pas attendu plus de sept ans ? Tu vas encore me faire attendre longtemps ? Je te suivrai en Russie, au Sahara, où tu veux, dans tes salons, dans tes courses cyclistes, et j'y offrirai les fleurs au vainqueur.

— Là, c'est moi qui vais être jaloux !

— Que ne ferons-nous pour la petite reine ! Et, crois-moi, la vie sera aussi trépidante qu'au cinéma.

— Les aléas seront plus difficiles, peut-être, à supporter. Je fais des paris sur l'avenir, mais tout peut s'écrouler d'un coup.

— Nous repartirons alors de zéro... Mais à deux.

— Le cinéma ne te manquera pas ?

— J'irai en spectatrice, avec ta sœur, elle adore le cinéma, et moi, j'adore ta sœur. J'aurai bien plus de fous rires à ses côtés que seule, dans un studio de cinéma, isolée sur ma chaise, en train d'attendre, des heures durant, un éphémère bout de tournage.

Alors, il sortit de sa poche deux alliances.

— Mais comment... Tu savais que j'allais venir ?

— Je ne savais pas. En les retrouvant, j'ai décidé de les garder jusqu'à mon dernier jour, dans mes poches, au cas où...

— Maintenant.

Il effleura sa main gauche, du bout des doigts, y glissa l'alliance.

— Nous n'avons cessé de nous aimer, nous avons simplement eu quelques années d'absence, dit-il.

— On les rattrape ? murmura-t-elle.

Le moment était sans doute trop solennel, il le rompit en disant :

— Tu as toujours ton pull-over bleu avec tes boutons faits en pièces de monnaie ?

Ils se sentaient intimidés tous les deux. Ses lèvres entrouvertes attendaient un baiser. Il avait passé ses bras autour d'elle, il sentait la tiédeur de sa peau. Il huma le parfum de sa chevelure dorée, il la serra plus fort contre lui, et l'embrassa longuement. Lorsqu'elle se détacha de lui, un peu étourdie, une vague de feu déferlait dans son corps.

— On ne peut plus revenir en arrière, Céline, mais tu as raison, tu as toujours eu raison, on va rattraper le temps perdu.

— Attention, Louis Verley, je t'aime à perpétuité, tu n'auras aucune échappatoire ! Je ne perdrai plus une seule seconde loin de toi, tiens-le-toi pour dit, et tant pis si tu le regrettes !

Elle rejeta la tête en arrière. Son rire, cristallin et communicatif, explosa.

— Je t'épouse quand tu veux.

— Très bien, mais cela ne se fera pas à Paris. Je tiens à une chose. Très importante !

— Oui ? demanda-t-elle, vaguement inquiète.

— Que ce soit ton père qui nous marie !

— Louis Verley, rien que pour ça, je t'aime.

Il eut ce petit sourire tendre et émerveillé d'un matin de kermesse, elle lui répondit par ce regard vulnérable et caressant d'une jeune fille de seize ans. Elle se blottit contre lui. Sa chaleur, l'odeur de sa peau, le goût de sa peau, et la violence de son désir.

Main dans la main, abandonnant les deux bicyclettes posées l'une contre l'autre sur la digue, ils descendirent sur les lattes de bois de la plage et se réfugièrent à l'abri des petites cabines de bain. Leurs silhouettes brillèrent quelques instants en contre-jour, et se dérobèrent aux regards.

Dix ans s'étaient écoulés depuis leur rencontre. Comme après une longue maladie, ou une épuisante migration, ils éprouvaient le sentiment d'être revenus chez eux. Ils avaient enfin atteint leur rivage. Leur exode s'achevait. La vie allait-elle enfin rimer avec bonheur ? Les tourments, les tensions, les peurs étaient oubliés. Les mots eux-mêmes, devenus inutiles. Le bruit du ressac berça leur amour. Ils se laissèrent voguer l'un contre l'autre, baignés dans la luminosité opaline du bord du soir, sous la caresse du vent et les bruissements du crépuscule. La surface nacrée de l'eau s'assombrit. Le soleil s'endormit sous la mer. Les rumeurs du monde s'assoupirent. Ils se livrèrent l'un à l'autre dans le silence de l'amour. Ce silence dans lequel les âmes, seules, se parlent.

Et comme s'effacent les traces de pas sur le sable avec la marée et le vent du nord, Raymond et Clara se retirèrent, tout doucement, pour les laisser vivre leur histoire.

Ne restaient que deux êtres, Céline et Louis.

Remerciements

Un grand merci à tous ces amoureux de la petite reine qui m'ont apporté leur savoir et leurs anecdotes. Notamment à Jacques Plaine, pour son aide à Saint-Etienne, à Bernard Chaussinand, Jean-Paul Bourgier, Claude Bussy, ainsi qu'au musée d'Art et d'Industrie de la ville.

Un très tendre merci à Georges Degroote, mon père, pour sa précieuse mémoire de fabricant de bicyclettes (Alcyon Lucer). J'en profite pour saluer André Darrigade, qui s'illustra sous ces couleurs.

Je remercie infiniment ces témoins d'une période ténébreuse qui m'ont permis de glaner quelques-uns de leurs souvenirs. De mes ouvrages de référence, je citerai le livre de Brigitte Cochennec-Deconinck :

Hazebrouck, pendant les années sombres, 1938-1945

et le témoignage émouvant de Jacques Duquesne dans *Et pourtant nous étions heureux.*

Je tiens à remercier également le professeur François-Xavier Roux, chef du service de neurochirurgie de l'hôpital Sainte-Anne à Paris, pour ses informations amicales et pertinentes.

J'embrasse tout particulièrement Jacqueline et Julie

pour leur regard critique et non moins affectueux, ainsi que Katia pour sa patience, tandis que je squattais allègrement sa chambre pour l'écriture de ce roman.

Et je n'oublie pas ce jardin de roses blanches et rouges… Jardin secret, comme il se doit.

Pour retrouver l'auteur sur son site :
www.anniedegroote.com

PRODUCTION JEANNINE BALLAND

Romans « Terres de France »

Jean Anglade
Un parrain de cendre
Le Jardin de Mercure
Y a pas d'bon Dieu
La Soupe à la fourchette
Un lit d'aubépine
La Maîtresse au piquet
Le Saintier
Le Grillon vert
La Fille aux orages
Un souper de neige
Les Puysatiers
Dans le secret des roseaux
La Rose et le Lilas
Avec le temps...
L'Ecureuil des vignes
Une étrange entreprise
Sylvie Anne
Mélie de Sept-Vents
Le Secret des chênes
La Couze
Ciel d'orage sur Donzenac
La Maîtresse du corroyeur
Un horloger bien tranquille
Jean-Jacques Antier
Autant en apporte la mer
Marie-Paul Armand
La Poussière des corons
Le Vent de la haine
Le Pain rouge
La Courée
tome I *La Courée*
tome II *Louise*
tome III *Benoît*
La Maîtresse d'école
La Cense aux alouettes
Nouvelles du Nord
L'Enfance perdue
Un bouquet de dentelle
Au bonheur du matin
Le Cri du héron
Victor Bastien
Retour au Letsing
Henriette Bernier
L'Enfant de l'autre
L'Or blanc des pâturages
Françoise Bourdon
La Forge au Loup
La Cour aux paons
Le Bois de lune
Le Maître ardoisier
Les Tisserands de la Licorne
Patrick Breuzé
Le Silence des glaces
Nathalie de Broc
Le Patriarche du Bélon
Annie Bruel
La Colline des contrebandiers
Le Mas des oliviers
Les Géants de pierre
Marie-Marseille
Jean du Casteloun
Les Amants de Malpasset
Michel Caffier
Le Hameau des mirabelliers
La Péniche Saint-Nicolas
Les Enfants du Flot
La Berline du roi Stanislas
La Plume d'or du drapier
Jean-Pierre Chabrol
La Banquise
Alice Collignon
Un parfum de cuir
Didier Cornaille
Les Labours d'hiver
Les Terres abandonnées
La Croix de Fourche
Etrangers à la terre
L'Héritage de Ludovic Grollier
L'Alambic
Georges Coulonges
Les Terres gelées
La Fête des écoles
La Madelon de l'an 40
L'Enfant sous les étoiles
Les Flammes de la Liberté

Ma communale avait raison
Les blés deviennent paille
L'Eté du grand bonheur
Des amants de porcelaine
Le Pays des tomates plates
La Terre et le Moulin
Les Sabots de Paris
Les Sabots d'Angèle
La Liberté sur la montagne
Yves Courrière
Les Aubarède
Anne Courtillé
Les Dames de Clermont
Florine
Dieu le veult
Les Messieurs de Clermont
L'Arbre des dames
Le Secret du chat-huant
Paul Couturiau
En passant par la Lorraine
Annie Degroote
La Kermesse du diable
Le Cœur en Flandre
L'Oubliée de Salperwick
Les Filles du Houtland
Le Moulin de la Dérobade
Les Silences du maître drapier
Le Colporteur d'étoiles
La Splendeur des Vaneyck
Alain Dubos
Les Seigneurs de la haute lande
La Palombe noire
La Sève et la Cendre
Le Secret du docteur Lescat
Marie-Bernadette Dupuy
L'Orpheline du bois des Loups
Les Enfants du Pas du Loup
Elise Fischer
Trois Reines pour une couronne
Les Alliances de cristal
Mystérieuse Manon
Le Soleil des mineurs
Laurence Fritsch
La Faïencière de Saint-Jean
Alain Gandy
Adieu capitaine
Un sombre été à Chaluzac
L'Enigme de Ravejouls
Les Frères Delgayroux
Les Corneilles de Toulonjac
L'Affaire Combes
Les Polonaises de Cransac
Le Nœud d'anguilles
L'Agence Combes et Cie
Suicide sans préméditation
Gérard Georges
La Promesse d'un jour d'été
Les Bœufs de la Saint-Jean
Michel Hérubel
La Maison Gelder
La Falaise bleue
Tempête sur Ouessant
Le Démon des brumes
Denis Humbert
La Malvialle
Un si joli village
La Rouvraie
La Dent du loup
L'Arbre à poules
Les Demi-Frères
La Dernière Vague
Yves Jacob
Marie sans terre
Les Anges maudits de Tourlaville
Les blés seront coupés
Hervé Jaouen
Que ma terre demeure
Au-dessous du calvaire
Guillemette de La Borie
Les Dames de Tarnhac
Jean-Pierre Leclerc
Les Années de pierre
La Rouge Batelière
L'Eau et les jours
Les Sentinelles du printemps
Hélène Legrais
Le Destin des jumeaux Fabrègues
La Transbordeuse d'oranges
Louis-Jacques Liandier
Les Gens de Bois-sur-Lyre
Les Racines de l'espérance
Jean-Paul Malaval
Le Domaine de Rocheveyre
Les Vignerons de Chantegrêle
Jours de colère à Malpertuis
Quai des Chartrons
Les Compagnons de Maletaverne
Le Carnaval des loups
Les Césarines
Grand-mère Antonia

Dominique Marny
A l'ombre des amandiers
La Rose des Vents
Et tout me parle de vous
Pascal Martin
Le Trésor du Magounia
Louis Muron
Le Chant des canuts
Henry Noullet
La Falourde
La Destalounade
Bonencontre
Le Destin de Bérengère Fayol
Le Mensonge d'Adeline
L'Evadé de Salvetat
Les Sortilèges d'Agnès d'Ayrac
Michel Peyramaure
Un château rose en Corrèze
Les Grandes Falaises
Frédéric Pons
Les Troupeaux du diable
Les Soleils de l'Adour
Jean Siccardi
Le Bois des Malines
Les Roses rouges de décembre
Le Bâtisseur de chapelles
Le Moulin de Siagne
Un parfum de rose
La Symphonie des loups
Jean-Michel Thibaux
La Bastide blanche
Le Secret de Magali
La Fille de la garrigue
La Colère du mistral
L'Homme qui habillait les mariées
La Gasparine
L'Or des collines
Le Chanteur de sérénades
Jean-Max Tixier
Le Crime des Hautes Terres
La Fiancée du santonnier
Le Maître des roseaux
Marion des salins
Brigitte Varel
Un village pourtant si tranquille
Les Yeux de Manon
Emma
L'Enfant traqué
Le Chemin de Jean
L'Enfant du Trièves
Le Déshonneur d'un père
Blessure d'enfance
Louis-Olivier Vitté
La Rivière engloutie
Colette Vlérick
La Fille du goémonier
Le Brodeur de Pont-l'Abbé
La Marée du soir
Le Blé noir

Récits « Terres de France »

Albine Novarino
George Sand ou l'Amour du Berry

Collection « Sud Lointain »

Sylvie Anne
L'Appel de la pampa
Jean-Jacques Antier
Le Rendez-vous de Marie-Galante
Marie-Galante, La Liberté ou la Mort
La Dame du Grand-Mât
Erwan Bergot
Les Marches vers la gloire
Sud lointain
tome I *Le Courrier de Saïgon*
tome II *La Rivière des parfums*
tome III *Le Maître de Bao-Tan*
Rendez-vous à Vera-Cruz
Mourir au Laos
Jean Bertolino
Chaman
Fura-Tena
Anne Courtillé
Le Mosaïste de Constantinople
Paul Couturiau
Le Paravent de soie rouge
Le Paravent déchiré
L'Inconnue de Saigon
Les Amants du fleuve Rouge
Alain Dubos
Acadie, terre promise
Retour en Acadie
La Plantation de Bois-Joli
Hubert Huertas
L'Orque de Magellan
Hervé Jaouen
L'Adieu au Connemara
Eric Le Nabour
Orages sur Calcutta
Sonia Marmen
La Vallée des larmes
Dominique Marny
Du côté de Pondichéry
Les Nuits du Caire
Cap Malabata
Juliette Morillot
Les Orchidées rouges de Shanghai
Michel Peyramaure
Le Pays du Bel Espoir
Bernard Simonay
Les Tigres de Tasmanie
La Dame d'Australie
Jean-Michel Thibaux
La Fille de Panamá
Tempête sur Panamá
La Pyramide perdue
Colette Vlérick
Le Domaine du belvédère

Romans

Alain Gandy
Quand la Légion écrivait sa légende
Hubert Huertas
Nous jouerons quand même ensemble
La Passagère de la « Struma »
Denis Humbert
Un été d'illusions
Michel Peyramaure
Les Tambours sauvages
Pacifique Sud
Louisiana
Le Roman de Catherine de Médicis
Jean-Michel Thibaux
Le Roman de Cléopâtre

Achevé d'imprimer en avril 2008
sur les presses numériques de Bookpole
BP 12 - ZI Route d'Étampes - 45330 Malesherbes
http://www.imprimerie-bookpole.com

pour le compte de Place des Editeurs
12 avenue d'Italie
75627 Paris Cedex 13

Composition et mise en pages : Facompo, Lisieux

N° d'édition : 6539/06 - N° d'impression : D08/12685 L
Dépôt légal : septembre 2005
suite du premier tirage

Imprimé en France